Siège social : 27 cours d'Estienne d'Orves 13001 Marseille
www.polar.jigal.com

Photo couverture : © DR
Création graphique : Isabelle Cochereau
Directeur de collection : Jimmy Gallier

ISBN 978-2-914704-97-7

GILLES VINCENT

BESO DE LA MUERTE

ÉDITIONS JIGAL

Du même auteur

Djebel
Éditions Timée 2008

Sad Sunday
Éditions Timée 2009
Prix Marseillais du polar 2010

Peine Maximum
Éditions Timée 2011

Les essuie-glaces fatigués rendent les routes incertaines recueil de nouvelles, Éditions Eaux Fortes 2011

Parjures
Éditions Jigal 2012

Flamencos
Éditions Gascogne 2013

À celle qui m'a tant fait aimer l'Espagne.

Les propos, paroles, attitudes et pensées prêtés à des personnes existantes ou ayant existé, ne sont que le pur fruit de mon imagination.

Gilles Vincent

« La raison d'État est une raison mystérieuse inventée par la politique pour autoriser ce qui se fait sans raison. »

Charles de Saint-Évremont.

« La menstruation, l'accouchement, le viol et ses séquelles : des affaires de sang ; le fardeau qu'une femme doit porter… »

J. M. Coetzee, prix Nobel de littérature. *Disgrâce*.

Prologue

17 août 1936.

La poussière soulevée par les pneus de la camionnette formait un large sillon beige, une cicatrice floue au travers la nuit bleutée de Grenade.

Le chauffeur faisait craquer les vitesses, freinait à grand bruit à l'amorce de chaque virage, tandis qu'à l'arrière, coincés entre les miliciens, les quatre prisonniers se cramponnaient pour ne pas valdinguer.

Les cris des soldats les avaient cueillis en plein sommeil. Des gifles sans sommation, des insultes, des coups de pied au cul et, pour finir, des cordes nouées autour de leurs poignets ramenés dans le dos.

Deux anarchistes, un instituteur boiteux et un poète : la prise de la nuit.

La camionnette s'était ébranlée dans la poussière de l'été, avait traversé la ville muette, poursuivie par un jeune garçon à bicyclette qui avait pédalé au beau milieu des avenues désertes en hurlant : « Papa ! Papa ! »

À bout de souffle, il avait perdu de vue la carcasse métallique, jusqu'à ne plus discerner que le nuage beige se fondant dans les larges rues de la ville.

Le gamin avait alors fait demi-tour, laissé l'air de la descente lui sécher les larmes, sachant au fond de lui qu'on emmenait son père bien au-delà du monde des vivants. Persuadé que les fascistes l'exécuteraient comme tant d'autres ces jours-ci qu'on voyait pourrir sous le soleil au fond des impasses, fusillés à genoux ou abattus d'une simple balle dans la nuque.

Les faubourgs une fois derrière elle, la camionnette ralentit l'allure, s'enfonça sur la route caillouteuse qui escaladait les collines au nord-ouest de la ville.

Après quelques kilomètres, sous la lueur de la lune qui perçait au travers des nuages, apparurent des corps affalés au milieu des talus. Des communistes, des anarchistes ou de simples républicains, fusillés par grappes le long de la route.

Le 20 juillet, Grenade était tombée sans grande résistance aux mains des rebelles fascistes. Depuis, on exécutait à tour de bras. Dans les ruelles, les arrière-cours et les campagnes environnantes, les salves résonnaient toute la journée jusque tard dans la nuit. Les milices phalangistes arrêtaient tout ce qui était suspect de sympathie républicaine, et les hommes, des paysans pour la plupart, étaient passés par les armes sans autre forme de procès.

La camionnette bâchée, une fois à mi-distance des villages de Viznar et d'Alfacar, quitta la route et s'engagea sur un chemin étroit qui menait à une ferme nommée *« Cortijo de Gazpacho »*. Elle parcourut une centaine de mètres et s'immobilisa à flanc de colline.

Les portières claquèrent dans la nuit ainsi que les ordres, comme des coups de fusils. La ridelle métallique s'abattit dans un grand bruit de tôle. Le chef des miliciens demanda aux quatre prisonniers de s'avancer de quelques mètres, jusqu'au bord d'un trou, sans doute creusé là par quelque paysan dans l'espoir d'y trouver de l'eau.

— Toi, le poète, tu te mets sur le côté. Les autres, à genoux.

Les deux anarchistes s'accroupirent au bord du trou. L'instituteur s'appuya sur sa béquille et rejoignit les deux autres.

Le chef du groupe sortit un pistolet Astra de sa gaine de cuir, fit quelques pas dans le dos des hommes agenouillés et abattit l'instituteur d'une balle dans la tête. D'un coup de pied, il poussa le corps dans la fosse. Quand il s'approcha du suivant, l'autre hurla *« Viva la anarquía! »* et s'écroula à son tour. Le pistolet s'approchait de la nuque du troisième quand l'exécuteur s'immobilisa dans le vent qui s'était levé. En contrebas, la pétarade caractéristique d'une moto.

— Dites, vous autres... Vous entendez comme moi ?

Les miliciens s'étaient tournés vers la route qui venait des faubourgs de Grenade. Le bruit du moteur se fit de plus en plus net. Quand la moto emprunta le chemin qui montait vers eux, un phare jaune apparut derrière une rangée de peupliers, éclaira de manière chaotique les quelques arpents de vigne plantés sur ce versant de la colline.

Un murmure parcourut le groupe d'hommes armés : *« El Capitan, el Capitan... »*

El Capitan, comme l'appelaient les hommes de troupe, circulait à moto sur les lignes du front. Personne ne savait qui il était vraiment, à quelle unité précise il appartenait. L'homme, plutôt mince, arborait, dès qu'il se mettait à faire quelques pas, une allure de presque dandy. Jamais il ne quittait son casque ni ses épaisses lunettes de moto qui lui donnaient un vague air d'aviateur. Sa voix était sèche, ses mots précis et sa réputation de cruauté avait rapidement parcouru les garnisons de la région. Nul ne connaissait son nom. Une rumeur voulait qu'il soit le fils d'un des généraux de la rébellion, une autre, qu'il soit le protégé d'un proche du roi et, on ne sait pourquoi, le surnom de *El Capitan* le suivait désormais comme son ombre.

L'homme s'approcha jusqu'à ce que la lumière de son engin éclaire la modeste fosse, balaye de son faisceau l'homme agenouillé au bord du trou. Il arrêta le moteur, positionna sa grosse cylindrée sur sa béquille et s'avança vers le chef.

— On m'a dit que vous aviez arrêté le poète pédéraste.

L'autre se figea dans un sommaire garde-à-vous.

— Mariano Ajonjo Moreno, chef de groupe, *señor Capitan.*

Il salua brièvement et se tourna vers ses hommes :

— Et voici le reste de mon unité. Lui, c'est Antonio Benavides, de l'Escadron noir, lui Juan Jimenez...

— Tu ne m'as pas répondu, interrompit l'homme. Vous l'avez, le pédé ?

Mariano désigna du doigt le prisonnier aux boucles brunes qui se tenait sur le côté.

— Ne vous inquiétez pas, señor Capitan, il va y passer, comme les autres.

L'homme s'approcha du trou.

— Mais qu'est-ce que c'est que ce bordel ? Qu'est-ce que vous fabriquez, avec vos hommes ? On ne vous a pas appris ce que c'est qu'un peloton d'exécution ?

— Si, *señor Capitan*, bredouilla Ajonjo Moreno.

— Alors qu'est-ce que c'est que ces exécutions d'une balle dans la nuque ? Nous ne sommes pas des bolcheviques ! Nous sommes des soldats du roi et nous devons nous comporter comme tels.

— Bien, *señor*...

— Alors, faites aligner vos hommes et fusillez-moi celui-là dans les règles.

— À vos ordres, *señor Capitan.*

Mariano Ajonjo Moreno se tourna vers ses hommes.

— Vous avez entendu, vous autres ?

Ils s'alignèrent face à la petite fosse et se mirent au garde-à-vous.

Ajonjo Moreno saisit le jeune anarchiste par le col de la chemise et le força à se tenir debout. Puis il se positionna à quelques mètres de ses hommes.

Les ordres résonnèrent, les canons des fusils se pointèrent sur la poitrine du jeune homme.

La salve résonna bien au-delà de la colline, faisant s'éparpiller, de-ci de-là, de petits groupes d'oiseaux.

Le chef de groupe fit quelques pas vers le poète.

— C'est à toi, maintenant.

El Capitan s'approcha à son tour.

— Attends. Celui-là, c'est un peu spécial.

Le motard gravit les quelques mètres qui le séparaient du jeune homme. Il l'empoigna par les cheveux et lui tourna la tête vers le ciel.

— Regarde la lune, mon mignon. Tu t'y connais en lune, non ?

Il éclata de rire avant de projeter le poète contre le sol.

— Tu sais que les pédés, on aime pas ça en haut lieu ? Eh oui, mon vieux. C'est pour toi que je suis monté jusqu'ici. J'ai des comptes à rendre, et figure-toi qu'au plus haut de la hiérarchie, on ne veut plus jamais entendre parler de toi. Plus de trace, rien. De la poussière dans un trou. Effacé de la surface de la terre.

Puis il se tourna vers le chef de peloton.

— Il y a d'autres trous, là-bas, plus haut. Des types qui ont creusé pour de l'eau. On monte tous et on va s'occuper de lui.

Sans attendre de réponse, *El Capitan* s'engagea dans la pente montante, à l'écart du chemin.

Étrange spectacle que ces huit hommes, en silencieuse file indienne, marchant au clair de lune en lisière d'un arpent de vigne desséchée. Le groupe parvint à la hauteur de trois immenses pins d'Alep au pied desquels de larges trous fraîchement creusés formaient un damier d'ombres rectangulaires. *El Capitan* s'approcha de la plus petite des fosses et se tourna vers le reste du groupe. Il regarda vers l'est, là où, derrière les collines lointaines, les lueurs du jour commençaient à pointer. Les hommes l'avaient désormais rejoint. L'homme au casque tira le poète par la manche de sa chemise, et l'amena au bord du trou.

— Déshabille-toi.

L'homme fixa de ses grands yeux noirs les lunettes du motard.

— Je veux mourir comme les autres. Fusillez-moi, puisque vous êtes monté jusqu'ici pour ça...

La gifle qui lui cingla le visage le mit à genoux. Puis le capitaine l'empoigna par les cheveux et le remit en position verticale.

— Déshabille-toi, j'ai dit. Et ne m'oblige pas à le faire moi-même, sinon c'est au couteau qu'on va te finir.

Sans dire un mot, l'homme ôta sa chemise, dénoua ses souliers et fit glisser son pantalon.

— J'ai dit : à poil !

Sans quitter l'officier du regard, il se débarrassa de son caleçon.

La lumière du jour chassait désormais les restes de la nuit.

— Maintenant, tu descends là-dedans et tu te mets à genoux, face contre terre et le cul bien en l'air.

Le poète enfonça ses genoux dans la terre sèche, posa une joue contre le sol.

— Le cul en l'air, j'ai dit !

Il redressa les reins, offrit ses fesses blanches aux ricanements des hommes.

— Un volontaire pour lui foutre deux balles dans le cul ?

Un des hommes fit un pas en avant.

— Moi, *señor Capitan*. Cet enculé, j'ai deux ou trois vieux comptes à régler avec lui…

— Alors, vas-y. Tiens, prends mon pistolet.

Antonio Benavides s'approcha de la fosse, pointa l'arme vers l'homme recroquevillé.

Deux déflagrations, la chair tordue, le rire gras des miliciens.

Au loin, la cloche d'une église sonna les cinq heures du matin.

Dans son trou, le poète serra les dents. Il entendit les ordres fuser, devina les jambes des tireurs au bord de la fosse. Il entendit le cliquetis métallique des fusils que l'on rechargeait. Dans le silence de l'aube, il sentit les hommes au-dessus de lui, le souffle de leur respiration. Dans ces secondes suspendues à l'ordre de faire feu, le poète sentit les mots lui monter à la bouche, se poser sur ses lèvres. *« Il était juste cinq heures du soir. Un gamin apporta le blanc linceul… »* Ces mots qu'il avait écrits pour son ami Ignacio, tombé dans la lumière dorée des arènes…

— Ils prient maintenant, les républicains ? s'esclaffa le chef du peloton.

«… À cinq heures du soir. Le vent chassa la charpie… »

D'un geste de la main, *El Capitan* intima aux hommes de se taire.

« …quelles terribles cinq heures du soir… »

L'homme à la moto fit un signe de la tête au chef du peloton.

« …Il était cinq heures du soir à toutes les horloges. Il était cinq heures à l'ombre du soir ! »

— Fuego !

L'odeur de la poudre envahit la petite parcelle. Sans un regard vers le corps, comme un oiseau blanc abandonné, les hommes éjectèrent leurs douilles, réajustèrent la lanière de leur fusil.

Le jour s'était maintenant levé et le Capitaine pouvait désormais voir le visage des hommes.

— Vous me le recouvrez de terre. Attention, ni pierres, ni branchages. Rien qui puisse faire repérer cet endroit. J'insiste là-dessus, *señores*. Ce trou doit disparaître des mémoires. Vous n'êtes jamais venus ici, nous ne nous sommes jamais rencontrés, jamais. Le poète vous a échappé, vous ne savez pas ce qu'il est devenu. C'est tout.

L'homme au casque tira un étui à cigarettes métallique de sa vareuse et le tendit aux hommes du peloton. Puis, tandis qu'ils tiraient les premières bouffées, *El Capitan* descendit avec eux jusqu'à sa moto. Il enfourcha l'engin et jeta son mégot dans la caillasse.

— Si d'aventure l'un d'entre vous venait à raconter ce qui s'est passé ici cette nuit, c'est à moi qu'il aurait affaire. Et je vous jure que le bavard regretterait alors, d'avoir croisé ma route.

Il fit démarrer sa moto, esquissa un vague salut fasciste et disparut dans la poussière.

Sur la route qui menait à Grenade, *El Capitan* ralentit l'allure, se laissa envahir par les fragrances matinales. Il songea au corps blanc de ce pédé de poète, aux deux trous rouges qui lui avaient déchiré le cul. Il se dit que ces républicains de merde, pour s'en débarrasser une bonne fois pour toutes, il ne suffisait pas de fusiller les ouvriers et les paysans par centaines, mais qu'il fallait surtout décapiter les têtes pensantes, ces intellos qui pourrissent les esprits les plus faibles jusqu'au trognon.

Dès les premières avenues de la ville, il accéléra, fit claquer les pans de sa vareuse dans le vent déjà chaud du matin. Il se dit que ce García Lorca, dans son trou, on n'entendrait plus jamais parler de lui. Il se dit aussi que sa rencontre avec le poète, la vue de son corps tressautant sous la salve, que cette petite mort, à l'aube, anonyme et secrète, portait en elle le marqueur de son propre destin. Il n'aurait su dire pourquoi, mais il pressentait la nuit écoulée comme un véritable tournant dans sa jeune vie, une authentique croisée des chemins. Comme si la mort de ce pédéraste ouvrait dans son existence une voie nouvelle qui allait se dessiner.

Conforté par le croisement mystérieux des signes, il accéléra encore et disparut dans les ruelles qui grimpaient jusqu'aux murailles d'enceinte de l'Alhambra, sans savoir ce jour-là, que García Lorca sous la terre, lui donnerait un jour un bien vertigineux rendez-vous.

Pau, février 2007.

Il pensa que la soirée s'était encore noyée dans des verres qu'il avait à peine vus passer, qu'autour des réverbères la pluie jouait sa danse solitaire et que derrière les fenêtres d'immeubles se diluait l'ennuyeuse comédie des vies sans histoires.

Il ralentit à l'approche d'un dos-d'âne, ces fichues bosses goudronnées qui bousillent les suspensions comme une maladie chronique des villes. Il leva le pied, histoire d'éviter à sa voiture un hoquet de plus, manière de retarder la gerbe qui lui cramait les tripes.

Rue Henri IV, place Royale, boulevard des Pyrénées jusqu'à l'immeuble de standing, face aux coteaux de Jurançon. Télécommander la porte basculante, laisser la voiture faire ses tours dans les virages du parking, écouter crisser les pneus sur la gomme du sol luisant sous les néons, serrer le frein à main à la place 107, et puis fermer les yeux. Poser le front quelques secondes sur le volant, expirer lentement les vapeurs de bière et de whisky. Se repasser les images des collègues qui trinquent et rient à la première blague bidon, des verres qui se vident et se remplissent, des cigarettes qui se consument dans la buée des trottoirs gelés.

Une soirée de plus à laisser passer les heures, à ignorer Claire qui l'attend, là-haut, au septième étage.

Thomas claqua la portière. D'un pas mal assuré, il disparut entre les piliers de béton en direction de l'ascenseur. La porte coulissa et, dans le chuintement de la cabine, il fit face au miroir. Derrière les verres rayés de ses lunettes, le fond des yeux tirait sur le jaune et les ombres sur son visage avaient depuis longtemps gagné la partie.

Quelques pas dans le couloir silencieux, la clé hésitante dans la serrure et la porte entrouverte sur le vestibule. Des voix au bout du couloir, des rires dans la salle à manger.

— C'est toi ?

Claire apparut dans l'encadrement de la porte. Blue-jean moulant, chemisier blanc, les cheveux noués sur la nuque. Décolleté échancré, parcelle de dentelle grège. Thomas se dit qu'en plein naufrage, elle demeurait la reine des apparences.

— Mes parents sont là depuis des heures. Pas moyen de te joindre. Qu'est-ce que t'as foutu ?

Ses beaux-parents invités pour la soirée? Putain! Complètement sorti de la tête. Pas très envie de les voir…

— Tout le monde bosse, demain. On a fini par manger. Vraiment, tu fais chier !

— Désolé. Une affaire compliquée. Pas vu le temps passer.

Claire colla son visage au sien.

— T'as encore picolé avec tes hommes ? Tu devrais t'installer avec eux, Thomas. C'est vrai, quoi ! Tous dans la même baraque à descendre des bouteilles après vos journées de merde. En fait, c'est ça qu'il te faudrait. Là, je suis sûre que tu serais à l'heure…

— Bon, ça va. Il n'y a pas de quoi en faire…

Elle ne le quitta pas des yeux.

— C'est l'anniversaire de ma mère, au cas où t'aurais oublié.

Rien d'autre à dire. Rien d'autre à faire que de la regarder s'éloigner, rejoindre les autres qui ont baissé d'un ton pour mieux capter ce qui se dit dans l'entrée.

— Tu me dégoûtes.

— Ça va, Claire. C'est bon…

— Non, c'est pas bon. On réglera ça tout à l'heure. Va te passer la tête sous l'eau, tu fais pitié. Et rejoins-nous pour le dessert. Tu pourras toujours faire semblant. Semblant, ça, tu sais faire…

Elle referma la porte derrière elle.

Thomas gagna la cuisine et ses odeurs de gratin, de sauce au poivre refroidie. Il posa sa veste en cuir sur le premier dossier à sa portée, dénicha dans le frigo une canette qu'il décapsula et vida d'un trait. La bière glacée sur l'estomac, c'est comme la marée qui monte, impossible à refluer. Il se précipita dans le couloir, pria pour que les chiottes soient libres. Génial, personne. À genoux, ouvrir la bouche et laisser partir.

Les yeux qui piquent, le nez qui brûle. Putain de cocktail ! Détacher des feuilles du rouleau de PQ, s'essuyer la gueule, les joues, les paupières.

Il tituba dans le couloir, poussa la porte vitrée, salua la petite assemblée. Deux bises à la belle-mère qui le regardait comme s'il sortait d'un bac poubelle, un pas glissé sur le parquet jusqu'à sa chaise, sans oublier de serrer la pogne de Baptiste, le beau-père au regard fuyant. Une vraie gueule de fouine.

— Je vais chercher le dessert.

Claire disparut vers la cuisine.

— Débouche le champagne, Baptiste ! J'arrive !

Thomas observa l'autre nase dénouer le fil de fer autour du goulot.

— Au fait, Suzanne, parvint-il à bafouiller, bon anniversaire.

— C'est un petit peu tard, Thomas. Les souhaits et les cadeaux, c'était à l'apéro.

Envie de lui dire : ta gueule, connasse ! Préférer se taire, éviter l'explosion nucléaire.

Le bruit du bouchon qui pète, Claire qui débarque, une charlotte au chocolat ornée de deux bougies à la con sur un plateau d'argent. Les coupes se remplirent, la mousse déborda et dégoulina sur la nappe, Suzanne gonfla les joues, souffla avec son air pincé. Les bises claquèrent entre les phrases débiles. Et une de plus, une de plus ! Et cinquante-deux, c'est déjà pas mal, non ?

Cinquante-deux ans, pensa Thomas, elle a le même âge que moi, cette conne... Et d'un coup, ça lui flanqua le bourdon. Baptiste posa furtivement ses lèvres sur celles de sa femme. Devait avoir un an de plus, peut-être deux, celui-là. Et Claire, sa Clarinette comme il aimait l'appeler quand il était de bonne humeur, elle courait sur ses vingt-cinq automnes, vingt-cinq étés.

Cinq ans qu'ils partageaient tout. Qu'ils essayaient.

Cinq ans qu'elle avait débarqué dans son existence, sans prévenir, un peu comme une tempête d'arrière-saison. Ses vingt ans, ses taches de rousseur, ses grands yeux noisette et cette soif de tout appendre, de tout connaître. Sa décision soudaine de trouver refuge au creux de ses bras d'homme un peu usé par la vie, par les illusions laissées en chemin, les rêves abandonnés en cours de route.

Cinq ans à la décevoir, chaque mois un peu plus. Cinq ans à se battre, à rechuter. Cinq ans de toubibs, de spécialistes, d'addictologues, de psychomachins et de psychotrucs.

Et puis, il y a un an, la petite Langevin, retrouvée dans un fossé, au bord du gave. Gisant au milieu des feuilles, son petit corps ouvert, ses grands yeux pétrifiés, sa bouche recouverte de terre. Violée, étranglée, éventrée. Elle allait avoir huit ans.

Le soir même, il était allé voir la mère dans son appartement du quartier d'Ousse-des-Bois. Une barre d'immeubles, des escaliers qui puent la pisse, des murs recouverts d'injures et d'envie de tuer, des apparts aux fenêtres barreaudées, des vieux derrière les vitres à surveiller les bagnoles qui s'enflamment comme des colères impossibles à éteindre...

La mère s'était jetée sur lui dès les premiers mots, voulait qu'il crève, qu'ils crèvent tous et que le monde disparaisse. Monique Langevin. Retrouvée pendue dans son garage deux jours plus tard. Peut-être parce qu'elle avait compris que c'était son voisin de palier qui avait fait le coup. Qu'elle savait depuis longtemps qu'il regardait les mômes d'un air bizarre. Si elle avait parlé, juste dit les regards de cet homme, peut-être qu'elle aurait sauvé sa gosse. Pas supporté. Alors, une corde à linge autour du cou.

Après la découverte de la mère suspendue, du petit mot qu'elle avait laissé à son attention, Thomas était rentré dans le premier bar, avait commandé un scotch, puis deux, puis d'autres. Il s'était mis à chialer sur le bord du comptoir, avait vidé une bouteille, une seconde, jusqu'à tanguer sur son tabouret comme un marin paumé entre les creux. Jusqu'à ce que le patron appelle Claire pour qu'elle vienne le chercher, qu'il avait beau être flic, commissaire même, que c'était pas une raison pour se foutre dans un état pareil dans un lieu public... Et depuis, chaque soir ou presque...

— T'es avec nous, Thomas ?

— Hmm, hmm...

— Si on t'emmerde, dis-le.

— Ça va, ma chérie, tenta Baptiste. Tu vois pas qu'il est crevé ? D'ailleurs, ta mère et moi, on ne va pas tarder.

— Crevé ? Tu parles. T'as senti son haleine ?

Suzanne se leva.

— Si tu veux, tu peux rentrer avec nous ? Juste pour ce soir... Comme ça, Thomas pourra se reposer, hein, Thomas ?

Ce putain de sourire, sur la bouche de Claire, Thomas l'a bien noté. Un rictus particulier qu'il connaît par cœur. Elle a envie d'en découdre. Il le sait. La nuit sera rude.

Le champagne lui remonta dans la gorge. Envie d'une bière. Il se souleva comme il put, tituba entre les chaises.

— Je vais me chercher une mousse.

— Tu ferais mieux d'aller te coucher, Thomas, glissa Suzanne. Ce serait plus raisonnable. Demain, tu y verras plus clair.

Thomas sentit la rage lui nouer le ventre. Il s'accrocha au bord de la table, empoigna le bord de la nappe.

— Écoute-moi bien, toi !

— Quoi, moi ? Qu'est-ce que t'as à me dire, hein ? T'as vu dans quel état tu es ? Tu devrais avoir honte, avec une fille de vingt-cinq ans de moins que toi ! Faut qu'elle t'aime, ma Claire.

Je te le dis, moi, faut qu'elle t'aime. Parce que moi, à sa place…

— Quoi, à sa place ? Tu ferais quoi, hein ? Dis-moi.

— Je me casserais. Voilà ce que je ferais. Je te laisserais dans ta merde.

Thomas lâcha la table, marcha d'un pas incertain dans le couloir, claqua la porte de la cuisine derrière lui.

Ils entendirent le frigo s'ouvrir, une capsule métallique atterrir sur le carrelage. Le gargouillement de la bière dans la gorge, quelques secondes avant un rot tonitruant.

Suzanne enfila son manteau.

— Tu es sûre que ça va aller, ma chérie ?

— T'inquiète, maman. J'ai l'habitude. Là, il fait le fanfaron, mais je le connais : dans dix minutes, il dort comme une souche.

— OK, ajouta Baptiste en embrassant sa fille. Mais s'il y a un problème, tu nous appelles. Tu peux compter sur nous, tu le sais ?

— Oui, je sais. Ne vous inquiétez pas. Ça va aller.

Elle les regarda s'éloigner dans le hall, disparaître dans l'ascenseur.

Elle ferma la porte, appuya son dos contre le chambranle. Dans la cuisine, le bruit d'une autre capsule.

Thomas avait posé son cul sur le sol, son dos contre la porte du frigo. Dans la main droite, une Kanter fraîche, dans l'autre une clope dont la cendre menaçait de tomber.

Claire posa un regard sur la table, sur les piles d'assiettes, les plats en vrac. Pas le courage de remplir le lave-vaisselle, de ranger tout ce bordel.

— Je vais me coucher. Je suis morte.

Thomas tira sur sa cigarette, ne remarqua pas la cendre se disperser sur sa chemise.

— Ça va, Thomas ? T'es content de toi ?

Silence.

— Tu pourrais au moins me répondre.

Il leva les yeux.

— Pour dire quoi ? Que j'en peux plus, que vous me faites tous chier ? Que j'ai envie que tu te barres en vacances, que je puisse respirer un peu ? Oui, respirer. Rien d'autre. C'est ça que t'as envie d'entendre ?

Elle s'approcha de lui, lui balança un coup de pied.

— T'es vraiment qu'un connard ! Putain, mais qu'est-ce que je fous encore ici ? Mais qu'est-ce que je fous ?

Elle poussa trois verres, s'assit face à lui, sur le bord de la table.

— Tout le monde me le dit. Tout le monde, t'entends ? Mais qu'est-ce que tu fais encore avec ce con ? Qu'est-ce que t'attends pour te barrer ? Même tes potes, les gars de ton équipe, personne ne comprend pourquoi je reste avec toi.

— Laisse mes amis où ils sont, s'il te plaît.

— Tes amis, comme tu dis, ils savent tous ce que tu es, Thomas. Un mec qui rentre bourré tous les soirs et qui ne touche plus sa nana depuis des mois. Ils rêveraient tous d'avoir une gonzesse de vingt-cinq ans dans leur plumard. Tous, tu m'entends ! Et ils ne te comprennent plus, Thomas. D'ailleurs, plus personne ne te comprend. Ni moi, ni tes collègues, ni tes potes… Personne.

— Tu crois pas que tu pousses ?

— Ta gueule ! J'ai besoin de parler. Besoin que t'entendes ce que j'ai à te dire. Parce que, moi aussi, j'en peux plus.

Il savait que quand commençaient les insultes, c'était des années de colère qui s'apprêtaient à sortir. Un volcan sous pression dans son ventre depuis qu'elle était toute petite. Qu'il allait encore prendre pour tout le monde même si, lui aussi, il déconnait depuis un moment.

Il accrocha son regard au sien. Tenta un sourire minable.

— Tu peux me regarder avec ton air de chien battu, ça ne change rien. Avec toi, c'est la merde, c'est tout.

Il quitta son regard, posa les yeux quelque part sous la table.

— Est-ce que tu te rends compte de la vie que tu m'offres, hein ?

Rien à répondre.

— Attends, je te fais le tableau. Les cours, les prépas, les corrections, les parents d'élèves, les réunions, les courses, la bouffe, le ménage, tout, quoi ! Je me tape tout. Et toi, c'est simple, t'es jamais là. Boulot, boulot et encore boulot. Et quand tu rentres, t'as tellement ingurgité de saloperies, qu'à part t'écrouler dans le salon, t'es plus capable de rien. Pas un mot, pas un projet, pas une attention, rien ! Que dalle ! C'est une vie, ça ? Hein ? Dis-moi, c'est une vie ?

Thomas se frotta les yeux, les joues, sentit sous ses doigts la barbe du jour, la sueur au goût de fatigue.

— Putain, mais réponds ! Merde !

— Non, je sais. C'est nul.

— Et ta promesse d'arrêter de boire ? C'est pour quand ? Demain ? La semaine prochaine ? Le mois suivant ? T'es même pas foutu de tenir une promesse. Même pas une seule.

— Je sais.

— T'as vu ce que t'es devenu en un an, Thomas ? T'as pris dix kilos, tu pues de la gueule du matin au soir, quand tu marches, tu te cognes contre les murs comme un putain d'ivrogne et les rares fois où tu me fais l'amour, j'ai envie de chialer et de me barrer tellement ça me dégoûte...

— Pourquoi tu restes ?

— J'en sais rien. Peut-être que j'ai pitié. Peut-être aussi qu'il me faut du temps pour partir.

Thomas alluma une autre clope.

— T'as quelqu'un ?

— Pourquoi ? Tu me fais suivre ?

— Non. C'est pas mon genre.

— Tu devrais, parce que j'ai un mec. Ça fait deux mois. Un mec normal qui me baise et me fait vraiment jouir. Ça change.

Impossible de savoir si elle disait vrai ou si c'était juste pour le faire réagir.

— C'est tout ce que ça te fait ?

Il haussa les épaules.

— En fait, tu t'en fous. T'es vraiment un sale con.

Elle ouvrit le frigo, se remplit un verre de blanc doux.

— Je vais te quitter, Thomas. Me barrer pour de bon.

— Je pense que tu as de bonnes raisons.

Elle vida son verre cul sec, alluma une cigarette à son tour.

— Pourquoi t'as repris l'alcool ?

— Comment ça ?

— Ne me prends pas pour une conne. T'avais arrêté pendant trois ans. Tout allait beaucoup mieux.

— Je sais.

— Alors ? Ça fait un an que tu as replongé. Et ne me dis pas que c'est cette putain d'affaire Langevin. J'en crois pas un mot. C'était dégueulasse, d'accord, mais des affaires pourries, dans ta carrière de flic, j'imagine que t'en as vu un paquet. Alors, qu'est-ce qui s'est passé l'année dernière ? Qu'est-ce qui t'a fait rechuter ?

Thomas passa ses doigts dans sa tignasse brune.

— C'est compliqué.

— Tu peux me dire, Thomas. De toute façon, je vais partir. Dis-moi la vérité. Tu me dois au moins ça, non ?

Il leva le regard vers elle.

— La petite Langevin…

— Quoi, la petite Langevin ?

Il fit craquer le briquet, tira une bouffée profonde.

— Marie Langevin, en fait, c'était ma fille.

Lui dire. Tout lui dire.

Monique Langevin, serveuse dans un bar.

Ça faisait dix ans. Une éternité.

À l'époque, son mariage tournait en roue libre. Alors, avec Monique, deux ou trois fois par semaine, ils se retrouvaient dans un hôtel, près de la gare. Pas amoureux, non. Juste un plan cul avec tendresse minimum.

— Une fois enceinte, elle a tout décidé, sans tenir compte de mon avis. Elle a gardé la gosse, et moi mon mariage. C'était notre secret.

— Mais, quand t'as divorcé ?

— On ne couchait plus ensemble depuis un bail. Monique avait rencontré un type. Un gars plutôt gentil avec la petite.

— La gosse n'a jamais su que t'étais son père ?

— Non. J'ai laissé Monique refaire sa vie, et je me suis tenu à distance. Même si des fois, c'était plus fort que moi, je me postais dans ma bagnole à la sortie de l'école. Et puis, de temps en temps, j'envoyais un cadeau. Sa mère racontait que c'était un oncle qui habitait au bout du monde. La vie roulait comme ça.

Thomas tira une chaise à lui.

— C'est après qu'on ait retrouvé son corps que je me suis rendu compte à quel point je tenais à cette gamine. C'était peut-être un secret, mais elle était quand même ma gosse ! Et moi, son père. Clandestin, c'est sûr, mais papa quand même… J'ai pas su faire le deuil, Claire. Impossible. Un secret comme ça, ça ne se partage pas. Tu gardes ça à l'intérieur et tu crèves avec. C'est comme ça. Alors, un verre pour me donner un coup de main, un autre… Tu connais la suite.

— C'est tout ?

— Oui, c'est tout. Tu m'en veux ?

— Non, même pas. Je vais te dire, maintenant, pour moi, t'es comme un étranger.

Elle écrasa son mégot dans une assiette sale.

— Un alcoolo, c'est déjà dur à supporter, mais un mec capable de te cacher pendant cinq ans qu'il a une gamine… Non, mais tu te rends compte ?

Plus rien à dire.

— Est-ce que tu réalises que je ne pourrai plus jamais te faire confiance ?

Silence.

— Jamais plus, tu m'entends ? Jamais !

Elle traversa la cuisine, dénicha un rouleau de sacs-poubelle dans un tiroir. Elle ouvrit une des poches plastiques, décrocha les deux petits tableaux au-dessus du buffet et les jeta dedans.

— Qu'est-ce que tu fabriques ?

— Je m'en vais. Je ramasse toutes mes affaires et je me barre.

Dans ses yeux, le noisette avait viré au sombre.

— C'est fini, tu m'entends ? Fini.

Elle quitta la pièce et il écouta les pas sur le plancher. Il entendit les placards s'ouvrir, le bruit du plastique qui se remplit de fringues, de bibelots. Il se dit qu'il n'entendra plus ses talons cadencer les soirées, que dans les armoires, les cintres pendront nus dans le vide et que sur les étagères demeurera son parfum, des particules de jasmin qui finiront, elles aussi, par s'évaporer avec le temps. Le parfum des femmes, songea-t-il, c'est comme la mémoire, les souvenirs ; il finit par ne plus rien en rester. Et c'est peut-être mieux, ça permet de ne pas crever de regret, d'éviter l'insoutenable nostalgie…

Dans le salon, une bouteille de whisky. Les mélanges de la soirée lui faisaient tourner la tête. Il se tint au mur, déboucha dans l'entrée. La porte était ouverte. Dans le couloir qui menait à l'ascenseur, un tas de sacs noirs lui fit penser que toute une vie pouvait tenir dans quelques sacs-poubelle. Que dans cette putain d'existence, on s'en fait pour si peu de chose, et que c'est terrifiant.

Aux murs du salon, l'emplacement des cadres emportés. Sur la table, le Glenfiddich attendait son heure.

Thomas s'affala sur le canapé, renversa la bouteille au bord de sa bouche. Un long baiser brûlant. Ça crame la gueule, la gorge, ça troue le ventre. La bouteille roula sur le plancher. Dans la tête de Thomas, une chaleur envahissante. Le plafond se mit à swinguer sa danse de la nuit, le canapé son tango renversé des grands soirs.

Il ferma les yeux. La porte d'entrée claqua d'un coup sec. Les pas résonnèrent dans le couloir.

Plus rien.

*

Froid.

Thomas chercha une couverture pour se protéger. Que dalle. Il ouvrit un œil, prit conscience qu'il n'était pas dans son lit. 6 h 30 à sa montre.

Se lever péniblement, gagner le couloir, la porte des chiottes. À genoux. Rien à vomir. Les yeux brûlent. Dans la tête, une enclume qu'un connard frappe de toutes ses forces.

Dans l'entrée, les placards ouverts sur des portemanteaux

abandonnés, des fantômes de garde-robe. Quelques pas jusqu'à la cuisine. Des odeurs de bouffe refroidie, des cendriers qui dégueulent. Thomas ouvrit la fenêtre, s'affaissa sur un tabouret.

Dehors, une pluie glaciale tombait en rideau, martelait le toit des voitures en contrebas.

Thomas songea aux boucles auburn de Claire, à ses épaules nues qu'il observait parfois, la nuit, pendant qu'elle dormait. Il songea à son rire, à son enthousiasme, à cette passion dévorante qui l'animait en toute chose. Il savait qu'elle serait prof encore quelques années, qu'ensuite elle retrouverait les bancs de la fac et qu'un jour, elle serait universitaire. Depuis qu'il la connaissait, il savait son destin par cœur. Aucun doute sur sa trajectoire de femme. Pour lui, la route de Claire était tracée depuis longtemps, dessinée à coups de passion, de textes, de désirs et d'auteurs sublimés. Prof de fac. C'était inscrit, comme dans la paume une ligne de vie.

Désormais, dans cette vie, lui n'avait plus sa place. Se profilaient des années de vide, d'absence, de nuits silencieuses, désertées à jamais des bruits de celle qui est partie…

Il revit le corps de la petite Marie, au fond du talus. Ses membres martyrisés, son ventre béant au froid de l'automne et ses yeux grands ouverts qu'il avait délicatement fermés.

Près de lui, sur le dossier de la chaise, sa veste de cuir. Il dégagea le 357 Magnum de son étui, en vérifia le chargement. D'un mouvement du pouce, il déverrouilla la sécurité. Dans la pénombre de la cuisine, il posa le canon sur son front, le laissa descendre le long de son nez. Il écouta la pluie déborder des gouttières, ruisseler le long des vitres, noyer les appuis de fenêtre. Il entrouvrit les lèvres, glissa l'acier entre ses dents, laissa le froid du canon prendre possession de sa langue. Ses yeux fixèrent le gris de la journée de merde qui s'annonçait, de cette vie de merde aussi.

Dans la poche de sa veste, le grésillement de son portable.

Il compta les sonneries. Peut-être Claire qui regrette, qui…

Il posa son arme sur la table, décrocha.

— Commissaire Roussel ?

Une voix qui lui rappellait quelque chose.

— Ouais. C'est pourquoi ?

— C'est Jouhandeau. Jean-François Jouhandeau, le procureur de la République. Excusez l'heure, mais on a besoin de vous. C'est urgent.

— Qu'est-ce qui se passe ?

— Je suis avec toute votre équipe au Géant Casino, vous voyez où ?

— Très bien. Et alors ?

— Des cambrioleurs se sont introduits dans la galerie marchande pendant la nuit. Un des gardiens les a surpris et ils l'ont tué. Au moment de leur fuite, une patrouille de police alertée par le second gardien leur a coupé la sortie et ils se sont retranchés à l'intérieur du magasin. Le plus grave, c'est qu'ils ont une gamine en otage.

— Une gamine, à cette heure-ci ?

— Elle dormait dans une voiture avec sa mère sur le parking. De pauvres gens, je ne vais pas vous faire un dessin. Mais là où ça urge, c'est que si on ne leur procure pas un véhicule d'ici une demi-heure, ils menacent de tuer la petite…

— Quel âge, la gosse ?

— Huit ans, je crois. Je connais vos talents de négociateur et…

Tout en écoutant le procureur, Thomas Roussel se glissa une clope entre les lèvres.

— J'arrive, monsieur le procureur… et merci.

— De quoi, merci ?

— Rien, conclut Thomas Roussel en enfilant sa veste de cuir. Vous ne pourriez pas comprendre.

2

Quatre ans plus tard.

— Les mariés, une chanson ! Les mariés, une chanson !

Thomas prit Délia par la main, l'entraîna sur l'estrade en bois installée au milieu du jardin.

— Une chanson ! Une chanson !

Alors que les invités scandaient à tout rompre, la mariée souleva son chapeau de tulle, leva le voile de dentelle qui couvrait son visage.

Tandis que, sur la scène, les musiciens improvisaient un florilège de tubes italiens, Thomas s'approcha du micro qu'il tapota du doigt.

Sur la pelouse, les voix baissèrent d'un cran, les discussions s'estompèrent, les regards se fixèrent sur la silhouette de Thomas Roussel.

D'un geste de vieux rockeur, il ôta sa veste bleu marine, la jeta dans les airs jusqu'aux bras tendus des danseurs. Il desserra le nœud de sa cravate, passa un bras autour des épaules de Délia, puis se tourna vers les musiciens et leur glissa sa consigne.

La mélodie envahit le jardin, titilla les mémoires, les souvenirs.

« C'est moi, c'est l'Italien,
Est-ce qu'il y a quelqu'un,
Est-ce qu'il y a quelqu'uuune ? »

Les voix s'étaient tues, les coupes de champagne posées sur les nappes de papier tremblotantes sous la brise du soir.

« Je rentre un peu tard, je sais,
Dix-huit ans de retard, c'est vrai... »

La trentaine d'invités découvrait la voix mélancolique de Thomas. La plupart savaient d'où il venait, quels chemins le commissaire avait suivis pour remonter la pente. Délia s'approcha du micro.

« Io non ne posso propio più,
Se ci sei, aprimi la porta... »

Sur les hauteurs de Morlaas, au nord de Pau, la villa du docteur Délia Cabrini dominait la vallée jusqu'aux Pyrénées. Au-delà des pelouses impeccables, s'étendait une ligne de pics et de sommets dont les arêtes se découpaient en résidus de dentelles anguleuses.

La maison était une construction contemporaine aux larges baies vitrées laissant apparaître un enchevêtrement savant de poutres métalliques, de mezzanines et de balcons intérieurs étudiés. Le jardin descendait en pente douce jusqu'à la piscine et, en cette fin d'après-midi, le vert des grands arbres mêlé au bleu presque acier du ciel, donnait à l'endroit l'impression de sortir tout droit d'une revue art deco.

« Je suis tellement las, tu sais,
Il ne me reste qu'une chance,
C'est que tu n'aies pas eu ta chance... »

Ils étaient tous là, tous. Lucas, le divisionnaire, le commandant Thierry et les autres, Jérémy, Pierrot, Delphine et Jean-Christophe. Son équipe de fous furieux, comme l'appelait parfois Thomas. Des tarés du boulot, comme lui, des gueules solides aux sourires dissimulateurs de failles. Vingt ans de vie commune à tout partager : la merde et puis le reste.

Sans compter les matins poisseux d'après les nuits blanches, les fous rires incontrôlables à la morgue, les mensonges, les larmes, les crises de nerfs. Une vie de flic, résumait souvent Thomas Roussel, c'est comme un balcon ouvert sur les couleurs pourries du monde.

Thomas n'avait jamais cherché à éviter le regard de ses hommes. Il s'était même parfois livré à nu, et son équipe connaissait tout de lui. Jusqu'à ses zones d'ombre, ses réveils comateux, ses journées au radar, ses désespoirs et cette foutue bouteille qu'il avait eu tant de mal à balancer par-dessus bord.

Et puis, Jeannot, présent à tous les coups, les foireux comme les sublimes. Jeannot, prof de philo, vieux dinosaure du communisme, un drapeau rouge solidaire à la place du cœur. Jeannot, l'ami, le vrai, le plus ancien, mieux qu'un frère car sans histoire de famille à partager. Un pote comme un bâton de marcheur, un GPS de l'existence.

Mêlés aux autres, les amis de Délia, tous plus ou moins médecins, secouristes, urgentistes, pompiers des violences, des tôles froissées et des colères d'aujourd'hui. Et, un peu à l'écart, un peu perdus dans les flonflons, les parents de la mariée ; de vieux Italiens au visage buriné, si fiers de leur fille, que c'est peu de le dire…

« J'ai connu des femmes, oui mais
Je joue bien mal aux dames, tu sais… »

Les robes de soirée se déhanchaient avec langueur, les hommes sifflotaient ou fredonnaient mezza voce.

« Io non ne posso propio più,
Se ci sei, aprimi la porta… »

Le salut des deux chanteurs, leur baiser en riant sous les hourras et les applaudissements.

Thomas s'approcha du micro, annonça solennellement que l'heure de l'apéro avait sonné.

Il renversa Délia dans ses bras, esquissa un pas de danse entre les convives.

— Alors, comment il est, le vieux flic, Signora Roussel ?

Elle lui embrassa la joue.

— Il est comme j'aime. Fort, tendre, et un peu italien, à l'occasion…

Elle saisit une coupe au vol, trinqua, fit quelques pas, quelques bises et trinqua encore. Elle jeta un coup d'œil à Thomas qui se dirigeait vers une table, l'observa en souriant se verser un grand verre d'eau gazeuse.

*

Deux heures du matin.

— Qu'est-ce que tu fous, tout seul ? T'as presque l'air triste.

Thomas s'était esquivé entre les Stones et Claude François. Besoin de prendre l'air, de s'asseoir un instant sur le muret qui ceinturait le fond de la propriété. Observer la scène à distance, capter la terrasse, la maison, le ciel en un seul plan. Glisser son regard entre les danseurs, deviner la silhouette de Délia, tournoyant une coupe à la main.

— T'inquiète pas, mon Jeannot, ça roule. C'est juste que les fiestas comme celle-là, j'ai plus vraiment l'habitude. Ça m'étourdit presque. Faut dire qu'il n'y a pas bien longtemps que j'ai repris pied.

Jeannot posa sa silhouette de gros ours près de Thomas.

— Faut dire aussi que t'as une chance ! Non mais regarde-la, ta Délia. Je ne suis même pas sûr que tu te rendes compte…

— Oh si, je me rends compte. Ça me fout presque la trouille.

Jeannot sirota à la paille une bonne gorgée du Cuba Libre

qu'il s'était mitonné.

— Comment t'as fait pour l'emballer, celle-là ? Non, mais t'as vu cette beauté ?

— Je sais pas.

Il réfléchit un instant, remonta le fil de sa mémoire jusqu'à leur première rencontre.

— Je crois que c'est l'énergie du désespoir. Quelque chose comme ça.

Jeannot savoura bruyamment le fond de son verre.

— C'est vrai que t'es resté discret sur ce coup-là. Comme si c'était un secret. Tu l'as rencontrée à l'hosto, c'est ça ?

— Oui, l'année dernière. Ça faisait trois ans que je galérais, après le départ de Claire. Tu te rappelles dans quel état j'étais…

— Tu m'étonnes ! On ne savait plus quoi faire.

Jeannot dénicha un cigarillo dans la poche de sa chemise et se mit à téter avant de reprendre.

— Tu sais, on croyait tous que t'allais crever.

— Je sais. Moi aussi. Et puis, tu vois, au moment où je m'y attendais le moins, il y a eu le déclic.

— Raconte.

— C'était un matin, il y a un peu plus d'un an. Avec toute l'équipe, on était en ville pour serrer un enculé qui faisait subir des trucs à ses mômes. À 6 heures, on a débarqué dans l'appart. Le mec était au pieu avec sa fille de onze ans, la mère dans le salon, la gueule comme un compteur à gaz. Mes gars ont embarqué le type, moi je suis resté sur place avec la mère et sa gamine en attendant l'arrivée du toubib. La gosse était dans le salon, enveloppée dans une couverture, sur les genoux de sa mère. Et puis, je ne sais pas ce qui m'a pris, j'ai filé dans la cuisine, j'ai ouvert le frigo. Il restait une bouteille de blanc et une de rosé, au trois-quarts pleines. Je les ai vidées cul sec. Comme ça, à six heures du mat'. Pendant que je descendais les deux bouteilles, la mère s'est pointée avec la petite. Elles étaient là, toutes les deux à me regarder. Elles ne disaient rien, elles me regardaient juste, comme ça, sans dire un mot. Dans leurs yeux, il y avait comme une putain de déception. Pour elles, tu vois, j'avais beau être un flic, j'étais comme l'enfoiré qu'on venait d'arrêter. Un putain de poivrot qui se sert sans rien demander, un type capable de n'importe quoi.

Thomas se tut un instant, fixa Jeannot dans les yeux.

— T'as pas un truc à fumer ?

— Je croyais que t'avais arrêté.

— C'est vrai, t'as raison.

Il hésita un instant avant de s'exclamer :

— Et puis, merde ! C'est mon mariage, non ?

Il glissa le petit havane entre ses lèvres, fit craquer le briquet tendu par son ami. Il inspira profondément, garda la fumée le plus longtemps possible dans les poumons avant de la relâcher doucement dans l'air de la nuit.

— Putain, que c'est bon, c'te merde !

— Bon, tu me la finis, ton histoire ? Parce que je ne sais toujours pas comment tu l'as rencontrée, ta Délia.

— Ce matin-là, quand je suis sorti de chez ces gens, leurs regards, tu vois, ça m'avait fait comme deux trous dans le bide. Alors je suis rentré dans un troquet, j'ai commandé un café noir et j'ai cherché dans les Pages jaunes le numéro d'un toxicologue sur Pau. Docteur Cabrini, le premier nom que j'ai trouvé. J'ai téléphoné tout de suite, j'ai dit que j'étais flic, que c'était urgent et la secrétaire m'a filé un rendez-vous pour l'après-midi même.

Thomas continuait d'aspirer de longues bouffées, le regard perdu au-dessus des arbres.

— Bon, et alors ! Qu'est-ce qui s'est passé ?

— Un truc totalement inattendu.

Thomas sourit à l'évocation de cette journée-là.

— C'est drôle comme les rendez-vous les plus importants de la vie t'arrivent sur le coin de la gueule sans que tu t'y attendes.

Il suivit des yeux quelques instants la fumée grise de son cigare, puis il reprit.

— La secrétaire m'a accompagné jusqu'au bureau du médecin, et là, je me suis retrouvé face à Délia. Elle m'a souri, m'a demandé de m'asseoir. Elle a commencé à me poser des questions, et moi, comme un gamin, je bafouillais, je cherchais mes mots. Je matais ses yeux, son cou, sa bouche, j'écoutais pas ce qu'elle me disait, je me laissais juste envoûter par son accent italien. Finalement, j'ai réussi à m'expliquer, à lui raconter ma vie, la petite Marie, le départ de Claire, l'enfer que je vivais depuis des années. Le plus surprenant, c'est qu'au fur et à mesure que je lui parlais, j'entendais une petite musique s'installer en moi, un truc qui me disait : *si t'arrives à la séduire, t'es sorti d'affaire.* Un truc dans ce genre-là. Après une heure de consultation, je suis rentré chez moi et j'ai balancé tout ce qui pouvait se biberonner dans des sacs-poubelle. J'ai tenu toute une semaine sans boire une goutte et je suis allé au rendez-vous suivant. Et puis, il y a eu un autre rendez-vous, et puis un autre, encore un autre... et voilà ! Aujourd'hui, on se marie. Elle est pas belle, la vie ? Hein, dis-moi, elle est pas belle ?

La voix de Délia dans le jardin.

— Alors, vous venez tous les deux ! Qu'est-ce que je vais devenir, moi, sans mon mari et son témoin ? Allez, dépêchez-vous ! Tout le monde vous attend.

Dans le salon, les meubles avaient été poussés contre les murs, la table du repas installée sur la pelouse, au bord de la terrasse. Délia surgit de la cuisine, une coupe à la main, se jeta dans les bras de Thomas.

— Toi, tu as fumé. Ose me dire le contraire.

— Un p'tit cigare pour le jour de notre mariage, je ne vais pas en mourir, pas vrai ?

Elle posa les lèvres contre son cou, lui mordilla l'oreille.

— OK, beau commissaire. Mais n'oublie pas que la seule addiction que je tolère, c'est que tu sois accro à moi. À moi et à rien d'autre. Capito ?

Il l'embrassa sur le front.

— Capito.

Elle se dégagea de ses bras.

— Je te laisse. Je vais voir dans la cuisine où en est le dessert.

Elle se faufila entre les danseurs, se retourna d'un coup.

— Au fait, il y a ton portable qui n'arrête pas de sonner. Je l'ai posé là-bas, sur le bar.

Thomas traversa le salon, aperçut son téléphone qui vibrait.

— Allô ! Vous pouvez parler plus fort ?

Avec la musique, impossible d'entendre.

— Attendez, je change d'endroit. Juste deux secondes…

Il ouvrit la porte vitrée du couloir, pénétra dans son bureau, referma derrière lui.

— Allô. C'est mieux comme ça, non ? Vous êtes qui, au juste ?

À l'autre bout du fil, une petite voix, presque un chuchotement. Des mots comme une supplique. Des mots comme un coup de poing au ventre.

Thomas ferma les yeux, sentit son cœur s'accélérer d'un coup. Claire. Il l'avait reconnue au premier souffle, à la première syllabe, avant même qu'elle n'indique son prénom. Claire, sa Claire d'avant, sa Clarinette.

Il s'assit sur un coin du bureau, ferma les yeux sur les quatre années de silence balayées.

— Qu'est-ce qui t'arrive ? Après tout ce temps, tu ne crois pas…

— Écoute-moi, je t'en supplie.

Elle continuait de parler à voix basse.

— Il faut que tu viennes me chercher, Thomas. Il faut absolument que tu viennes. Je suis certaine qu'ils vont me tuer.

Il n'en croyait pas ses oreilles. Quatre ans d'absence, d'abandon. Envolée. Pas un mot, pas un signe, rien. Et elle l'appelait au secours, comme ça, sans prévenir.

— T'es où, là ? Et tu ne peux pas parler plus fort, je t'entends à peine…

— Non, je ne peux pas parler plus fort. Ils sont dans la pièce à côté. Ils m'ont enlevée tout à l'heure, chez moi, et m'ont amenée ici. C'est une sorte de cave, près d'une gare, j'entends des trains, dehors. Je n'ai plus que toi, Thomas. Si tu ne viens pas, ils vont me tuer…

— Mais qu'est-ce que c'est que cette histoire ? cria presque Thomas. Est-ce que tu sais que je me marie aujourd'hui ? Tu comprends, Claire ? Je me marie.

À l'autre bout du fil, plus un mot.

— J'ai mis des années à guérir de toi. Des années. Moi aussi, Claire, j'ai failli crever. Me jeter par une fenêtre ou bien m'exploser la gueule avec mon flingue. J'ai passé des mois – qu'est-ce que je dis, des mois – des années à boire la tasse. Mais tout ça, c'est fini. Derrière. Terminé ! Aujourd'hui, je vais mieux. Même très bien. Et je me marie avec une femme que j'aime et qui ne va pas se barrer à la première difficulté. Et tu sais pourquoi ? Parce que c'est elle qui m'a sorti de la merde.

Surpris par sa propre colère, il entendait les mots se déverser, se répandre tout seuls.

— Je ne sais pas pourquoi je te raconte tout ça. Les invités m'attendent, Délia doit se demander ce que je fabrique, je vais raccrocher. Il est trop tard, Claire. Fallait te manifester avant. Bien avant. Mais franchement, oser inventer une histoire aussi tordue pour que je m'occupe de ton cas ? Je n'en reviens pas. Allez, je te laisse…

— Attends ! Attends, Thomas ! Je vais crever si tu ne viens pas me chercher ! Je vais crever, tu m'entends ?

Elle s'était mise à lui parler plus fort.

— C'est pas une histoire bidon, je te jure. Je suis allée très loin dans mes recherches, je ne peux pas t'expliquer maintenant. Mais ce que j'ai découvert, c'est énorme. Énorme ! J'ai mis à jour un putain de secret, et ils veulent me faire disparaître pour ça. Pour que je la ferme et que tout ça ne sorte jamais…

Thomas réfléchissait. Il lui connaissait bien des défauts, mais pas celui du mensonge et encore moins un talent de comédienne.

— Tu es où exactement ?

— Je ne sais pas au juste. À Marseille, c'est sûr. Dans une cave, près d'une gare ou d'une voie ferrée. C'est tout ce que je peux te dire…

Dans le combiné, le bruit d'une porte qui claque, une voix d'homme.

Et puis les hurlements de Claire.

— Laissez-moi ! Non !

Le son du portable qui cogne le sol. La voix de Claire qui s'éloigne, qui continue de hurler :

— *El Capitan*, Thomas ! *El Capitan* !

Des insultes, des cris, le claquement d'une gifle.

Un clic. Silence.

Numéro caché. Impossible de rappeler.

La porte s'ouvrit brusquement sur le visage de Délia.

— Ah, tu es là ! Je te cherche partout.

— J'arrive, j'arrive.

Elle aperçut le portable encore dans la main de son mari.

— Tu as l'air bizarre. C'était qui ?

Il esquissa un sourire.

— Rien de grave. Tu ne connais pas.

Elle le prit par le bras, l'entraîna hors du bureau.

— Allez, on y va. Tout le monde t'attend pour le dessert. Et puis après, c'est la *festa* jusqu'au bout de la nuit. *Una festa all'italiana* ! C'est bien ce que tu voulais, non ?

— Oui, oui. C'est ça.

Six heures quarante.

Exténuée, Délia s'était affalée au milieu du lit une demi-heure plus tôt. Le flot des coupes de champagne ajouté aux danses et aux cocktails de fin de soirée avaient fini par avoir raison d'elle.

Thomas avait tiré les rideaux de la chambre sur les lueurs du jour. Puis il avait raccompagné les derniers fêtards jusqu'aux voitures, avait laissé les parents de Délia s'installer dans la chambre d'ami. D'un air las, il avait contemplé le foutoir général, avait rempli le lave-vaisselle, vidé les cendriers, jeté les nappes en papier. Il s'était dit qu'après quelques heures de sommeil, en s'y mettant à deux ou trois, la maison reprendrait son allure coutumière de demeure irréprochable.

Sur le lit, Délia n'avait pas bougé d'un pouce. Délicatement, il lui dégrafa le corset, fit glisser la robe de voiles le long de ses jambes, enfouit doucement son corps sous la couette. Dans le silence du matin, il se déshabilla à son tour et se glissa près d'elle.

Elle posa une joue contre sa poitrine, un bras au travers de son ventre. Dans un demi-sommeil, elle murmura un truc du genre « *Mi amore* » et se rendormit.

Thomas ferma les yeux, tenta d'accrocher le sommeil, mais ne put lutter contre les mots de Claire qui lui envahissaient la tête. Il se repassa le fil de leur conversation, et se demanda dans quel merdier elle s'était fourrée.

Peu après 7 heures, il se glissa hors du lit, enfila un caleçon et sortit de la chambre.

Dans la cuisine, il extirpa une capsule de café d'un tiroir, la glissa dans la machine automatique. Le temps que le jus se prépare, il alla chercher le portable abandonné sur son bureau. Il demanda les renseignements, indiqua qu'on le mette en communication et, de retour à la cuisine, trempa les lèvres dans le robusta qui fumait.

— Allô ! Commissariat central de Marseille ? Thomas Roussel, de la PJ de Pau, dans les Pyrénées. Dites-moi, vous n'auriez pas retrouvé un cadavre cette nuit ? Une femme, peut-être près d'une voie ferrée…

On lui passa le service concerné. Thomas écouta attentivement, posa sa tasse sur la table. Aux premières heures de la matinée, des cheminots avaient découvert un corps calciné près de la gare de la Blancarde. L'équipe de la commissaire Aïcha Sadia se rendait sur place. Ils venaient juste de partir.

Thomas dit qu'il arrivait, qu'il prenait sa voiture et qu'il serait sur place vers midi. Il demanda qu'on ne touche pas au corps, et le moins possible à la scène de crime. Qu'il connaissait sans doute l'identité du cadavre, et surtout qu'on fasse passer sa consigne. Il laissa son numéro de portable, demanda à ce que la commissaire marseillaise le rappelle. Sans faute.

Dans la chambre, il enfila un jean, un polo noir.

— Tu vas où ?

Délia avait ouvert un œil.

— À Marseille. Des collègues m'attendent là-bas.

Elle se releva légèrement, s'appuya sur un coude.

— Mais, tu es en congé ? Et puis c'est dimanche, non ?

Thomas posa un blouson de cuir sur ses épaules.

— Je sais, mais c'est grave. Il faut que j'y aille.

Délia semblait totalement réveillée. Elle sauta du lit, s'approcha et lui fit face.

— Tu sais qu'on s'est mariés hier et qu'on part en voyage de noces dans cinq jours. Qu'est-ce qui se passe, Thomas ?

Il saisit son 357 Magnum, dans le placard, l'enfonça dans son étui de cuir.

— Il se passe que Claire est sans doute morte.

— Claire ?

— Oui. Assassinée cette nuit.

Elle se colla à lui, glissa son visage au creux de son cou.

— C'était elle, tout à l'heure au téléphone.

— Oui. Elle m'appelait au secours.

Il se détacha d'elle, posa sa bouche sur ses lèvres encore pourpres de maquillage.

— Reviens vite, Thomas. Et fais attention.

— À quoi ?

— À toi. À nous. Les fantômes ont quelquefois du pouvoir, tu sais. Et la vie est parfois bien fragile…

3

Marseille, six heures quarante.

Les appels d'un portable retentirent dans l'appartement d'Aïcha Sadia qui ouvrit un œil sur les aiguilles fluo de son réveil. Elle laissa les sonneries se succéder, puis, bien décidée à ne pas se laisser déranger un dimanche à une heure pareille, elle se tourna entre les draps et enfouit la tête sous l'oreiller.

Depuis le salon, le téléphone fixe se mit à retentir à son tour.

— Tu veux que j'y aille ? marmonna Sébastien en se dressant sur un coude.

— Non, c'est bon.

La commissaire s'extirpa de la couette.

— Je ne sais pas quel est le con qui nous emmerde aux aurores, mais il a intérêt à ce que ce soit du sérieux.

Sébastien l'entendit s'éloigner, décrocher sèchement. Puis il sortit du lit, s'approcha de la fenêtre ouverte, écarta quelques lamelles du store.

En dépit de l'heure matinale, quelques promeneurs baladaient déjà leurs chiens sur la plage des Catalans, tandis qu'un peu plus loin, sur le trottoir qui menait à la Corniche, les joggeurs matinaux battaient le pavé à pas cadencés. Sébastien laissa retomber le store avant d'enfiler un caleçon et de sortir tranquillement de la chambre.

— Je nous fais un café ?

Aïcha déboula dans la cuisine.

— Pas le temps. On file à la gare de la Blancarde.

Touraine reposa les tasses sur la table.

— Je te rappelle qu'on est dimanche. Et c'est mon anniversaire, en plus. On est le 14 août, au cas où…

La commissaire passa la tête dans l'encoignure de la porte.

— Évidemment que j'ai pas oublié. Mais il y a un corps carbonisé qui nous attend gare de la Blancarde. Je te rappelle qu'il est 6 h 45, et que les bougies, t'auras toute la journée pour les souffler. Allez, zou !

— Un corps carbonisé ? C'est quoi, cette histoire ?

Aïcha disparut dans le couloir.

— Enfile un truc et viens avec moi. Je t'expliquerai sur la route.

*

Toulouse, huit heures quarante.

Les mains fermement posées sur le volant, le commissaire Thomas Roussel ne quittait pas la route des yeux. Il laissait les kilomètres filer derrière lui, s'éloigner dans le rétro les bois et les taillis du plateau de Lannemezan, puis Saint-Gaudens, Roquefort-sur-Garonne et la banlieue de Toulouse. La voie rapide direction Montpellier, des appels de phares, des voitures doublées de près, des radars qui crépitent. Un coup d'œil à sa montre, à l'aiguille du compteur qui grimpe et tremble à l'approche des 200.

Thomas fit ses calculs, cala ses méninges au rythme de la bande blanche sur le côté qui semblait presque continue. Il se dit qu'à cette allure, dans un peu moins de deux heures il longerait les quartiers Nord de Marseille. Il quitterait la rocade à la sortie

Cinq-Avenues, aimanterait son gyro sur le toit pour mieux slalomer entre les voitures qui ne manqueraient pas d'encombrer le Jarret. Marseille la poussiéreuse ne pouvait rien lui cacher. Il y avait fait ses classes il y a plus de vingt ans et, entre deux courses poursuites avec les collègues, c'est là-bas qu'il avait appris son métier.

Carcassonne sur sa gauche, les vignes de l'Aude et la descente vers la Méditerranée.

Le témoin de carburant se mit à clignoter. Un arrêt express à la première station. Un plein, un café et, merde ! un paquet de clopes. Promis, j'arrête vendredi, pour le voyage de noces…

Narbonne sur le côté, filer tout droit sur Béziers.

La fenêtre mi-ouverte, la première cigarette jusqu'à l'incandescence qui chauffe les doigts.

Dans une bonne heure, Marseille montrera le bout de sa lumière. Un chaudron étouffant d'immeubles et de collines débordées par les chantiers en cours. Une ville qui lui avait fait peur dès qu'il y avait débarqué. De grands boulevards jouxtés de petites ruelles qui montent et serpentent sur les hauteurs de la ville. Des quartiers comme des villages, des palissades sans fin qui masquent les villas, les jardins, les piscines interdites à la vue. Des accents de toute la Méditerranée, des regards sombres, des haines et des rancœurs vieilles comme des cicatrices algériennes. Une ville qu'il avait prise à bras-le-corps, comme une danseuse récalcitrante. Ne pas baisser les yeux, ne pas baisser le ton, regarder les hommes en face, serrer parfois les poings au fond de ses poches. Difficile de s'y faire des amis, mais quelques potes quand même à l'arrivée. Puis l'année de sa mutation à Pau, des coups de fil marseillais qui s'espacent, des connaissances qui l'oublient. À moins que ce ne soit lui…

Bientôt, il se garera face à la gare de la Blancarde, rejoindra entre les rails l'équipe de la commissaire Aïcha Sadia. Alors, il se penchera sur les restes calcinés du corps qui traîne entre les voies brûlantes.

Il ne savait pas pourquoi, mais plus il bouffait les kilomètres, plus il était sûr que l'amas de chair calcinée qui l'attendait n'avait rien à voir avec sa Claire.

Sa Claire aux reflets roux, sa Claire aux grands yeux noisette, sa Clarinette qui l'avait planté sur un coup de tête, qui n'était jamais revenue parce que cette nana, ça n'avait jamais été une pro de la marche arrière.

Sa Claire, entre deux bouffées de chagrin, il se l'était parfois imaginée morte. Plutôt morte qu'heureuse avec un autre, c'est sûr ! Et puis, une fois Délia dans sa vie, tout ça s'était calmé. Alors, il se l'était parfois imaginée heureuse, et, petit à petit, il ne se l'était plus imaginée du tout.

Alors, brûlée par des malfrats pour une histoire d'affaire à maintenir secrète ? Non, décidément, non. Les gens normaux ont la mort douce qu'ils méritent, songea Thomas Roussel en traversant les zones commerciales ceinturant Montpellier. Et sa Claire, elle lui avait peut-être fait souffrir le supplice, mais elle n'avait certainement pas mérité cette fin-là.

*

Marseille, sept heures quinze.

La commissaire serra le frein à main face à la petite gare de la Blancarde. Escortée de Sébastien, elle poussa la porte vitrée, traversa la salle des voyageurs et déboucha face aux quais. L'inspecteur Grenier, la dernière recrue de son équipe, l'attendait en faisant les cent pas, un gobelet fumant à la main.

Aïcha Sadia s'avança vers lui, sourit à ses dreadlocks, à son air de junkie à peine sorti de sa nuit blanche.

— Salut, Grenier.

— Patronne…

— Bon, il est où ce cadavre qui ne pouvait pas attendre jusqu'à demain ?

D'un mouvement de la tête, l'inspecteur indiqua les rails, l'amorce d'une courbe au bout de la ligne droite.

— Là-bas, à deux cents mètres. Juste à la hauteur du premier virage. Mathias et les autres sont déjà sur place, mais personne n'a touché à rien. Même les mecs de l'Identité, ils n'osent pas piétiner.

La commissaire jeta un coup d'œil vers sa gauche.

— Ils ont bloqué le trafic ?

— Pas de souci, patronne. Il n'y a pas un train qui circule jusqu'à nouvel ordre.

Elle sauta sur les rails, commença à enjamber les traverses.

— Il y a longtemps que vous êtes sur place ?

— Vingt minutes. C'est des gars de l'entretien qu'ont découvert le corps. Vu qu'on était de permanence, on est venus de suite.

En approchant de la zone, Aïcha Sadia distingua les silhouettes des inspecteurs Blanchard et Perridon, les mains dans les poches, qui la regardaient progresser entre les rails. Théo Mathias, le légiste, assis sur le bord du quai, l'air de prendre son mal en patience. Près de lui, les deux gars de l'Identité, l'appareil photo en bandoulière, fumaient leur clope en discutant.

Sur le côté droit de la voie ferrée, contre l'arête bétonnée du quai, une forme grise aux taches sombres, difficilement définissable, dans une zone ceinturée de bandes rouge et blanche.

— C'est quoi ce bordel ? murmura la commissaire. Qu'est-ce qu'ils foutent tous ? C'est pas l'heure de la récré…

— Je crois que c'est à cause de l'autre qui a téléphoné de je sais pas où, hasarda Grenier.

La commissaire arriva à la hauteur de son équipe.

— Bon, c'est les vacances ou quoi ? Et c'est quoi cette histoire de coup de fil de je ne sais où ?

Théo Mathias descendit d'un bond sur les voies.

— Un collègue de Pau qui nous a contactés pour dire qu'il serait là avant midi et qu'il fallait qu'on ne touche à rien. Apparemment, il sait qui est le cadavre. Du coup, on ne touche à rien. On attend.

— Un collègue de Pau ? Vous avez son nom ?

— Roussel. Thomas Roussel. Un commissaire. Je l'ai rappelé sur son portable. Le genre calme, sûr de lui. Il m'a juste dit qu'il était sur la route, et surtout qu'on protège le site au maximum.

De la mémoire d'Aïcha surgit le visage du commissaire Thomas Roussel. Sa silhouette plutôt costaud, rassurante, son regard vert, son sourire doux. Son haleine de pilier de bistro, aussi.

— J'ai eu affaire à lui, il y a quelques années. Une histoire de pédophile qui avait des ramifications jusqu'à Biarritz.

— Quel genre de flic ? s'enquit Mathias.

— Un mec bien. Juste un peu bouffé par la bibine, si tu vois…

En approchant de la zone délimitée, Sébastien Touraine s'était écarté du groupe. Prenant soin de ne pas bousculer la scène de crime, il s'était approché du corps qui reposait entre les rails. Il regarda ce qui restait de cette femme, puis il s'accroupit, chercha à comprendre.

Aïcha s'adressa à Mathias.

— C'est ça, la trouvaille des cheminots ?

— Ouais. Viens jeter un coup d'œil. Tu vas voir, c'est pas du travail de gamins…

Entourée de ses hommes, elle rejoignit Sébastien, s'approcha de la forme recroquevillée sur le ballast.

Ce qui lui vint d'abord à l'esprit, ce sont les images des hommes et des femmes calcinés débordant des crématoires de Treblinka ou d'ailleurs. Elle promena son regard sur les os noircis du squelette, détailla les rares lambeaux de chairs qui s'accrochaient encore. Elle s'agenouilla près du cadavre, fit tous les efforts du monde pour ne pas imaginer ce que fut la douleur. La terreur, aussi.

Les cheveux avaient disparu, les os du visage s'étaient déformés sous l'intensité de la flamme. Bouche entrouverte, lèvres fondues, les seins gommés par les flammes, les jambes repliées vers ce qui restait de ventre. Le bras droit s'étendait à travers les rails, le gauche dissimulé sous le reste du corps.

— Elle est nue, ou tout a cramé ?

— Apparemment, répondit Mathias, on l'a déshabillée avant

de l’amener ici. Pas de débris de chaussures, aucune trace d’étoffe ni de ceinture.

Il hésita un instant, puis conclut :

— On l’a brûlée à poil. Rien d’autre à dire.

Les regards restèrent posés sur le squelette, cherchèrent à imaginer le déroulement du meurtre.

— Vous avez vu l’état de ses os ? hasarda Touraine.

— Oui, acquiesça la commissaire. On dirait qu’on l’a sacrément tabassée avant de la cramer. Les jambes, les bras, le crâne, tout y est passé. C'est pas de la branlée, ça, c'est un putain d'acharnement.

Le vent se leva d’un coup.

— Ils ont prévu du mistral ?

— Oui, patronne, répondit l’inspecteur Blanchard. Ça va souffler sérieux.

Aïcha se leva, regarda dans le ciel le lent défilement des nuages. D’un geste de la main, elle remit ses boucles brunes en place, puis elle sortit un paquet de mentholées de son jean, fit craquer son briquet entre ses doigts.

— Va falloir me bâcher le périmètre, sinon, avec ce satané vent, dans moins d’une heure il ne restera plus grand-chose…

4

Onze heures vingt.

Le vent du nord soufflait maintenant en rafales continues sur la ville, dessinait entre les immeubles des tourbillons de poussière grise et ocre. Le break Volvo s'était immobilisé, à cheval sur le trottoir, face à l'espace piétonnier qui menait à la petite gare de la Blancarde. Une gare de province au beau milieu de la ville, posée là, en haut du boulevard Chave, blanche, proprette, avec son horloge ronde en façade ; une preuve du passé, du temps où les quartiers de Marseille ressemblaient à de la campagne…

Thomas Roussel coupa le moteur, suivit des yeux sans les voir vraiment les emballages de papier et les journaux gratuits danser dans l'air fou du matin. Devant l'entrée de la gare, il reconnut sa collègue marseillaise, le portable vissé à l'oreille, la cigarette aux lèvres.

Une bonne partie de la route, il s'était saisi du mot « carbonisé », s'en était emparé, en avait décliné tous les sens, toutes les images induites. Des kilomètres par centaines à s'imaginer le corps qu'il allait découvrir, des heures à tenter de se figurer le visage de Claire, à retrouver son sourire moqueur, ses taches de rousseur, ses longues mèches aux couleurs de l'automne.

À l'approche de la grande ville, quand il avait longé les Alpilles, traversé la plaine de la Crau et ses rangées d'arbres fruitiers malmenés par le vent du nord, la certitude que Claire était vivante, que toute cette histoire ne rimait pas à grand-chose, s'était peu à peu insinuée en lui. L'idée qu'il allait la retrouver dans un coin, la gueule fracassée par un mec jaloux ou bien largué, d'accord. Mais l'hypothèse folle que son corps se trouvât là-bas, abandonné entre les rails, toute cette histoire, jusqu'au coup de fil de la veille, tout cela lui semblait presque inimaginable, comme une mauvaise farce de l'existence…

Un tapotement lui fit ouvrir les yeux sur le visage d'Aïcha Sadia qui frappait à la vitre.

— Excusez-moi, glissa-t-il en ouvrant la portière, je suis lessivé par la route et je reprenais un peu mon souffle.

Des politesses d'usage suivies de pas muets à travers la gare.

— Toute mon équipe est sur place. On n'a touché à rien.

Dans le ciel, plus un nuage, juste le disque du soleil qui chauffe les nuques, les épaules. Les deux commissaires progressèrent côte à côte, laissèrent le bâtiment de la gare derrière eux. Devant, à cent mètres à peine, le premier virage.

Aïcha accéléra le pas, distança peu à peu Roussel d'un bon mètre. Peut-être une manière, pensa Thomas, de s'approprier la scène, une façon de lui montrer, qu'ici, elle était la patronne.

Dans la courbe des rails, des piquets maintenus par des bouts de corde entre lesquels on avait tendu des rectangles de bâche qui se gonflaient et claquaient au rythme des bourrasques.

— C'est tout ce qu'on a trouvé, mais ça ne va pas tenir des heures. Ils ont prévu des rafales jusqu'à cent kilomètres heure. Va falloir emmener le corps en vitesse…

Elle hésita une seconde avant de poursuivre :

— Déjà qu'il ne reste pas grand-chose…

Autour des bâches, assis dans l'herbe sauvage ou debout, une clope au bec, les hommes attendaient, immobiles. Grenier s'avança le premier, suivi des autres. Des mains tendues, des présentations vite faites.

— Bon, vous me la montrez ou on attend que la tempête ait tout emporté ?

Sébastien Touraine écarta une des bâches.

Recroquevillés contre le parapet de béton qui montait jusqu'au quai, des restes osseux et noirs. Thomas s'agenouilla près du corps. Il réclama un gant en latex. D'un geste d'une douceur infinie, il posa la main sur les os du crâne, se pencha sur ce qui restait du visage. Sa main glissa vers une omoplate, descendit le long des côtes, suivit la courbe du fémur, frôla la jambe, le tibia jusqu'à l'extrémité du pied.

Il se redressa, observa les centimètres qui entouraient le corps, passa un doigt sur le béton noirci. Il regarda autour de lui, ausculta les graviers, les traverses de bois. Il releva la tête, chercha le regard de Théo Mathias.

— Vous avez vu l'état de son squelette ?

— Bien sûr, répondit le légiste sans hésiter. La clavicule droite et le thorax portent de nombreuses fractures. Les jambes et le visage aussi, d'ailleurs.

— Et vous en pensez quoi ? demanda Roussel.

— Je pense que cette femme a été battue à mort. Barre de fer ou batte de base-ball. Quelque chose de ce genre.

— Post mortem, la raclée, ou pas ?

— Je n'en sais rien. Il n'y a que l'autopsie qui pourra nous le dire. Ce qui est sûr, c'est qu'ils se sont acharnés bien après le décès.

— C'est-à-dire ?

— Rien que les coups portés au crâne ont suffi à la tuer. Après, c'est de l'acharnement, rien d'autre !

— Quel âge, à votre avis ? enchaîna Roussel.

— Squelette de jeune femme adulte, répondit Mathias sans aucune hésitation. Autour de la trentaine…

Roussel écoutait le légiste sans vraiment l'entendre. Il avait posé son regard sur les os du visage. Puis, il avait suivi des yeux la courbe de la nuque, deviné la blancheur de la peau, la rondeur des seins effacée par le feu. Rien, aucun détail ne semblait vouloir lui parler. Cette femme pouvait être n'importe qui. Claire ou n'importe qui d'autre.

Il s'agenouilla à nouveau près du cadavre, baissa le torse jusqu'au ras des rails. Il plissa les yeux à cause de la poussière soulevée par le vent de plus en plus violent.

— Lance-flammes, murmura-t-il. Cette femme a été brûlée au lance-flammes.

Aïcha Sadia s'agenouilla près de lui.

— Au lance-flammes ? Comment pouvez-vous…

— Regardez attentivement. Les touffes d'herbe entourant le corps sont toutes cramées sur un bon mètre au moins. Le bois des traverses semble avoir été léché par le feu, pareil pour le béton de la paroi. En plus, pas une trace de carburant, pas une goutte et encore moins d'odeur. Il n'y a pas à chier : cette femme a bien été exécutée au lance-flammes.

Une rafale s'engouffra entre les bâches, fit dangereusement pencher un des piquets de soutien. Les rectangles de plastique battaient maintenant comme des voiles malmenées par la tempête.

— Je crois qu'on va débarrasser le plancher et faire embarquer le corps, déclara la commissaire en scrutant le ciel encombré de papiers tourbillonnant en tous sens.

Thomas Roussel demeurait accroupi, continuant son observation.

— On peut la retourner ? J'aimerais juste voir son dos.

La commissaire se tourna vers ses hommes, leur fit un signe de la tête.

Grenier se saisit d'une épaule, Blanchard et Perridon glissèrent les bras sous le dos de la morte tandis que Sébastien Touraine empoignait les os des chevilles.

— On y va, indiqua Aïcha. Doucement.

Soudain, à la verticale du soleil, jaillit l'éclat du brillant.

Les yeux de Roussel se rivèrent à la main de la victime. Ce double anneau d'or jaune et rose à la face sertie d'un diamant, il ne l'avait jamais oublié. Offert pour le premier anniversaire de leur rencontre. Il le lui avait passé au doigt entre deux coupes de champagne, deux sourires émus… Longtemps, il s'était demandé si elle le portait encore. Avec le temps, il avait imaginé Claire l'oublier au fond d'un tiroir ou le vendre, l'échanger, ou même le jeter au fond d'un étang. Il aurait tout imaginé sauf qu'elle l'ait gardé au doigt.

Il fit glisser l'anneau, le contempla à la lumière.

Aïcha s'approcha de lui.

— Ça vous dit quelque chose ?

Thomas Roussel serra la bague au creux de son poing, se tourna vers l'équipe qui ne le quittait pas des yeux. Et les mots sortirent à la suite les uns des autres. Un flot de mots sans fin.

— Elle s'appelait Claire. Claire Dandrieu. Vingt-neuf ans, le 22 mars dernier. Un mètre soixante-trois, cinquante kilos, yeux noisette, cheveux long, mèches ondulées aux reflets auburn. Licence, master et CAPES d'espagnol à la fac de Pau. Signe particulier : la passion et les coups de tête qui en découlent. Ses centres d'intérêt : l'Espagne, l'Espagne et encore l'Espagne. L'histoire de ce pays la bouleversait comme si c'était sa propre histoire. Elle voulait tout savoir, tout comprendre, parfois même tout réparer.

Il fixa Aïcha dans les yeux.

— Vous qui êtes d'origine algérienne, vous n'avez jamais eu envie de refaire l'histoire des vôtres, de réparer les injustices, de réhabiliter les innocents ? Ça ne vous a jamais habitée, ce genre de choses ?

Elle ne baissa pas le regard, fit le choix d'éluder la question.

— Parce que vous croyez que c'est dans ses passions qu'il faut chercher les origines de sa mort ?

Roussel jeta un dernier coup d'œil aux restes de Claire.

— Ce que je crois, c'est que ceux qui l'ont tuée d'une telle manière devaient être habités d'une sacrée rage. Alors, il va nous falloir retourner sa vie entière, découvrir quelles plaies elle avait sans doute ouvertes…

— Nous ?

Le commissaire Roussel prit appui sur la bordure de béton, grimpa sur le quai.

— Je ne peux pas l'abandonner dans cet état. Elle avait un

foutu caractère, mais ce qui est sûr, c'est qu'elle méritait la lumière...

Quand l'équipe se retrouva devant la petite gare, la commissaire laissa les clés de sa 407 à Sébastien et prit place dans le break Volvo de Roussel.

— On va où ?

— Jusqu'à mon terrier.

— Terrier ?

— Oui, c'est comme ça que j'appelle mon bureau. Quand vous verrez, vous comprendrez. Allez-y, je vous indique la route.

Roussel fit tourner le moteur, avança jusqu'au premier feu.

— Il y a longtemps que vous l'aviez pas vue ?

Thomas sursauta.

— Pardon ?

— Claire Dandrieu, il y a longtemps que vous l'aviez pas vue ?

Elle vit ses lèvres trembler et, dans la chaleur de la voiture qui traversait la ville, elle écouta les mots de Roussel. Son histoire avec Claire, sa rupture, la dépression, l'alcool, sa rencontre avec Délia, sa remontée de pente jusqu'à leur mariage, il n'y a pas vingt-quatre heures.

— C'est fou, les trajectoires, souffla Aïcha. Je comprends que vous vouliez retrouver les salauds qui...

— Je veux surtout comprendre, coupa-t-il. Claire était une jeune femme intelligente, audacieuse. Rien ne l'arrêtait. Cette nuit, au téléphone, elle a évoqué un secret.

— Comment ça ?

— Je n'en sais rien. Une affaire énorme, c'est ce qu'elle a eu le temps de me dire. Et puis, quand les types sont venus la chercher, elle m'a hurlé un truc du genre « *El Capitan*, *El Capitan...* ».

En haut de la Canebière, Aïcha lui demanda d'actionner son gyrophare. Le break se faufila entre les voitures et les bus, atteignit le Vieux-Port, contourna la mairie avant de s'enfoncer dans les ruelles qui menaient à l'Évêché.

Roussel immobilisa son véhicule sur le parking du commissariat central, coupa le moteur et resta là, sans bouger, les mains posées sur le volant.

Aïcha sortit son paquet de mentholées.

— Je peux ?

Il hocha juste la tête.

— *El beso de la muerte*, marmonna-t-il.

— Pardon ?

— *El beso de la muerte*, répéta-t-il en détachant chaque syllabe. C'est une expression que Claire utilisait parfois pendant ses recherches.

— Le baiser de la mort ? C'est ça ?

— Tout juste. Ce qu'elle voulait dire par là, c'est que lorsqu'on enquête sur un sujet brûlant, au moment précis où l'on touche à la vérité, il faut l'approcher encore, cette vérité, l'approcher jusqu'à l'embrasser. Et ce baiser, c'est ce qu'elle prétendait, peut parfois vous tuer.

— Quel rapport avec ses études ?

Roussel balança d'une pichenette son mégot sur l'esplanade bétonnée.

— Étudier l'Espagne contemporaine, voyez-vous, c'est passer son temps à mettre de la lumière là où l'ombre s'obstine. C'est ce que Claire répétait sans cesse. Fouiller les plaies de la guerre civile, mettre à jour des crimes impunis, jeter sur la place publique des noms qui, jusque-là, s'accommodaient du silence.

Il pivota sur son siège, fixa la commissaire dans les yeux.

— C'est dans ses recherches qu'on trouvera le chemin qui l'a menée jusqu'au lance-flammes. J'en suis sûr. Il suffit de mettre nos pas dans les siens, de suivre scrupuleusement ses investigations.

Il descendit, claqua la portière et suivit Aïcha à travers le parking, le dos courbé face à la force du mistral.

— Elle avait horreur du mensonge, cria-t-il dans le vent. Elle aimait la vérité par-dessus tout.

Il empoigna la commissaire par le bras.

— Alors, ce putain de secret qui l'a tuée, on va mettre ça au grand jour. Et il va nous falloir faire vite.

— Ne me dites pas que vous marchez à la montre, s'exclama Aïcha en franchissant la porte coulissante.

— Non, mais ce que j'ai oublié de vous dire, c'est que dans cinq jours, je pars en voyage de noces, et qu'il me faut boucler cette affaire avant mon départ.

Il la suivit dans les escaliers qui menaient aux étages.

— Elle m'a appelé cette nuit.

Aïcha s'arrêta à la hauteur d'un des paliers.

— Et alors ?

— Elle m'appelait à l'aide. Ça a coupé. C'était mon mariage. Je suis allé au bout de mes noces.

Il lui sourit et ajouta :

— Allez, montrez-moi votre terrier. On n'a pas de temps à perdre. Dans cette affaire, c'est un peu ma vie qui se joue aussi…

5

Quinze heures.

C'est étrange une ville en août, songea Thomas Roussel.

Derrière les vitres de la 407, son regard s'accrochait au hasard des cyclistes, des affiches placardées aux parois des abribus abandonnés. Il se dit que si la grande ville n'était pas faite pour le dimanche, elle l'était encore moins pour les désertions massives de l'été. De la cité grouillante de vie, ne restaient plus que des avenues calmes et silencieuses, des trottoirs clairsemés de promeneurs indécis, des boutiques aux stores baissés sous les traits noirs des tagueurs.

La chaleur et la poussière des chantiers en délaissement dansaient au fond des ruelles, les rez-de-chaussée du boulevard de la Libération sommeillaient à l'abri des fenêtres barreaudées, tandis qu'à l'ombre des hautes palissades, se prélassaient les voleurs paresseux, attentifs au vide estival des absents dérobés.

Thomas ferma les yeux, se laissa bercer par la conduite douce d'Aïcha.

Dès qu'elle avait mis les pieds dans son terrier, un vaste bureau – poutres, velux, canapé en cuir vieilli et livres en vrac sur des étagères murales – Thomas s'était tu. Il s'était sagement installé au creux du divan, l'avait laissée prendre les choses en main.

Comme un chef d'orchestre, la commissaire connaissait le tempo. Dans la frénésie de l'action, elle gardait la maîtrise du geste, du rythme, jusqu'aux silences, comme des pauses appropriées. En téléphonant au service clients d'EDF, elle avait pu localiser une Claire Dandrieu, avenue des Chartreux, dans le 4ème arrondissement. Un appartement de 60 m^2, au premier étage d'un immeuble ancien.

Elle avait dépêché Théo Mathias à l'autopsie, laissé Blanchard et Perridon se joindre à la police scientifique, gare de la Blancarde. Puis elle était parvenue à joindre un permanent du Rectorat qui l'avait rappelée au bout d'une demi-heure. Une dénommée Claire Dandrieu, née le 22 mars 1982, enseignait l'espagnol depuis deux ans au Lycée Michelet, boulevard du même nom, dans le 4ème. Enseignante bien notée, Claire s'était toutefois fait rappeler à l'ordre par l'Inspection académique. « Un peu trop rouge aux yeux du Rectorat, si vous voyez ce que je veux dire… » avait ajouté son interlocuteur.

Aïcha envoya l'inspecteur Grenier rencontrer le concierge du lycée. Qu'il profite du calme dominical pour fouiller le casier de Claire, vider les tiroirs de son bureau, inspecter ses éventuels cahiers et classeurs, s'imprégner de l'endroit où elle avait donné ses derniers cours…

Sur le parking du commissariat central, Roussel avait laissé Touraine s'installer à l'avant, puis, une fois la commissaire derrière le volant, il s'était laissé guider dans les rues quasi désertes de la ville.

Au premier carrefour, la 407 s'élança sur l'avenue des Chartreux. Calé sur son siège, Thomas gardait les yeux ouverts sur le quartier qui défilait. Observer la vie de la ville au ralenti, laisser son regard capter les passants, les quelques vitrines aux volets relevés, s'accrocher aux silhouettes, aux images fugitives des scooters, des enfants à vélo dans la poussière de l'été. S'imprégner du sautillement des oiseaux sur le toit des taxis en attente, du pas léger des gens sur les trottoirs, des gamins qui rient en bande sur le chemin de la plage. S'imbiber de tout ce que la ville compte de vie pour chasser de sa tête le corps mutilé de Claire. Ne pas laisser les os déformés de son visage prendre le dessus. Ne pas céder à la colère, à la rage qu'il sentait s'installer dans son ventre. Se calmer, ne pas craquer, enfouir au fond de lui son envie de hurler, de retourner là-bas, entre les rails, et de s'agenouiller pour une longue prière plaintive. Avant de retrouver les salopards qui avaient osé brûler sa Clarinette et la regarder mourir en hurlant. Avant de retrouver leur trace et de les tuer, un à un, sans hésitation…

— C'est là, sur la droite.

Les mots d'Aïcha le ramenèrent à la réalité.

— La porte, juste avant le garage. On va se garer un peu plus loin. Inutile de se faire repérer. On ne sait pas si l'appart est vide.

Un créneau vite fait sur un passage piéton, et le petit groupe s'avança jusqu'à l'entrée de l'immeuble, une bâtisse de deux étages aux murs défraîchis. La porte était entrebâillée sur un couloir au carrelage défoncé. Au fond, un escalier vers les étages, sur le mur de gauche, des boîtes aux lettres métalliques en piteux état auxquelles Aïcha jeta un bref coup d'œil.

— On y va. C'est bien au premier.

Quelques marches plus haut, un palier crasseux. Sur l'unique porte, un papier collé leur confirma qu'ils étaient bien face à l'appartement de Claire.

La commissaire sortit son 357 Magnum, posa la main sur la clinche qu'elle fit tourner entre ses doigts.

La porte, non verrouillée, s'ouvrit en grinçant. Touraine, Manhurin au poing, se glissa dans l'appartement suivi d'Aïcha et de Thomas Roussel.

Un couloir en L, une chambre, un séjour contigu et, enfoncée dans une sorte d'alcôve, une cuisine sans fenêtre. Un appartement sombre, aux volets fermés sur l'avenue.

Dans la chambre, le sommier éventré sur le parquet, le matelas par terre au milieu des classeurs ouverts, des chemises cartonnées et des feuilles en vrac par centaines. Sur le bureau, des fringues pêle-mêle, des crayons éparpillés, des plantes arrachées à leurs pots. Sur les murs, au milieu de posters lacérés, les restes du visage du Che, le sourire en morceaux de García Lorca, le rouge sang des luttes et l'ombre des poings levés. Dans le salon-séjour, les tiroirs du buffet retournés sur la table. Dans la bibliothèque, des livres ouverts, des cadres vidés de leurs photos. Entre les rayonnages, des fragments d'affiches, un autre portrait déchiré de Federico García Lorca, la figure de Salvador Allende, des slogans aux couleurs des jeunes républiques hispaniques griffonnés sur des morceaux d'ardoise. Dans la cuisine, les placards vidés de leurs couverts, des tasses brisées, des casseroles ayant roulé aux quatre coins.

Thomas avança prudemment dans le salon, ramassa des restes d'encadrements, découvrit des visages inconnus. Il glissa un doigt sur les livres encore debout, puis contempla les murs et les slogans en lambeaux. Il se dit que Claire n'avait pas changé. La guerre civile espagnole, les révolutions sud-américaines, toutes ces espérances, ces déceptions aussi, tout cela n'avait cessé de l'habiter.

Aïcha Sadia ouvrit une des deux fenêtres de la chambre, fit claquer les volets de bois contre la façade. Elle gagna le séjour, passa d'une fenêtre à l'autre, inonda la pièce de la lumière brûlante de l'après-midi.

— T'en penses quoi, Sébastien ?

— J'en pense, répondit Touraine de la chambre où il s'était mis à fouiller, que ceux qui ont fait le ménage n'ont rien laissé au hasard. Pas d'ordi, pas de cartable, pas d'appareil photo. Je ne sais pas s'ils ont trouvé ce qu'ils cherchaient, mais, en tout cas, ils n'ont rien laissé derrière eux.

Roussel, qui avait rejoint Touraine, s'inclina jusqu'au sol.

— Ils ont juste laissé ça, fit-il en exhibant un vieux réveil. Le verre est cassé, les aiguilles arrêtées sur minuit vingt, poursuivit-il.

Aïcha regarda le verre fendu du cadran.

— D'accord, mais c'est pas ça qui va nous faire comprendre ce que les assassins de Claire Dandrieu cherchaient ici.

Roussel sourit à la remarque de la commissaire.

— Sur ce point, vous avez raison, mais cela nous permettra au moins de reconstituer la chronologie des faits. Ça n'a l'air de rien, mais c'est important. Maîtriser le temps des assassins, c'est commencer à les cerner. J'ai une théorie là-dessus. Faudra que je vous explique. Ça m'a souvent aidé dans…

— En attendant de reconstituer l'emploi du temps des tueurs, coupa Aïcha, je vais demander aux gars de la Scientifique de me passer l'appart au crible. Ça m'étonnerait qu'ils aient laissé leurs empreintes, mais…

La sonnerie d'un téléphone fixe retentit en provenance du salon. Le regard des trois sur le combiné noir. À la sixième sonnerie, le répondeur se mit en marche.

— Claire, c'est Esteban. Je ne sais pas ce que tu fabriques, mais je commence à m'inquiéter. Je n'ai pas de nouvelles de toi depuis vendredi soir, et je n'arrive pas à te joindre. Ni sur ton portable, ni sur ton fixe. Du coup, j'ai pris la voiture et j'arrive. Je serai là dans une petite heure. Si tu as mon message, rappelle-moi… Je t'aime.

Le clic de la fin de communication, et le silence dans l'appartement.

— Qu'est-ce qu'on fait ? hasarda Roussel en regardant la commissaire.

— On va l'attendre ici. De toute façon, avant les résultats de l'autopsie, il n'y a rien d'autre à faire. Et puis, un amoureux inquiet, ça a sûrement des choses à dire…

Sur ces mots, elle referma les volets, plongeant l'appartement dans sa pénombre silencieuse.

6

Madrid, seize heures cinquante.

Protégée par d'épaisses tentures pourpres, la chambre parvenait avec peine à garder un soupçon de fraîcheur. De l'avenue Menéndez Pelayo, trois étages plus bas, les pétarades des scooters mêlées aux cris des enfants arrivaient à percer le double vitrage de l'imposante et unique fenêtre de la pièce.

Immobile dans son fauteuil depuis le début de l'après-midi, l'homme saisit les lunettes abandonnées sur ses genoux. Il posa les yeux sur les veines bleues et gonflées de ses mains, porta les montures à hauteur de sa bouche, expira quelques parcelles de buée sur les verres qu'il essuya au revers de sa robe de chambre avant de les poser en tremblant sur son nez.

L'après-midi s'était écoulée comme tant d'autres, à l'abri de la chaleur suffocante de la ville et des lumières blessantes de l'été. À l'écart de la vraie vie, songea le vieil homme en cherchant sa canne des yeux. Loin des bourdonnements de la rue, du rire des jeunes gens, de l'apparition fugace des jambes sous les jupes. Si loin maintenant de cette jeunesse folle qui l'avait tant fait frémir…

Quand il s'aperçut que le pommeau de sa canne était resté

accroché à l'un des accoudoirs du fauteuil, il sourit à la mémoire qui se débinait un peu plus chaque jour.

D'une pression du doigt, il enclencha le petit moteur électrique qui équipait son fauteuil et fit progresser sa chaise roulante jusqu'au rideau. Il leva le jonc de sa canne, l'insinua entre les toiles tombantes et, d'un lent mouvement du bras, fit coulisser l'étoffe sur le côté.

Face à la lumière qui engloutit la pièce, l'homme ferma les yeux, laissa le masque brûlant de l'été se poser sur son visage. Prudemment, il souleva les paupières, s'habitua doucement à l'éclat de cette fin d'après-midi.

Devant lui, le parc *del Retiro* s'étendait à travers la ville. Le vieil homme observa les grappes de touristes déambuler sur le chemin de Panamá, guetta, plus loin, entre deux cèdres immenses, les enfants s'agglutiner face au théâtre de marionnettes. Il songea au temps passé des promenades avec ses fils, puis, plus tard, avec ses petits-fils. Il revit les musiciens et les jongleurs sur les kiosques fleuris, les vendeurs de gaufrettes assaillis par toute la marmaille. Il regarda à nouveau ses mains à la peau parsemée de taches brunes, contempla le reflet de son visage dans la vitre. Il se dit qu'à près de cent un ans, les miroirs vous racontent sans tricher la fin de l'histoire.

À son âge, il aurait aimé qu'on cesse de lui porter les repas dans sa chambre, qu'on le laisse s'endormir, tranquille, à rêver de cette épopée que fut toute sa vie. Des cris, des batailles, des hommes perdus dans la poussière des combats, des fosses remplies de cadavres, des victoires, des garnisons, des terroristes, des secrets arrachés, des femmes aimées, des enfants, des petits-enfants, jusqu'à ces dernières années, au bord du grand parc de Madrid, à contempler en silence les pas sur les graviers de ceux qui feront un jour tourner le monde sans lui…

Il aurait aimé, à l'abri de ses paupières closes, revoir le visage de ceux qu'il avait fait souffrir. De ceux aussi qui lui avaient parfois fait tant de mal. Que s'entremêlent les pardons, que s'adoucissent les rancœurs et, que dans le silence de sa chambre, il puisse quitter ce monde sur la pointe des pieds…

L'homme fit pivoter son fauteuil et progressa jusqu'à l'imposante bibliothèque. Sur les étagères, alignées comme à la parade, des photos noir et blanc dans de petits cadres en bois offraient un défilé des moments cruciaux de son existence. Des soldats, des collines, des hommes en armes, le général Franco, le roi à différentes étapes de son règne, un palais, des villages rocailleux, une moto sur sa béquille, quelques femmes au regard effacé, des curés, des églises et des garçons en short, l'œil noir rivé sur l'objectif.

Sur l'étagère centrale, le portrait d'une jeune femme d'aujourd'hui. Le vieillard saisit la photo, la regarda attentivement. Leonora, unique femme de toute la lignée. Lui n'avait eu que des fils qui, à leur tour, n'avaient engendré que des garçons. Il avait fallu attendre qu'Eduardo, un de ses petits-fils, il y a vingt-sept ans, ait enfin une fille pour qu'une femme vienne conjurer la règle masculine qui semblait ne devoir jamais faillir.

Sur le cliché, Leonora fixait le photographe en souriant. La Princesse, comme l'appelait le vieil homme, par les méandres de la génétique ressemblait trait pour trait à Carmen, son épouse disparue vingt ans plus tôt. Une chevelure bouclée aux reflets roux qui s'ouvrait sur un large front. De grands yeux sombres et brillants comme le noir des taureaux de l'Espagne, un nez proéminent, légèrement aquilin, dominait un sourire à faire chavirer le cœur des hommes.

En dépit des trois générations qui le séparaient d'elle, d'emblée il s'était pris d'une étonnante attention pour la jeune enfant, plus encore que si elle avait été sa propre fille. Elle était son bijou, son ultime rayon de lumière et, quand elle lui rendait visite, presque chaque jour, et lui confiait ses aventures de jeune journaliste, il se sentait empli d'un bonheur tel qu'il avait cru ne plus jamais connaître.

Près d'un mois maintenant qu'elle n'était pas venue. Des semaines à attendre son coup de sonnette, le bruit de son pas jusqu'à la chambre, escorté de celui de Pilar, la domestique. Il avait fini par composer le numéro de son portable puis celui de son téléphone fixe. Sans réponse, il avait demandé à Eduardo, le père de Leonora de lui rendre visite.

Dès qu'il avait vu le visage tendu de son petit-fils, il avait compris que quelque chose ne tournait pas rond. Il avait posé des questions, avait insisté jusqu'à menacer d'appeler le commissariat. Finalement, Eduardo s'était assis sur une chaise, face à lui, un peu comme on s'effondre.

Leonora avait été enlevée trois semaines auparavant. On avait retrouvé sa voiture ouverte dans le parking souterrain de son immeuble. L'appartement n'avait pas été fouillé, mais une lettre avait été laissée par les ravisseurs. Un simple mot griffonné qui demandait qu'on ne prévienne pas la police, qu'ils prendraient contact avec lui, le patriarche, d'ici un bon mois. En bas de la feuille, un post-scriptum indiquait que si le vieux voulait revoir la jeune femme vivante, il fallait qu'il se prépare à se séparer de son argent. De tout son argent.

Le vieil homme jeta un coup d'œil au coffre-fort encastré dans le mur, près de son lit. Un coffre rempli des billets qu'il avait fait retirer de ses comptes.

Ce matin, comme chaque matin, Pilar avait déposé le courrier sur son bureau. Entre les factures, une lettre des ravisseurs. Une enveloppe blanche postée en France. L'écriture de son adresse était identique à celle de l'enveloppe retrouvée chez Leonora. Une écriture en pattes de mouche, presque illisible. Ils comptaient prendre contact sous huit jours, passer chez lui récupérer l'argent, en échange de quoi, Leonora lui serait rendue dans les vingt-quatre heures. Au fond de l'enveloppe, une mèche bouclée. Le vieil homme l'avait auscultée à la lumière du jour, puis l'avait portée à hauteur de son nez. C'était bien son parfum, s'était-il dit en rangeant l'enveloppe au fond de son coffre. Mais une mèche n'était en rien une preuve de vie.

L'échange devait rester secret. Il n'en parlerait à personne…

Il tira les rideaux sur la chambre, s'immobilisa dans son fauteuil, laissa ses pensées retrouver l'implacable solitude des fins d'existence. Mentalement, il parcourut les quelques lignes qu'il venait de lire, suivit le tracé bleu, les courbes, les pleins et les déliés à peine déchiffrables et, sans raison précise, l'idée que ces quelques mots avaient été tracés par une femme s'empara de son cerveau jusqu'à devenir une étrange certitude.

7

Marseille. Dimanche, dix-neuf heures.

Esteban suivit les policiers sans broncher, monta dans la 407 de la commissaire et s'enfonça dans le siège arrière, les yeux rivés aux rues de la ville.

Quand, quelques heures plus tôt, Aïcha lui avait annoncé la mort de Claire, la découverte de son corps entre les voies, le jeune maître de conférences à l'université de Montpellier s'était brusquement senti mal. Il s'était posé sur le canapé, avait réclamé un verre d'eau, puis il avait demandé des explications, des détails et, à mesure des mots et des commentaires d'Aïcha, son visage plutôt fin, encadré de boucles brunes, avait progressivement pâli. La commissaire avait vu ses paupières se baisser sur ses grands yeux noirs, ses longues mains fines se frotter l'une à l'autre comme pour se réchauffer et, aux lignes de ses traits, au dessin presque enfantin de son sourire, elle s'était dit que cet homme d'environ trente-cinq ans n'avait pas totalement quitté les chemins de l'enfance. Derrière son regard fixe, sa mâchoire carrée, la commissaire pressentait une indéfinissable fragilité.

Vendredi soir, il avait invité Claire à dîner Chez Vincent, la pizzeria chic du quartier.

— Elle était excitée, comme d'habitude. Vous savez, Claire, c'était une passionnée. Quand elle prenait la parole, il était difficile de l'arrêter. Et depuis qu'elle avait entrepris d'écrire ce livre, c'était pire encore.

— Quel livre ? avait interrompu Aïcha.

— Un bouquin sur les GAL. Vous savez, ces escadrons de la mort à la solde du gouvernement espagnol, au début des années quatre-vingt.

La commissaire était une toute jeune flic, à l'époque, mais elle avait gardé en mémoire les actions commando perpétrées au Pays basque par les hommes du GAL. Des attentats en plein Bayonne, des meurtres, des enlèvements, des tortures, des cadavres de militants ETA retrouvés atrocement mutilés. Une guerre sale qui avait duré plus de deux ans.

— Ce qu'elle prétendait, c'est que son enquête allait bousculer du monde en haut lieu, avait continué le jeune enseignant. De très importantes personnalités de la sphère politique, de chaque côté de la frontière, allaient devoir rendre des comptes à la justice. Et ça risquait de faire mal. Voilà ce qu'elle m'a dit. D'ailleurs, il n'y a qu'à voir ce qu'ils ont pris ici. Plus d'ordi, plus de portable, toutes les notes que Claire avait consignées… Ils ont tout embarqué, ces ordures.

— Il me semblait pourtant que tout avait été dit sur cette affaire, coupa à nouveau Aïcha.

— C'est vrai que les coupables ont été arrêtés et jugés. La plupart des tueurs, jusqu'au chef de la police de Bilbao, sans oublier le ministre de l'Intérieur espagnol. Lourdement condamné, lui aussi.

— Si tout avait été mis au jour, intervint Touraine, est-ce que vous avez une idée de ce que Claire avait pu découvrir ? C'était quoi, au juste, les zones d'ombre dans cette histoire ?

— Pour bien comprendre, il faut remonter à l'arrivée des socialistes en Espagne. À l'époque, le premier ministre, Felipe Gonzalez…

— Écoutez, interrompit Aïcha, si vous devez nous refaire l'histoire des GAL, on en a pour des heures. Ce que je propose, c'est qu'on fasse ensemble une perquise minutieuse de l'appart. Avec votre aide, peut-être qu'on trouvera plus facilement quelque chose, un truc qui vous parle, j'en sais rien. Après, on file à mon bureau et on vous écoute sur les GAL et le bouquin de Claire. OK ?

Le mistral avait redoublé d'intensité et, en ce début de soirée, les avenues marseillaises s'étaient transformées en terrain de jeu pour journaux et papiers en tout genre.

La fouille de l'appartement n'avait rien donné. Aïcha Sadia et Sébastien Touraine avaient inspecté chaque centimètre carré, vidé les tiroirs, retourné les quelques cadres qui restaient aux murs. Dans le bureau, ils avaient fait le tri des documents éparpillés sur le sol, ouvert les chemises cartonnées, feuilleté les classeurs, les cahiers disséminés dans toute la pièce.

Esteban, lui, s'était laissé tomber dans l'unique fauteuil du salon, et là, engoncé dans le rotin, il avait suivi des yeux Aïcha et Sébastien dans leurs recherches. La disparition de Claire semblait l'avoir mis KO. Ses jambes ne le tenaient plus, les paumes de ses mains s'étaient mises à suinter et, sous ses yeux, d'impressionnants cernes bleu marine s'étaient dessinés. Deux traces sombres comme seuls le chagrin et la stupeur savent, en quelques heures, tracer sur un visage.

Thomas Roussel s'était agenouillé au pied de la bibliothèque. Il avait ramassé les livres que les ravisseurs avaient jetés sur le parquet, avait fait glisser les pages entre ses doigts, attardé son regard sur les titres, les marque-pages, les annotations griffonnées dans les marges.

Il avait envie de parler à Esteban, de lui faire raconter la Claire que lui n'avait pas connue. Maintenant qu'il avait vu les restes de son corps, il avait envie de savoir. Envie de connaître ce qu'avaient été ces cinq années de silence, quelle route elle avait suivie jusqu'à ses assassins.

Il avait rangé les derniers ouvrages sur leurs rayons, puis il s'était approché du jeune universitaire.

— Je suis Thomas. Thomas Roussel, vous savez ?

— Je sais, avait murmuré Esteban. Claire m'a montré quelques photos de vous.

— J'aimerais que vous me parliez d'elle. Je suis resté plus de quatre ans sans nouvelles et…

— Faut m'excuser, avait coupé Esteban, mais je n'ai pas envie d'en parler. C'est si brutal, vous comprenez, si brutal que je n'ai pas envie de la partager. Je veux tout garder pour moi, quelques heures encore. Après, il y aura l'enquête. Il faudra tout livrer. Alors, en attendant, je garde tout… À l'intérieur.

Jusqu'à la fin de la fouille, ils n'avaient plus échangé un mot. Chacun dans son silence, dans sa propre vérité.

En sortant, la commissaire avait mis les scellés sur la porte d'entrée, et le groupe avait rejoint le break Peugeot qui les attendait sur le passage piéton.

*

Aïcha poussa la porte de son bureau, invita toute l'équipe à entrer.

Son terrier, comme elle aimait l'appeler, s'apparentait à un loft cossu. Au fil des années, les nuits blanches s'y étaient succédé. De longues heures dans l'obscurité à revisiter chaque piste, à creuser en silence les points obscurs de ses enquêtes les plus complexes.

À force de s'y retrouver, à l'aube, chiffonnée par la nuit, elle avait fini par fixer quelques étagères, par y poser des livres, peu nombreux. Aux murs, des photos noir et blanc laissaient découvrir les visages et les bouts de ville qui avaient compté. Et puis, pour que le blanc des nuits soit confortable, elle avait fini par installer un canapé au cuir craquelé agrémenté de coussins colorés. À droite de la pièce, face à l'unique fenêtre, se nichait son bureau. Un meuble de chêne recouvert de dossiers en vrac. La fenêtre, elle, donnait sur le port industriel. Aïcha aimait se poster contre la vitre, abandonner son regard aux rotations des grues, au fourmillement des voitures et des hommes qui préparaient, à longueur d'années, d'autres hommes à traverser la Méditerranée.

— Prenez une chaise, Esteban, commença-t-elle.

Les hommes prirent place autour du canapé.

— Alors, Théo, cette autopsie ?

— C'est un rapport provisoire, commença le légiste, mais qui nous livre déjà pas mal d'infos.

Il se tourna vers Esteban et Thomas.

— Si cela peut atténuer le coup, sachez que Claire Dandrieu n'est pas morte brûlée vive. L'étude toxicologique du sang et des poumons est sans appel : brusque arrêt de l'absorption d'oxygène, exhalation de gaz carbonique, convulsions généralisées, arrêt respiratoire, puis arrêt cardiaque. On a également noté des lésions internes portant sur les voies aériennes supérieures. Ce qui témoigne d'une forte hypertension artérielle pulmonaire. Et enfin, on a mesuré une forte dose de monoxyde de carbone dans le sang. Autrement dit, Claire Dandrieu est morte étouffée. Peut-être à l'aide d'un sac plastique ou d'un objet de ce genre. Quant aux multiples fractures constatées sur le squelette, à ce stade de l'examen, il apparaît qu'elles sont post-mortem.

— Tout ça serait donc une mise en scène ? glissa Touraine.

— Ce qui me frappe, intervint Roussel, c'est le coup du lance-flammes. S'ils ont étouffé Claire avant de l'amener sur les voies ferrées, pourquoi ne pas la brûler à l'aide d'un bidon d'essence ou d'un truc de ce genre ? Quel intérêt de se balader avec un engin aussi encombrant, au risque de se faire repérer ? Là, il y a quelque chose qui m'échappe.

Aïcha, tout en écoutant son collègue de Pau, imaginait le groupe d'hommes transportant le corps inerte, le déposant entre les rails. Elle les imaginait lui brisant les os à l'aide d'une barre de fer avant d'actionner le lance-flammes.

— La violence, déclara-t-elle. C'est ça leur message. Vous avez raison, Roussel, ces types auraient pu l'arroser d'essence, mais s'ils ont préféré le lance-flammes, c'est simplement pour nous montrer de quelle violence ils sont capables. C'est ça leur message. Capables de tout pour faire taire quelqu'un. Pour terroriser aussi ceux qui savent quelque chose.

Elle posa son regard bleu sur Esteban.

— Bon, et vous ? Qu'est-ce que vous pouvez nous dire sur les GAL ? Et c'est quoi cette histoire de bouquin, exactement ?

Esteban sembla sortir de sa léthargie.

— Officiellement, les GAL n'existent plus depuis 1987. Ces Groupes antiterroristes de libération, c'est comme ça qu'ils s'appelaient, avaient été créés en 1983 par le gouvernement espagnol afin de lutter contre l'ETA. Pour comprendre, il faut se rappeler, qu'à l'époque, les commandos d'ETA commettaient leurs attentats sur le territoire espagnol et se réfugiaient ensuite au Pays basque français où ils arrosaient tranquillement leurs cartons dans les bistros de Bayonne. En gros, la France était leur base arrière, et pour peu qu'ils s'y tiennent tranquilles, ils pouvaient y vivre en toute impunité.

— C'est ce que vous enseignez à l'université ? demanda Touraine.

— Non, pas du tout. Ma spécialité, c'est la « transition démocratique ». L'après-franquisme, pour faire court. En revanche, si je connais si bien l'histoire des GAL, c'est juste parce que je suis basque. Esteban Ibarguren Galindo. Basque par mon père et andalou par ma mère. J'avais sept ou huit ans à l'époque des GAL et on vivait à Bayonne. Normal que ça m'ait marqué.

— Les types qui commettaient ces attentats en Espagne, ils n'étaient pas inquiétés par les autorités françaises ? s'étonna Théo Mathias.

— Non, du tout. Et c'est rapidement devenu un problème politique. En 82, quand le socialiste Felipe Gonzalez est arrivé au pouvoir, cela faisait un an que Mitterrand avait été élu. Deux pays voisins, deux chefs d'État socialistes, la coopération antiterroriste aurait dû couler de source. C'est sans doute ce qu'a pensé Felipe Gonzalez, mais il a très vite dû redescendre sur terre car les dirigeants français avaient une tout autre vision des choses. Une sorte d'angélisme issu de la résistance. Le ministre français de l'Intérieur comparait les combattants de l'ETA aux résistants contre les nazis, et Badinter, le ministre de la Justice, s'enorgueillissait d'avoir été le défenseur d'un des chefs des commandos clandestins d'ETA…

La simple évocation de cette histoire, les mots, les faits exposés semblaient avoir soudainement redonné à Esteban un afflux d'énergie.

— Très vite, continua-t-il, les gouvernements espagnol et français se sont retrouvés sur des lignes diamétralement opposées. Inconciliables, même. Gonzalez était fou de rage contre Mitterrand. C'est pourquoi, face au refus de collaboration du gouvernement français, les autorités espagnoles ont créé les GAL. Des commandos composés de policiers, d'anciens paras, de voyous et d'anciens franquistes formés pour poursuivre les combattants de l'ETA sur le territoire français. Et une fois qu'ils les avaient délogés, ils les assassinaient. Tous les coups étaient permis : attentats à la bombe, mitraillages dans les bars, enlèvements, tortures et exécutions sommaires.

— Et la France laissait commettre des assassinats sur son territoire ? s'exclama Théo Mathias.

— En fait, les flics français comptaient les coups en attendant que le vent tourne. Et il a tourné dès le retour de la droite au pouvoir, lors de la première cohabitation de 1986. Chirac, qui était le nouveau premier ministre, et son ministre de l'Intérieur ont décidé de soutenir le gouvernement espagnol dans sa lutte contre le terrorisme et, face à l'efficacité de la collaboration policière, l'existence même des GAL s'est très vite révélée inutile. D'autant que la création de ces milices d'assassins commençait à faire scandale en Espagne. Il y eut des enquêtes, des jugements et des condamnations très lourdes. Même le ministre de l'Intérieur espagnol a été très lourdement condamné.

— Bon, d'accord, interrompit la commissaire. Mais tout ça, c'est une histoire connue. Il y a eu des dizaines de bouquins et d'articles là-dessus. Claire écrivait un livre de plus sur la question. Je ne vois pas très bien en quoi l'écriture de ce livre pouvait représenter un danger. Non ?

Esteban se frotta les joues et sembla réfléchir intensément.

— Vous avez raison, beaucoup de choses ont été écrites. Mais ce qui intéressait Claire, c'est le rôle exact de Felipe Gonzalez. Il faut savoir qu'il a toujours nié avoir été informé de l'existence des GAL. Malgré les accusations de son ministre de l'Intérieur et du numéro 2 du parti socialiste espagnol, il n'a jamais été condamné. Jamais. Et dix ans après la disparition des GAL, en 1996, la Cour suprême l'a même blanchi définitivement. Vous vous rendez compte ! Il avait été le chef du gouvernement, le premier homme de gauche à revenir au pouvoir après Franco, il était furieux que Mitterrand le laisse tomber dans sa lutte contre ETA, et il a prétendu n'être pour rien dans la création des GAL. C'est fou, non ?

— Peut-être, répondit Aïcha, mais la justice a tranché. Gonzalez a été totalement blanchi. Qu'est-ce qu'il vous faut de plus ?

— À moi, rien. Mais pour Claire, il en allait tout autrement. Elle s'était mis en tête de remuer toute cette histoire. Elle était persuadée que Felipe Gonzalez avait été l'instigateur des GAL. Qu'il en était même le grand organisateur. Alors, elle a mené son enquête. À Madrid, Bilbao, Bayonne, Paris, partout où elle pouvait rencontrer des protagonistes de cette affaire. Des policiers espagnols, des membres des services secrets, le juge d'instruction qui s'est cassé les dents sur Felipe Gonzalez, même des anciens flics français. Et petit à petit, à force de recueillir des témoignages et de collecter les confidences, elle a retissé la toile de la création des GAL.

Aïcha ne quittait pas Esteban des yeux.

— Et elle a trouvé une preuve de la participation de Felipe Gonzalez ?

— Je ne sais pas au juste. Ce que je sais, c'est qu'elle avait trouvé un truc énorme. C'est ce qu'elle prétendait vendredi soir, au resto. Une preuve irréfutable, c'est ce qu'elle m'a dit. « Avec ce que j'ai – je l'entends encore avant qu'on se quitte – il n'y a pas que Gonzalez qui va valser, mais aussi un politique français de premier plan. Peut-être même plusieurs. Tu vas voir, ça va péter de partout. » Voilà, c'est tout ce que je sais.

— Ne me dites pas qu'elle ne vous a pas confié son secret ! s'étonna Aïcha.

— Non, elle ne m'a rien dit. Seulement qu'elle s'était procuré une preuve matérielle et qu'il fallait qu'elle la mette en lieu sûr. Que tout ça était très dangereux et qu'il était hors de question qu'elle me mette dans la confidence. Après le repas, je l'ai raccompagnée chez elle, on devait se retrouver chez moi le lendemain soir, et je n'ai plus eu de nouvelles. Voilà, c'est tout.

— Ce qui est sûr, conclut la commissaire en se levant, c'est qu'en ne vous disant rien, elle voulait vous protéger. Elle a planqué sa « preuve irréfutable » et les types qui l'ont tuée ont tout fait pour la récupérer...

— Parce que tu penses qu'elle a parlé ? demanda Touraine.

La commissaire hésita une seconde avant de répondre.

— Non, en y réfléchissant, je ne crois pas. Si elle avait parlé, ils l'auraient supprimée, tout simplement, et on aurait retrouvé son corps abandonné quelque part. En revanche, s'ils ont opté pour la mise en scène du lance-flammes, c'est pour terroriser celui ou celle qui est supposé savoir quelque chose.

— Vous croyez que je suis concerné ? murmura Esteban.

— Ce que je crois, c'est qu'ils vont tenter de vous foutre le grappin dessus.

Devant la pâleur soudaine du jeune universitaire, elle ajouta :

— Mais ne vous inquiétez pas. Même si vous rentrez chez vous, on ne va pas vous lâcher.

— Je vais servir d'appât, c'est ça ?

La commissaire se tourna vers Thomas Roussel.

— Vous en pensez quoi, vous ?

— Je pense que vous avez raison. S'ils n'ont pas trouvé ce qu'ils cherchaient chez Claire, il y a de fortes chances qu'ils tentent de coincer Esteban. Si on arrive à le protéger de la façon la plus discrète possible, on peut les serrer quand ils vont se pointer. Mais je pense aussi qu'il y a une autre façon de protéger Esteban et de mettre la main sur les assassins de Claire.

— On peut savoir ?

— Il nous suffit de mettre la main sur la « preuve irréfutable » qu'elle a planquée quelque part. Logique, non ?

8

Marseille. Lundi, trois heures vingt.

La tourmente de mistral avait perdu du souffle au cours de la soirée. Des nuages disparates en provenance du nord avaient déferlé sur les plaines de la Crau, filé au sud avant de s'agglutiner au-dessus de la ville.

Thomas Roussel se réveilla en sursaut, sorti du sommeil par un rêve étrange où il déambulait dans l'appartement de Claire en pleine obscurité, une lampe torche à la main. Le faisceau blanc faisant ressortir les silhouettes des meubles en désordre, les placards vidés à même le sol. Dans la cuisine, les boîtes de conserves et les paquets de nourriture étaient éparpillés sur le carrelage. La porte du frigo ouverte sur le néon qui répandait sa lumière blanche sur les légumes en vrac…

Thomas tendit la main jusqu'au paquet de cigarettes abandonné sur la table de nuit. D'un geste, il écarta la couette, fit jouer son briquet avant de faire coulisser la fenêtre.

Hôtel Mercure, neuvième étage. Une chambre comme un balcon sur la nuit. Les lignes régulières du toit des immeubles, l'ombre des cheminées sur les tuiles de terre cuite. Derrière les rues qui entouraient l'hôtel, un halo de clarté laissait deviner le Vieux-Port, les coques chahutées et le tintement métallique des mâts en proie aux ultimes assauts du mistral.

Roussel ferma les yeux, tira sur sa clope, sentit la chaleur lui envahir le bout des doigts. Intérieurement, il refit le tour de l'appartement de Claire, laissa sa lampe torche balayer les murs, les cadres décrochés. Mentalement, il progressa jusqu'à la cuisine, posa les yeux sur le sol, sur le sachet de pâtes ouvert, le carton de riz éventré. Il suivit des yeux les bouteilles qui avaient roulé sur le sol, agrippa du regard le frigo entrouvert. Il revit son geste de l'après-midi quand il avait refermé la porte du frigidaire avant de poser les yeux sur la carte postale aimantée. Cette carte qu'il n'avait pas vraiment regardée et qui, à cet instant de la nuit, lui revenait en gros plan. Cette carte représentant un tableau de Goya, *Tres de Mayo*. Ces fusils tendus sur des poitrines braves aux chemises blanches, cette reproduction miniature achetée ensemble, six ans plus tôt, lors de leur premier voyage à Madrid. Cette carte dont la présence, il en était maintenant plus que certain, ne devait rien au hasard.

Cette après-midi, en inventoriant l'appartement, Thomas s'était vite rendu compte que rien ne subsistait de sa vie avec Claire. Pas de photos, pas d'objets achetés ensemble, pas de lettres enfermées au secret dans une boîte à chaussures. De leur histoire passionnée, Claire avait fait table rase. Un grand coup de balai.

Aussi, la présence de cette carte postale dans cette cuisine, bien en vue, quatre ans après leur séparation, cet affichage incongru de leur vie passée, revêtait une résonance particulière. Comme si Claire lui avait fait un signe, indiqué une direction à suivre. Pour qu'il retourne cette carte et qu'il lise ce qu'elle lui avait écrit…

Thomas ouvrit les yeux, envoya d'une pichenette valdinguer son mégot. Il empoigna son portable sur le bureau, pianota la touche mémoire jusqu'à trouver le numéro d'Aïcha Sadia.

*

La commissaire appuya sur le commutateur et, escortée de Roussel, grimpa les escaliers quatre à quatre.

Le temps de décrocher les bandes plastiques noire et rouge, d'enlever les scellés, elle fit jouer la clé dans la serrure et tous deux pénétrèrent dans l'appartement. Quelques pas jusqu'à la cuisine, les ampoules nues du néon qui crachote et, quelques secondes plus tard, la carte postale dans la main de Thomas Roussel.

Thomas,
Si tu lis ça, c'est qu'il m'est arrivé quelque chose de grave.
J'ai la preuve d'un lien irréfutable entre Felipe Gonzalez et les GAL... Et l'un de nos présidents... C'est gravissime...
Je ne peux rien t'écrire de plus au cas où « ils » liraient cette carte. Pense à notre histoire, à nos rêves inaboutis, à cette croisée des chemins que nous avons manquée...
C'est sur cette route-là que tu trouveras ce que j'ai découvert.
Fais attention à toi, « ils » sont capables de tout.
Claire.

Aïcha s'était collée contre son épaule, avait lu les mots en même temps que lui.

— Qu'est-ce que vous en pensez ?

Thomas parcourut à nouveau les quelques lignes.

— Quatre ans. Il m'a fallu quatre ans pour oublier cette histoire...

Il tira une chaise à lui.

— Quatre ans à renoncer, à me nettoyer de tout ce que j'y avais mis. Ça a été long, difficile, vous savez. Mais j'y suis parvenu. J'ai même réussi à me plonger dans une autre histoire, à y croire à nouveau. Et maintenant que Claire est morte, elle m'oblige à refaire face à ce passé-là.

Il alluma une cigarette.

— J'avoue que je m'en serais bien passé.

La commissaire alluma une clope à son tour.

— On va vous donner un coup de main. Vous ne serez pas seul sur ce coup-là...

— Vous pensez pouvoir m'accompagner dans mes souvenirs ? Vous plaisantez, ou quoi ?

— Non, conclut Aïcha en se levant. Ce que je dis, c'est que c'est vous qui conduirez, mais que moi et toute l'équipe, on sera comme des copilotes. Une sorte d'escorte, si vous voyez ce que je veux dire…

Roussel la regardait en souriant. Il se dit que cette commissaire était un sacré bout de femme. Que sous ses boucles brunes et derrière ses yeux bleus délavés, il y avait quelqu'un qui savait écouter, comprendre en quelques mots, et que dans cette saloperie d'enquête, il était drôlement content de l'avoir à ses côtés.

— Allez, on y va, monsieur le commissaire Roussel. Un mariage, une nuit blanche, la route depuis Pau et la journée d'aujourd'hui, je crois que ça suffit comme ça. Si vous voulez que demain, on avance, croyez-moi, c'est une bonne nuit qu'il vous faut…

Une fois dans la voiture, Thomas baissa sa vitre, laissa l'air lui rafraîchir la nuque, les épaules. Il se tourna vers la conductrice.

— Dites-moi, Sébastien Touraine, il n'est pas vraiment flic ?

— Non, il est détective privé. C'est une longue histoire. Je vous raconterai, un autre jour. Mais pourquoi vous me demandez ça ?

Roussel sourit dans la semi-obscurité de l'habitacle.

— Je ne sais pas au juste. J'avais juste imaginé qu'entre lui et vous…

La commissaire immobilisa sa voiture face à l'entrée de l'hôtel Mercure.

— Désolée, Roussel, mais ce sont vos souvenirs qu'on va ausculter. Pas les miens.

9

Quatre heures quarante.

La Laguna filait sur l'autoroute, lançant des appels de phares aux rares véhicules qui traînaient encore à cette heure avancée de la nuit.

L'inspecteur Grenier avait demandé s'il pouvait fumer et, depuis leur départ de Marseille, vitre entrouverte, il grillait clope sur clope, abandonnait son visage à l'air fouettant de la nuit.

La commissaire l'avait chargé d'accompagner le jeune universitaire à Montpellier et de s'y installer jusqu'à nouvel ordre. Elle était persuadée que les assassins de Claire allaient tenter quelque chose, et il n'était pas question de le lâcher d'une semelle.

*

Dès qu'ils étaient sortis du commissariat central, l'inspecteur avait pris place dans la voiture d'Esteban.

— C'est l'anniversaire de ma femme, on va manger à la maison. Ça vous changera les idées. Après, on fonce à

Montpellier. Ça vous va, comme ça ?

Grenier sentait qu'Esteban avait envie de rentrer chez lui, de s'allonger sur son lit après y avoir étalé les lettres de Claire et toutes les photographies qu'il devait avoir d'elle. Sans doute avait-il envie d'être seul, de s'enfermer dans le silence de son appartement, de fermer les yeux et d'enfouir son visage dans les pulls et les chemisiers parfumés qui traînaient dans les armoires. De se frotter à l'absence en parcourant les lettres qu'elle lui avait écrites, les petits mots laissés sur l'oreiller ou sous une tasse lors de ses départs au petit matin. De tout ça, il était à peu près sûr, mais il ne pouvait faire l'impasse sur l'anniversaire de Lucie. Elle avait tout préparé, convié les voisins, passé des heures à organiser ce qu'elle appelait « la fiesta des paliers ».

Face au silence d'Esteban, il avait poursuivi :

— Si vous avez envie d'être seul, je comprends. Mais vous avez entendu la patronne, je ne dois pas vous lâcher d'un pouce. Alors, plutôt que de se retrouver comme deux cons chez vous à broyer du noir, mieux vaut passer la soirée chez moi. Vous ne croyez pas ?

— Un anniversaire ? Vous êtes sûr que je ne vais pas déranger ? avait hasardé Esteban. Sinon, vous pouvez me laisser au commissariat et venir me chercher en fin de soirée...

— C'est ça, je vais vous laisser tout seul dans l'état où vous êtes... Rien du tout ! Vous allez venir chez moi, on va picoler un peu et après on trace jusque chez vous. Ça vous remettra les idées en place. Allez, démarrez. Je vous indique la route.

Grenier habitait le quartier de l'Estaque. Un bout de ville aux allures de village, coincé entre le port et les collines sèches qui délimitaient l'ouest de Marseille. Au bout de l'impasse Pichou, surplombant tout le quartier jusqu'à la mer, un petit appartement au quatrième et dernier étage. Un immeuble aux balcons envahis de linges suspendus, d'odeurs de friture et d'accents de toutes les couleurs.

Lucie, une Martiniquaise aussi ronde que joyeuse, les accueillit la bise claquante et le sourire en bandoulière. Pris dans le flot des voisins de l'immeuble, Esteban cessa rapidement de compter les verres de ti-punch qui défilaient sur la table.

Vers deux heures du mat', alors que les invités commençaient à partir, Grenier décida qu'avec ce qu'ils avaient ingurgité, il était plus prudent de pauser une heure ou deux avant de prendre la route. Esteban s'était affalé sur un des fauteuils du balcon et, les yeux rivés sur les lueurs du ciel qui se frottaient aux toitures, il s'était endormi pour de bon…

*

À hauteur de la sortie Montpellier-Nord, surgirent les lueurs d'une station-service. Esteban alluma son clignotant.

— On s'arrête? murmura l'inspecteur en balançant son mégot par la fenêtre. On est à dix minutes de chez vous, non?

— Peut-être, mais j'ai une envie de pisser…

*

Gérard Bauvillers se retourna une fois de plus. Il fit pivoter son oreiller du côté qui lui sembla le plus frais, dégagea le drap de ses cuisses et soupira longuement en regardant le plafond.

Vers 17 heures, les nuages descendus des Cévennes s'étaient mis à tournoyer au-dessus de la ville. Montpellier s'était recouverte de l'ombre noire des masses nuageuses, dans l'attente de l'orage, toute l'après-midi, comme d'une délivrance. Un déferlement d'eau comme seuls les ciels du sud savent en cracher. Une pluie comme une marée soudaine qui encombre les rues, les places, transforme les trottoirs et les bouches d'égout en tourbillonnements voraces.

Avec l'arrivée du soir, le ciel demeura muet. L'orage silencieux, tel un monstre au-dessus des quartiers, rendit l'air plus chaud encore, presque irrespirable. Une atmosphère quasi tropicale qui transforma la nuit de Gérard Bauvillers en cauchemar transpirant.

Il s'assit au bord du lit, se glissa dans ses pantoufles et enfila le tee-shirt qui traînait sur le parquet flottant.

— Qu'est-ce que tu fous?

— Rien. Avec ce putain de temps, j'arrive pas à dormir. Je vais m'en fumer une dehors.

Il entendit Geneviève s'étaler au milieu du lit et ferma la porte derrière lui.

Quelques pas jusqu'à la cuisine. Choper une canette fraîche dans le frigo, faire coulisser la baie vitrée et poser son gros cul sur une des chaises en plastique de la terrasse.

L'appartement n'était pas bien grand, juste une chambre, une cuisine américaine, comme ils disent, et un petit salon qui donne sur une terrasse minuscule.

Appartement de fonction au rez-de-chaussée, cinquante mètres carrés à tout casser. Mais, comme avait dit Gérard en répondant à l'annonce, quand t'es concierge, le loyer, c'est gratos, et pour peu que tu te débrouilles en bricolage, j'te dis pas les pourboires. Et puis à cinquante-trois balais, après deux ans de chômage, tu craches pas sur une promo pareille. Tu fais tes valoches, tu remplis la remorque et tu lui fais traverser la France, à ta Renault 21. Voilà ce qu'avait dit Gérard, quand il avait reçu une réponse positive...

Il descendit la bière d'un trait, fit retentir un rot de chanteur d'opéra et alluma sa cigarette.

Dans le parc de la résidence, juste l'ombre furtive de quelques chats en patrouille.

À cette époque de l'été, la plupart des logements étaient désertés. Le calme qui s'emparait des allées dès les premiers jours d'août, cette accalmie qui offrait à la résidence une vague atmosphère d'abandon, pour Gérard Bauvillers, c'était comme d'authentiques vacances. Tranquille, comme si chaque bloc d'appartements était à lui.

Il écrasa le mégot dans le coquillage qui servait de cendrier quand la sonnerie du téléphone retentit dans l'entrée.

*

L'inspecteur Grenier souffla sur le gobelet brûlant. Du café d'autoroute à 1,50 € la dose, mousse fadasse, panne de sucre et touillette en plastique en prime. Les néons donnaient aux travées des allures de couloirs de métro et, entre les chips et les yaourts à boire, déambulait la faune des nuits de la mi-août. Des Teutons cramoisis, des Anglais comme des oiseaux à taches de rousseur, un groupe de Chinetoques descendus d'un car, occupés à vérifier que tout ce qu'on vend ici, ou presque, vient de chez eux en vingt fois plus cher. Regroupés autour des cendriers extérieurs, quelques routiers polonais ou d'autres contrées de l'est, les yeux bouffis par la route, la bière en pack, le bide gonflé sous des tee-shirts trop courts.

Grenier détacha le regard de cet échantillon d'humanité, jeta son gobelet à moitié plein dans le bac poubelle. Il s'avança jusqu'à l'entrée des toilettes pour hommes, poussa la porte.

— Esteban ! On ne va pas y passer la nuit…

L'autre grommela un « j'arrive, je suis pas très bien » avant de tirer la chasse d'eau, d'apparaître dans la lumière blanche des chiottes, les yeux rougis.

Les deux hommes traversèrent le parking.

— Vous voulez que je prenne le volant ?

— Non, ça va aller, répondit Esteban en déverrouillant les portières automatiques. Dans dix minutes, on est chez moi. Vaut mieux que je conduise. Vous connaissez Montpellier ?

— Non. Jamais foutu les pieds.

— À pied, c'est une ville sympa. Mais en bagnole, c'est l'enfer.

Les phares balayèrent les allées, laissèrent dans l'ombre les silhouettes massives des poids lourds endormis.

— Vous habitez loin du centre-ville ?

— Non, du tout. Je suis dans ce qu'on appelle le quartier des Beaux-Arts. C'est un des coins modernes de la ville. Plutôt calme, vous verrez. Pas de blocs ni de tours. Juste des petites maisons avec des jardins minuscules, des immeubles avec peu d'étages. J'habite résidence du Mont Aigoual. Un duplex en haut d'un petit immeuble de trois étages au milieu d'un parc. Vous allez voir, c'est plutôt sympa…

Tout en tripotant ses dreadlocks, Grenier imaginait un vaste appartement au parquet couleur miel. Il devinait de larges baies vitrées, une terrasse bordée de parterres parfumés et, dans la grande chambre qu'il voyait en mezzanine, un chemisier de Claire traînant négligemment sur un coin du lit.

*

Gérard Bauvillers reposa le combiné, se frotta énergiquement les yeux. Il poussa la porte de la chambre, enfila un jean.

— Où c'est que tu vas ?

— Rien, rendors-toi. Y paraît que ça pue le gaz au troisième étage du D. Je vais jeter un coup d'œil.

Geneviève se retourna au creux du lit, s'enveloppa dans les draps en soupirant qu'ils font tous chier et qu'elle aimerait bien dormir tranquille.

Le gardien traversa le parc jusqu'au bloc D, en contrebas. Il sortit son passe et, une fois dans le hall d'entrée, il s'immobilisa, les narines à l'affût. Il ne sentit rien de particulier et sollicita l'ascenseur. Une fois sur le palier du troisième, il lui sembla bien percevoir une odeur de gaz. Il s'approcha de la porte des Lamberti, renifla autour du chambranle. Puis il revint sur ses pas, colla le nez à l'appartement d'Ibarguren, le jeune universitaire. L'odeur du gaz lui sembla plus présente.

Bauvillers songea un instant au corps d'Esteban qui peut-être gisait dans un coin de l'appartement. Il pensa à cette vie qui était en train de s'éteindre à quelques mètres de lui. Dans un sourire, il s'imagina être le sauveur, le héros de la nuit, n'osa pas aller plus loin dans l'évocation de sa photo dans le journal, de la télé peut-être, sans compter le pourboire mirifique que le jeune prof...

N'écoutant que sa hardiesse, il introduisit un de ses passes dans la serrure et, il ne saura jamais pourquoi, au moment où la porte s'entrouvrit, comme mû par une politesse débile, il posa son index sur la sonnette électrique et pressa d'un coup sec.

*

Esteban baissa la vitre, pianota les touches du digicode. La grille d'entrée coulissa sur son rail et la Laguna s'engouffra dans la résidence.

— C'est là, l'immeuble sur la droite, glissa-t-il en stationnant entre les pins.

Les deux hommes descendirent du véhicule, s'engagèrent sur l'allée de gravier qui montait jusqu'à l'entrée du bâtiment. Aux branches des pins, les aiguilles immobiles semblaient figées dans la torpeur moite de la nuit.

— Attendez, Esteban, commença l'inspecteur Grenier, c'est pas week-end à la campagne qu'on joue…

— Comment ça ?

— Ben, on n'arrive pas là, les mains dans les poches comme si on prenait des vacances. Je vous rappelle que votre compagne a été assassinée et que je suis là pour vous protéger au cas où. Alors, on ne va pas se pointer chez vous comme deux touristes…

Le bruit sourd de la première explosion leur fit lever la tête. Grenier se jeta sur Esteban, le plaqua au sol et s'allongea sur lui tandis que le souffle projetait, bien au-delà de la cime des arbres, des débris de verre et de métal.

L'inspecteur empoigna Esteban par le col de sa chemise, l'entraîna derrière une camionnette en stationnement. Une seconde explosion retentit, assourdissante, projetant dans le ciel ce qui restait de la toiture. Des tuiles et des bouts de charpente s'abattirent entre les arbres, et les premières flammes apparurent par les fenêtres brisées du troisième étage.

Grenier saisit son portable.

— J'appelle les pompiers. Ça va, vous ? Pas de bobo ?

— Non, non, ça va. Vous croyez que c'est chez moi…

— C'est bien le troisième qui a explosé, non ?

Esteban leva les yeux vers ce qui restait de l'immeuble.

— Oui, vous avez raison. Je crois que c'est chez moi.

Les pompiers confirmèrent qu'ils venaient d'être alertés et que les camions d'intervention prenaient la route.

L'inspecteur pianota à nouveau sur son portable.

— Qu'est-ce que vous faites ?

Grenier fixa son interlocuteur, pensa une seconde que les profs étaient des gens complètement à l'ouest, incapables, en dehors de leurs délires d'intellos, de prendre une initiative en cas d'urgence.

— J'appelle la patronne. Un attentat, ça vaut le déplacement, vous ne croyez pas ?

Tandis que les deux hommes, assis au milieu des aiguilles de pins, contemplaient les flammes mordre le crépi rose de la façade, les fenêtres des autres immeubles commencèrent à s'éclairer. Aux balcons, des silhouettes torses nus, des cons caméscope à la main, d'autres, des champions de l'instant saisi au vol, le Nikon crépitant autour du cou.

Dans l'allée centrale qui serpentait entre les bâtiments, Geneviève Bauvillers descendait en courant, hurlant entre les arbres après son mari.

La sirène se fit de plus en plus proche et, à l'instant où le premier véhicule des pompiers s'immobilisa devant la barrière d'entrée, le ciel éclata d'un coup, déversant sur la ville les trombes espérées toute la journée.

10

Huit heures cinquante.

Tiré du lit par la déflagration, le patron du « P'tit moka » avait levé son rideau métallique bien avant l'heure habituelle.

Un bar devenu en un clin d'œil le refuge des photographes, des journalistes et autres riverains avides de sensations fortes. Faisant le pied de grue sur les trottoirs, des vieilles en robe de chambre, pantoufles aux pieds, le regard cloué aux flammes, aux échelles montantes. Des gens du quartier sous leurs parapluies, les yeux rougis par la nuit interrompue, et puis les commentaires, les hypothèses, les soupçons de suicide, d'accident ou pire encore d'attentat. La population avait investi la rue, les caniveaux, puis, face à la menace d'une nouvelle explosion, s'était abritée derrière les portes du bar, ne perdant pas une miette du spectacle.

Escorté de Grenier, Esteban s'était installé sur une des banquettes en moleskine rouge, une épaule appuyée contre la vitrine. Muré dans un silence qui contrastait avec les fracas de la rue, il en oubliait son café en train de refroidir, observait les sapeurs courir sur les trottoirs détrempés, les plus téméraires projeter l'eau des lances au travers des fenêtres de sa chambre.

Sans prononcer un mot, il guettait l'ombre d'Aïcha Sadia au pied de l'immeuble en feu. Il la suivait du regard, la voyait apparaître et disparaître entre les pins, entre les silhouettes luisantes des pompiers.

La commissaire, Roussel et toute l'équipe étaient arrivés sur les coups de 7 heures. Perridon, Blanchard, Mathias et puis Touraine, dans deux voitures, sirène hurlante qui – c'est ce qu'avait imaginé Esteban en regardant sa montre – avaient dû laisser à travers la Camargue, un sillon comme une cicatrice trempée au cul de leurs voitures folles.

Aïcha, l'imper levé au-dessus du crâne, poussa la porte d'entrée. Elle s'ébroua, secoua la tête, fit s'égoutter ses mèches brunes puis, suivie de ses hommes, traversa le bar, tira une chaise à elle et s'installa face à lui avant de se tourner vers le comptoir.

— Café pour tout le monde ! C'est ma tournée.

Elle jeta un coup d'œil autour d'elle, dévisagea les curieux, intrigués par cette femme au ton de commandant.

Quand le serveur débarqua, son plateau à la main, elle sortit sa carte.

— Envoyez-moi le patron. J'ai un truc à lui demander.

Le taulier se dégagea du comptoir, amena son gros bide d'un pas nonchalant. Un pachyderme aux bras tatoués du temps des colonies, l'œil avenant comme une pissotière de gare.

— C'est pour quoi, au juste ?

L'homme offrait un sourire aux dents grises, un regard bleu qui ne respirait pas l'amour du basané.

— Commissaire Aïcha Sadia, de la criminelle. J'ai besoin de causer à mon équipe, mais tranquille, si vous voyez ce que je veux dire.

— Z'inquiétez pas, y'a que des bouches cousues dans mon troquet.

— Je crois que je me suis mal fait comprendre. Je ne veux ni bouches ni oreilles, cousues ou pas. Personne à part mes gars et moi. Ne me dites pas que vous n'avez pas un coin peinard derrière votre boutique.

— Écoutez, m'dame, j'ai une réputation dans le coin. Je connais du monde, si vous voyez, et, sauf votre respect, je tiens pas à me griller en organisant un séminaire de poulagas. Pourquoi vous allez pas au commissariat, c'est à pas cinq minutes. Là vous aurez tout…

— Écoute-moi bien, gros con, coupa Aïcha, si dans deux minutes t'as pas ouvert la porte du tripot qui est planqué derrière la cour, je te fous les indirects et la répression des fraudes au cul. Et quand ils te présenteront l'addition, c'est pendant trois générations qu'il te faudra bosser pour payer…

Elle se leva brusquement de sa chaise.

— Alors, on attend quoi ?

*

— Bon, fermez la porte et qu'on ne nous dérange pas.

Derrière les cuisines, une salle rectangulaire. Au centre de la pièce, deux tables alignées, entourées de chaises en plastique.

Sur les tôles ondulées de la toiture, la pluie battait à tout rompre. Aïcha s'approcha d'une des fenêtres. Au travers des voilages grisâtres qui ornaient les trois ouvertures, une cour boueuse, jalonnée d'herbe en touffes éparses, de canettes vides et de sacs plastiques gorgés d'eau.

— Bon, asseyez-vous, commença la commissaire. Et pas la peine de faire la gueule. Je sais très bien ce que vous pensez, tous : « On serait mieux au commissariat, bien au chaud avec des bières au frais dans un frigo… » Mais moi, vous me connaissez, et ce n'est pas aujourd'hui que je vais changer.

Aïcha Sadia avait toujours eu horreur d'investir le bureau des autres. Jamais pu supporter le regard des collègues qui la prenaient pour une martienne, les sonneries de téléphone qu'elle ne reconnaissait pas, les rues, les façades de l'autre côté d'un boulevard qui ne lui évoquait rien. Contrairement à certains confrères qui se régalaient à investir un commissariat de campagne, à toiser les policiers de la cambrousse d'un regard de conquérant, le débarquement en flics intrus n'avait jamais été son truc.

— Moi, pour réfléchir, j'ai besoin de poser les yeux et les fesses sur des trucs qui me rassurent. C'est comme ça. Et à part mon terrier, il n'y a aucun endroit où je me sente bien pour bosser. En tout cas, sûrement pas le commissariat d'à côté. Vous pouvez penser que c'est débile, peut-être, mais c'est comme ça. Alors, ce matin, la salle de débriefing, c'est ici. Point à la ligne.

Elle alluma une clope et posa son paquet sur la table.

— Bon, je commence par ce qu'on a, et je terminerai par ce qu'on cherche. Tout le monde écoute, tout le monde réfléchit. Si jamais l'un d'entre vous a une idée, qu'il n'hésite pas à me couper, je suis preneuse.

Sébastien Touraine ne put s'empêcher de sourire. Il avait beau la connaître par cœur, elle l'impressionnait toujours par sa façon de s'imposer. Incapable de se taire, il fallait qu'elle dise tout. Depuis sa nomination, onze ans auparavant, au commissariat principal de Marseille, Aïcha Sadia avait choisi d'être cash. Pas d'état d'âme, encore moins d'entourloupe. Rien à cacher, tout sur la table. Ses hommes, elle les regardait dans les yeux, se livrait à eux sans tabou. Et cette équipe de flics, en quelques années, elle en avait fait une famille, un groupe soudé comme une tribu, chacun d'entre eux prêt à se faire crever pour la patronne.

— Bon, on résume ce qu'on sait, commença-t-elle en se tournant vers Thomas Roussel. Avant-hier, pendant votre mariage, Claire Dandrieu vous téléphone après plusieurs années de silence pour vous appeler au secours. Elle vous dit être enfermée près d'une gare par des types qui veulent la buter pour la faire taire. Elle a trouvé un truc énorme et ses ravisseurs vont lui faire la peau. Le lien entre vous, c'est qu'elle était votre ex, séparée de vous depuis plus de quatre ans. On est OK ?

Roussel hocha imperceptiblement la tête.

— Je poursuis. Hier matin, alertés par des cheminots, on découvre le corps calciné au lance-flammes de Claire Dandrieu sur une voie ferrée près de la gare de la Blancarde. Les premiers résultats de l'autopsie nous apprendront qu'elle est morte étouffée et, qu'en fait, c'est son cadavre qui a été brûlé. Le corps calciné, la voie ferrée, tout ça c'était du cinéma. Quoi d'autre, Mathias ?

— On peut juste ajouter que les assassins l'ont rouée de coups avant de l'incendier. Ce qu'on peut dire, conclut le légiste, c'est que le squelette de Claire Dandrieu était plus amoché que si elle s'était tapé un crash sur l'autoroute…

— Une mise en scène, Mathias, reprit la commissaire. Un décor de film d'horreur pour nous faire comprendre que ces enculés sont prêts à tout pour obtenir ce qu'ils cherchent.

Un bref coup d'œil autour de la table.

— Bon, je vois que tout le monde suit. Je continue. La perquise de l'appart de Claire n'a rien donné de probant, si ce n'est que c'est là qu'on vous a vu débarquer, Esteban. Et, si je résume votre déposition, vous avez passé la soirée de vendredi au restaurant avec la victime. C'est là qu'elle vous a confirmé avoir déniché une info en béton, dangereuse au point de ne pas vous la dévoiler. Fin de soirée, vous la déposez chez elle et rentrez à Montpellier. Dimanche, inquiet de ne pas avoir de ses nouvelles, vous rappliquez à Marseille. C'est bien ça ? Rien oublié ?

— Non, c'est bon, murmura Esteban.

— OK. Je reviens à vous, Roussel. D'ailleurs, je devrais plutôt dire que c'est vous qui êtes revenu à moi. Non ?

— On peut dire ça.

— La nuit dernière, dans votre chambre d'hôtel, vous vous êtes repassé l'appart en mémoire, et c'est une carte postale aimantée sur le frigo qui vous a fait tilt. Vous m'appelez, on file sur place et on découvre que Claire vous a laissé un message au dos de la carte. En gros, elle vous suggère que l'info secrète qu'elle a mise à jour, c'est dans vos rêves communs que vous pourrez l'identifier. C'est bien ça ?

Roussel alluma une cigarette à son tour.

— Oui, c'est ça. Et je peux vous dire que j'ai tout retourné dans mes souvenirs et que j'ai une idée précise…

— Pour l'instant, coupa la commissaire, je déroule les faits incontestables. Si ça ne vous dérange pas, votre idée, vous nous en ferez part après.

Elle écrasa sa cigarette dans l'énorme cendrier Cinzano qui trônait au milieu de la table, trempa les lèvres dans son café fumant.

— À nous, Grenier ! Vous emmenez Esteban chez vous fêter l'anniversaire de votre épouse. J'imagine que là vous éclusez un saladier ou deux de punch, et après vous prenez la route pour Montpellier. Vers 5 heures, vous débarquez dans la résidence d'Esteban et alors que vous vous apprêtez à pénétrer dans l'immeuble, l'appart vous explose à la gueule. Vous m'appelez, je rameute l'équipe et on débarque sur place. Rien oublié ?

— Non, patronne, acquiesça l'inspecteur en tripotant ses dreadlocks. Bien résumé.

Aïcha se leva d'un coup, s'écarta de la table, se mit à marcher de long en large au fond de la pièce.

— Bon, ça, ce sont les faits incontestables. Maintenant, on va se pencher sur ce qu'on n'a pas et qu'il nous faut absolument comprendre : le mobile. Alors, question : quel secret Claire Dandrieu avait-elle levé pour mettre sa vie à ce point en danger ? Je crois que pour répondre, on est obligés de se pencher sur ses travaux universitaires. Plus précisément sur le bouquin qu'elle était en train d'écrire.

Elle cessa un instant d'arpenter le sol en ciment, et se tourna vers Esteban.

— Si je vous ai bien compris, Claire avait entrepris la rédaction d'un livre sur les GAL. En gros, des commandos de flics et de militaires espagnols qui, dans les années quatre-vingt, ont décimé à coup d'attentats les activistes d'ETA réfugiés au Pays basque français. C'est ça ?

Esteban se contenta d'approuver par un mouvement du menton.

— Si vous nous en disiez un peu plus là-dessus ? Pas un exposé sur les GAL. Non, vous oubliez votre côté prof. Ce qui nous intéresse, c'est ce qu'à votre avis Claire avait pu découvrir de si explosif…

L'universitaire se racla la gorge, prit appui sur ses coudes posés sur la table.

— Pour comprendre ce qui est arrivé, je crois qu'il faut d'abord cerner le côté « obsessionnel » de Claire. Quand elle se mettait un truc dans la tête, quand elle était persuadée de quelque chose, et que ce quelque chose s'obstinait à lui échapper, ça devenait carrément du délire.

Tout en parlant, il se tourna imperceptiblement vers Roussel, sembla chercher dans son regard un soupçon d'approbation.

Thomas Roussel écoutait sans rien dire, voyait parfaitement ce à quoi Esteban faisait allusion. Cet entêtement proche de l'aberration dont Claire savait parfois faire preuve.

— Ce qu'il faut savoir, poursuivit Esteban, c'est que l'histoire de l'Espagne, Claire la vivait avec ses tripes. Elle était traversée d'autant d'émotions que si c'était sa propre histoire. Elle exécrait les fascistes, la dictature, éprouvait du dégoût pour tout ce qui pouvait porter un uniforme. Pour résumer Claire, je dirais que pour elle, le jour de la mort de Franco, c'est comme si le soleil s'était enfin levé sur le pays. Vous voyez le genre ! Alors, quand elle a compris que les socialistes espagnols avaient pu se comporter comme de vulgaires fachos, qu'ils avaient recyclé d'anciens membres des forces secrètes pour assassiner des militants basques, ça, elle ne pouvait pas le supporter. Il fallait que les coupables paient. Sans exception. À partir de ce jour, rien d'autre n'a plus compté. Même si la plupart des protagonistes ont été arrêtés et jugés, jusqu'au ministre de l'Intérieur, elle restait persuadée que le Premier ministre espagnol, Felipe Gonzalez, était au cœur de la création des GAL. C'était devenu son unique souci. Faire la lumière sur les agissements de Gonzalez. Plus rien d'autre ne lui importait.

— Mais, Felipe Gonzalez a été blanchi par la justice, non ? interrompit la commissaire.

— Vous avez raison, mais ça n'a pas empêché Claire de persister à croire en sa culpabilité. Quand il s'est retrouvé lavé de tout soupçon, ça n'a pas ébranlé ses convictions. Au contraire, ça l'a décidée à un autre angle d'attaque.

— C'est-à-dire ?

— En fait, comme le volet espagnol de l'affaire semblait être inaccessible, elle a pensé qu'il fallait attaquer par la face française de l'histoire. Ce qu'elle voulait prouver, c'est que les Premiers ministres espagnol et français s'étaient rencontrés en secret. Ce qu'elle pensait, c'est qu'en 86, quand en France la droite est revenue aux affaires, Felipe Gonzalez avait trouvé en Jacques Chirac un interlocuteur sensible à ses propos. Que lui, contrairement à ses prédécesseurs socialistes, prêterait volontiers main-forte au gouvernement espagnol dans sa lutte contre le terrorisme d'ETA. De fait, quelques mois après la prise de fonction de Chirac, vu l'ampleur de la collaboration entre les polices des deux pays, les GAL se sont rapidement effacés, évanouis dans la nature…

Sébastien Touraine, en équilibre sur sa chaise penchée vers l'arrière, écoutait les explications d'Esteban sans dire un mot. Il entendait les paroles, les laissait débroussailler ses incertitudes, dessiner les contours encore flous d'un scénario.

Il fit retomber sa chaise sur ses quatre pieds, vida d'un trait sa tasse de café et se tourna vers le compagnon de Claire.

— Je vous écoute attentivement depuis tout à l'heure et, sans avoir connu Claire, il me semble que le portrait que vous nous en faites nous donne une image sans doute assez proche de la réalité… C'est étrange, mais les mots que vous lui prêtez, les raisonnements, les intuitions, toute la force de sa quête de vérité, tout cela m'inspire. M'éclaire, même, d'une certaine façon…

L'équipe connaissait suffisamment Touraine pour comprendre qu'il allait s'abandonner à sa méthode préférée.

Sébastien Touraine, détective privé, ancien commissaire de police, avait la faculté, en écoutant un témoignage, en s'imprégnant comme une éponge de chaque information, d'imaginer l'histoire, de laisser en lui se relier les mots, les images, d'abandonner sa réflexion aux pistes de l'imaginaire jusqu'à ce que se tisse un scénario des choses qui, bien souvent après l'enquête, s'avérait avoir approché la vérité de près.

— Voyez-vous, poursuivit-il, j'imagine parfaitement les

cheminements logiques du raisonnement de Claire. Revenons à 1986. Imaginons que Felipe Gonzalez, déstabilisé, impuissant même face aux actes terroristes de l'ETA, en soit venu, devant le refus de collaboration de Mitterrand, à créer les GAL. On peut imaginer, comme l'a souligné Esteban, qu'il a dû voir d'un bon œil le retour au pouvoir de la droite française, plutôt sécuritaire. Il est vrai aussi, c'est incontestablement établi, que la police française, dès 1986, a collaboré avec la police espagnole dans sa lutte antiterroriste. Alors, je pose la question. La seule question qui vaille et que Claire, j'en suis sûr, n'a pas manqué de se poser. Peut-on imaginer un instant que, dans l'optique de cette collaboration au plus haut niveau de l'État, peut-on imaginer que les deux chefs de gouvernement ne se soient pas rencontrés ? Que face à l'urgence de la situation au Pays basque, ils n'aient pas jugé utile de lier les deux États par un nouveau pacte ? Un pacte entre ces deux hommes, d'horizons politiques différents, certes, mais partageant au plus haut point le souci de la sécurité de l'État.

— Mais cette rencontre, intervint la commissaire, a très bien pu être organisée lors d'une visite officielle ! Et ce pacte dont tu parles, Sébastien, il a très bien pu être conclu dans le secret des palais. Ni vu, ni connu. Envisageable, non ?

— Je regrette, mais non. Difficilement organisable lors d'une visite officielle. Ce genre de réunion, pour qu'elle soit efficace, doit réunir tous les protagonistes de l'affaire. Sans exception. Et là, ça commence à faire du monde. Les deux Premiers ministres, les ministres de l'Intérieur respectifs, les chefs des services secrets, les responsables des opérations intérieures, sans compter les plus hauts responsables des GAL. Et j'allais oublier, parce que nous parlons de l'Espagne, une cohorte d'officiers supérieurs impliqués jusqu'au trognon dans la logistique des commandos espagnols. Alors, je répète ma question : à une époque où les caméras traînent partout, où aucun homme politique n'échappe au viseur des médias, est-ce qu'il vous paraît possible qu'une telle réunion ait pu s'organiser à Paris ou Madrid lors d'une visite d'État ? Sincèrement, je ne le pense pas.

— Et vous pensez quoi, alors ? ne put s'empêcher de s'écrier Roussel, visiblement excité par la tournure de la conversation.

Touraine se tourna vers lui, surpris du regard brillant de son interlocuteur.

— Comme Claire, j'imagine que dès l'arrivée de Chirac aux manettes, une réunion entre les deux ministres de l'Intérieur a été organisée. Compte tenu de l'importance des sujets à aborder, il me paraît inconcevable, inimaginable même, que les discussions aient été laissées à ces seuls ministres. Il y a de fortes chances que les deux chefs de gouvernement aient décidé de présider ces entretiens.

— Vous croyez donc, vous aussi, s'exclama Esteban, que Felipe Gonzalez et Jacques Chirac se sont rencontrés secrètement pour mettre au point la collaboration policière qui a mis fin à l'activité des GAL…

— Ce que je crois, c'est que quand on connaît la forte personnalité de Gonzalez, sa détermination à éradiquer le terrorisme, et le côté rentre-dedans qui veut en découdre de Chirac, il est fort probable que cette réunion ait eu lieu. Dans un endroit suffisamment spacieux pour accueillir tous les protagonistes et suffisamment discret pour que cette réunion au sommet passe inaperçue.

Touraine se ficha une cigarette entre les lèvres, fit craquer son briquet avant de conclure :

— Il ne nous reste plus qu'à identifier l'endroit où cette réunion s'est déroulée. Claire devait y être parvenue. Sans doute avait-elle précisément localisé le lieu. Si on veut avancer à notre tour, c'est ce qu'il nous faut découvrir.

Le silence eut à peine le temps de s'installer que Thomas Roussel se leva en souriant.

— Je vais peut-être vous étonner, mais je crois savoir où ça s'est passé…

11

Madrid. dix heures trente.

Il reposa le combiné, puis jeta un œil sur les livres alignés dans la bibliothèque. Il accrocha son regard aux titres, aux tranches damassées des dictionnaires, des récits épiques et autres ouvrages reliés. Il tenta de suspendre sa pensée, de l'éloigner des mots qu'il venait d'entendre. De maintenir à distance ce passé gardé secret depuis si longtemps et qui lui revenait aujourd'hui au visage.

À l'extérieur, de l'autre côté des vitres, là où la vie court tout au long des trottoirs, la ville bruissait depuis le lever du soleil.

La nuit du vieil homme n'avait pas été de tout repos. De longues heures à guetter les voix puissantes des noctambules titubant au sortir des bars, à épier le faisceau blanc des phares dans le reflet de la vitre, les pas hésitants de ceux qui vont se coucher, bras dessus bras dessous, à l'heure où les maisons ont depuis longtemps glissé dans la défaite des choses.

Des heures à imaginer le visage de Leonora, à se la figurer emprisonnée pour d'obscures raisons. Retrouver son sourire, sa voix, ses mains nerveuses. Éloigner de son esprit l'hypothèse de la torture, du viol, de tout ce que les hommes sont capables d'infliger aux femmes quand elles sont leurs captives. Des heures et des heures qui n'en finissaient plus de se traîner jusqu'à ce que le corps du vieillard rende les armes, sombre dans un sommeil peuplé de cris, de plaintes lancinantes.

C'est à 10h25, que les points d'interrogation s'étaient estompés pour laisser place aux véritables raisons de l'enlèvement.

Raisons inattendues autant qu'implacables. Rien à faire, rien à dire. Se taire et se soumettre. L'homme, au téléphone, avait été d'un calme déconcertant. Une voix posée, quoique portant le signe d'un léger essoufflement. Une voix douce aux mots précis, un ton sans éclat, monocorde, incapable néanmoins de dissimuler la trace enfouie d'un accent étranger.

Le vieil homme avait écouté sans rien dire, se contentant de vagues murmures d'approbation.

Son interlocuteur reprendrait contact avant trois jours. Il sonnerait à l'appartement, se laisserait guider jusqu'à la chambre, et là, il honorerait son marché. L'argent contre la libération de Leonora quelques heures plus tard, le temps des vérifications nécessaires.

Un million d'euros en petites coupures dans un sac de sport. Sans oublier les bobines de l'enregistrement de la réunion de 1986. C'était aussi important que l'argent. Peut-être plus encore.

L'homme l'avait averti qu'il recevrait sous peu la visite de la police française. Que celle-ci lui poserait des questions et qu'il lui faudrait y répondre. Satisfaire les enquêteurs sans se livrer totalement. Collaborer, certes, mais taire la disparition de Leonora sous peine de ne jamais la revoir vivante.

Avant de raccrocher, l'homme avait ajouté, sur un ton voisin de celui de la confidence : *Adios, Señor Capitan. Adios…*

Señor Capitan, señor Capitan… Les mots raisonnaient dans sa tête comme les refrains de sa jeunesse. Le vieux général ferma les yeux, laissa l'Espagne en furie remonter le temps, s'emparer de sa mémoire endormie. Le corps des hommes dans la poussière brûlante, les ordres qui claquent comme des drapeaux dans l'air du soir, les femmes qui pleurent les maris et les fils emmenés dans les camions bâchés. Les routes chaotiques qui traversent les plaines et les collines surchauffées, puis le spectacle des fosses creusées à la hâte, les salves dans le dos des communistes débraillés.

Le vieux général songea que les hommes étaient souvent fiers dans la mort, si forts encore des idées folles qui les avaient perdus.

D'une pression du doigt sur la manette, il fit avancer son fauteuil jusqu'à la plus grande des fenêtres de sa chambre. Le parc *del Retiro* commençait à se remplir de cette ribambelle de gamins qui ne pensait plus qu'à jouer, cette génération à jamais éloignée des guerres, des sacrifices, étrangère pour toujours à la simple et belle notion de Patrie.

Le général caressa des yeux la cime foncée des cèdres. Il songea aux habits de saison que le parc arborait toute l'année, à octobre, son mois préféré, et au silence roux du soir. Puis quand la lumière du jour finit par l'éblouir, il laissa ses paupières retomber sous le verre épais de ses lunettes.

Du fond de sa mémoire, lui revenaient les images de cette réunion secrète...

Été 1986. Il revoyait les silhouettes des visiteurs anonymes sortir des voitures, le dos courbé, le pas pressé par le secret de la rencontre. Il voyait nettement les poignées de main à l'abri des palissades, et tout ce monde, les deux chefs de gouvernement, les ministres, les galonnés en tout genre, se rejoindre autour de la table.

Cette nuit-là, le sort de nombre de terroristes s'était joué. À l'abri des murs, dans le silence parfumé du cloître, l'Espagne et la France avaient scellé le pacte de l'ordre, de la force implacable qui décapiterait les combattants du Pays basque. Une réunion jusqu'à l'aube, jusqu'à ce que les voitures disparaissent derrière les collines. C'est drôle, mais par-delà les nombreuses années, il avait gardé le souvenir intact de ces monts verts et arrondis comme des mamelons rassurants.

Une fois les véhicules évanouis dans l'orangé de l'aube, il s'était glissé jusqu'à la salle principale, s'était agenouillé, glissé sous l'épaisse table de chêne et avait récupéré le magnétophone scotché sous le plateau de bois. Puis, d'un pas rapide, il avait regagné son véhicule, fait signe au chauffeur de démarrer.

La petite ville endormie s'était effacée derrière eux et, dans le confort du cuir des banquettes, il avait glissé sa main dans une poche de son manteau, avait souri au contact des bandes enregistrées. Des mots imprimés à jamais, garants jusqu'à son dernier souffle – c'est ce qu'il avait pensé, à tort – de la plus fiable des sécurités.

12

Montpellier, dix heures quinze.

Le commissaire Thomas Roussel savoura son effet. Tous s'étaient tournés vers lui, attendaient qu'il poursuive.

Il fouilla dans la poche de sa veste, en extirpa la carte postale trouvée sur le frigo de Claire. En prenant soin de détacher chaque syllabe, il lut le texte à voix haute, levant les yeux vers son auditoire tant il semblait être imprégné de chaque mot, de chaque virgule.

Thomas,
Si tu lis ça, c'est qu'il m'est arrivé quelque chose de grave.
J'ai la preuve d'un lien irréfutable entre Felipe Gonzalez et les GAL... Et l'un de nos présidents... C'est gravissime...
Je ne peux rien t'écrire de plus au cas où « ils » liraient cette carte. Pense à notre histoire, à nos rêves inaboutis, à cette croisée des chemins que nous avons manquée...
C'est sur cette route-là que tu trouveras ce que j'ai découvert.
Fais attention à toi, « ils » sont capables de tout.
Claire.

Cette carte, il l'avait lue et relue. L'avait décortiquée comme on le fait d'un texte dont on doit faire le commentaire. Il s'était arrêté à chaque mot, en avait exploré les sens divers, avait creusé en lui jusqu'à remuer les souvenirs, les images lointaines. À force d'exploration, les réminiscences de ce qu'il appelait « les années Claire », tous ces moments qu'il avait mis de côté pour mieux se reconstruire, tout lui était revenu. Et, contrairement à ce qu'il aurait pu craindre de ces « remontées », loin d'être porteuses de souffrance, c'est une forme étrange de douceur qui s'était emparée de lui. Un sentiment insolite, proche de la nostalgie qu'on éprouve parfois pour le passé et sa désuète beauté figée par le temps.

— Claire et moi, commença-t-il, quelques mois après notre rencontre, on s'était fait une promesse. Une sorte de serment qui avait fini par devenir un jeu entre nous. On s'était promis de faire le pèlerinage jusqu'à Compostelle. Pas pour des raisons religieuses, non. Juste l'envie de marcher ensemble, de partir à pied quelques semaines. Rien d'autre qu'une longue balade en amoureux…

À l'évocation de ces souvenirs, un sourire las se dessina sur son visage.

— Et là où c'est devenu un jeu, un prétexte à de fausses disputes, c'est que nous n'étions pas d'accord sur l'itinéraire. Plus précisément sur le point de départ. Claire, qui était née près de Poitiers, tenait absolument à ce qu'on parte de là-haut, et moi, qui suis né à Toulouse, je n'imaginais pas qu'on puisse démarrer notre périple ailleurs que de ma ville natale… C'était comme ça, un peu bête, mais nous n'arrivions pas à nous mettre d'accord et cela donnait lieu à des discussions sans fin.

Sur la carte postale, quand elle évoque « les rêves inaboutis », je sais que c'est à ça qu'elle fait allusion. Parce que c'était notre premier rêve, celui qui occupait la plupart de nos échanges du moment, et qu'on ne l'a jamais réalisé.

Alors, j'ai réfléchi aux mots suivants. À cette « croisée des chemins » à laquelle elle fait mention. Et à force de réfléchir, je sais exactement ce qu'elle a voulu me désigner. Un endroit précis sur lequel nous avions fini par nous mettre d'accord pour démarrer notre pèlerinage. En fait, pour abandonner nos lieux de naissance sans qu'aucun de nous deux ne perde la face, on avait repéré, sur la carte des sentiers de Compostelle, un endroit où les routes de Poitiers et de Toulouse se rejoignent. Un point précis, à la limite du Béarn et du Pays basque, au sud d'une petite ville qui s'appelle Saint-Palais. C'est là qu'est située la Croix de Gibraltar. Le point de convergence des routes du nord et de l'est.

Un dimanche, on s'est rendus sur place et on a imaginé notre départ. On devait partir de la Croix de Gibraltar et, la nuit précédant le jour J, on avait décidé de la passer au refuge des pèlerins, à Saint-Palais, au cloître des franciscains.

Voilà, on avait tout décidé et, finalement, on ne l'a jamais fait. C'est pour ça que quand Claire évoque « notre croisée des chemins », je sais que c'est cet endroit-là qu'elle m'indique. Pour moi, ça ne fait aucun doute. Et si c'est là, dans cet ancien monastère, que Felipe Gonzalez et Jacques Chirac se sont rencontrés en secret, il nous suffit d'y aller. Une fois sur place, on avisera. Peut-être que Claire nous y a laissé une autre indication, une voie à suivre. Qui sait ?

Il se tourna vers la commissaire.

— Qu'est-ce que vous en pensez, Aïcha ?

Aïcha Sadia se leva de sa chaise.

— Je pense que vous avez raison. Claire ne vous a pas indiqué cet endroit par hasard. Mais avant de se rendre sur place, il faut que je joigne le Ministère.

— Besoin de l'aval des autorités ? s'étonna Sébastien.

— Non, ce n'est pas ça. Juste qu'avant d'aller marcher sur des œufs, il me faut l'avis du coq. En l'occurrence, de l'ancien coq : Môssieur Toine en personne…

Portable collé à l'oreille, elle ouvrit la porte de service qui donnait sur la cour.

— J'en ai pour cinq minutes. Vous n'avez qu'à prendre un autre café sur mon compte.

13

Au même moment, Neuilly-sur-Seine.

Après vingt années de service, Armand connaissait sur le bout des doigts le rituel matinal de son employeur.

Antoine Agostini n'était pas homme à traîner au lit. Été comme hiver, dès 6 h 30, il se glissait dans ses pantoufles, nouait serré le cordon de sa robe de chambre et, dans le silence capitonné de son hôtel particulier, il gagnait la cuisine. Sur la table, un bol fumant de café noir l'attendait, accompagné de trois ou quatre tartines grillées savamment beurrées. Soigneusement disposée à quelques centimètres des couverts, patientait la pile des quotidiens du jour.

L'ancien ministre de l'Intérieur petit déjeunait en tournant les pages distraitement, se penchait, entre deux bouchées, sur les nouvelles du monde.

Puis, après être passé par la salle de bains, il choisissait dans le dressing un des costumes trois pièces fraîchement repassés et, ainsi habillé de cette élégance stricte des ministères, il rejoignait son bureau à l'autre extrémité de la bâtisse.

Sur le secrétaire, le fidèle Armand avait déposé le courrier, et la matinée s'écoulait dans le bruissement des lettres décachetées, le crissement feutré de la plume Mont Blanc sur le papier en-tête.

À 10 h 40, alors qu'Antoine Agostini mettait la dernière main à la rédaction d'un énième remerciement, la porte du bureau s'ouvrit sur le visage d'Armand.

— Excusez-moi, monsieur, susurra le domestique en brandissant un téléphone mobile, c'est pour vous, sur votre ligne personnelle.

Agostini fronça les sourcils, tendit la main, faisant signe à Armand de le laisser seul.

— Agostini à l'appareil…

À l'autre bout du fil, le crépitement de la pluie.

— Commissaire Aïcha Sadia, de la Criminelle de Marseille. Excusez-moi de vous déranger, monsieur le ministre…

— Qui vous a communiqué mon numéro ? coupa sèchement l'ancien patron de la police. Le ministère, c'est ça ?

— Non, monsieur le ministre. Au ministère, vous savez mieux que moi que personne ne m'aurait communiqué vos coordonnées personnelles. Aussi, je suis passée par le secrétariat du Sénat…

Antoine Agostini songea à tous ces incapables du Palais du Luxembourg. Ces secrétaires payées à prix d'or pour se coucher devant la première flic venue.

— Et qu'est-ce qui me vaut, madame, d'être dérangé chez moi ?

Il avait insisté sur les deux derniers mots et, sous la pluie battante qui cinglait sur l'arrière-cour du P'tit Moka, Aïcha Sadia mesurait bien à quel point son interlocuteur était excédé par son appel.

— Je vais être directe, monsieur le ministre. J'ai besoin de toutes les informations possibles concernant une réunion, au plus haut niveau de l'État, qui s'est tenue au Pays basque pendant l'été 86.

Elle sentit Agostini marquer un temps d'arrêt.

— Qu'est-ce que c'est encore que cette histoire ?

En dépit de la gravité de l'instant, elle ne put s'empêcher de sourire à l'accent de son interlocuteur. Un mélange de Raimu et de Fernandel qui les avait tous fait rire lors de la prise de fonction d'Agostini en 86. Mais cette musique pagnolesque dissimulait une main de fer et un caractère bien trempé, rompu à toutes les combines. Très vite après le débarquement place Beauvau du nouveau ministre de l'Intérieur, la loi « Sécurité et Liberté » avait effacé le sourire des fonctionnaires de police.

— Nous savons, poursuivit Aïcha, que Felipe Gonzalez et Jacques Chirac, alors tous deux Premiers ministres, se sont rencontrés en secret dans un monastère de Saint-Palais, et que, lors de cette entrevue, ils ont défini la politique de lutte contre l'ETA. Nous pensons, monsieur le ministre, que vous-même ainsi que votre homologue espagnol avez organisé cette rencontre, et que vous y étiez tous deux présents. En revanche, ne vous méprenez surtout pas quant à…

— Dites-moi, interrompit le vieux sénateur, en ce qui concerne cette affaire, est-ce que vous savez, ou est-ce que vous pensez ?

Le silence entrecoupé des rafales du vent qui venait de se lever sur Montpellier rendait la communication à peine audible.

— Parce que si vous comptez sur moi pour alimenter vos pensées et les transformer en je ne sais quelle certitude, je peux vous dire que vous vous faites de belles illusions. Je n'ai pas pour habitude, madame la commissaire, de m'épancher au téléphone avec le premier fonctionnaire venu. Quant à cette période de la vie politique française, vous connaissez ma devise, non ?

— La démocratie s'arrête là où commence l'intérêt supérieur de l'État, c'est bien ça ?

— Je vois que vous me suivez dans le texte. Aussi, ni vous ni moi n'allons perdre plus de temps qu'il n'en faut. Je vous souhaite une agréable journée, madame.

Il allait raccrocher, elle en était sûre. Les mots qui suivirent, elle les débita sans y penser, sans y avoir réfléchi une seconde. Une audace, un bluff, une intuition qui se faisaient plus forts qu'elle.

— Je vous en prie. Ne raccrochez pas. Ce que vous ne savez pas, c'est qu'il existe un enregistrement de cette réunion. Et il risque d'être rendu public dans les jours qui viennent.

Sur la mine de l'ancien ministre, cette moue repoussant les lèvres en cul-de-poule, cette mimique trahissant la faconde et la truculence du bonhomme, toute cette gestuelle du visage s'estompa en moins d'une seconde.

— C'est pour me tenir en haleine que vous me sortez cette histoire ? Un enregistrement ! Qu'est-ce que c'est que cette plaisanterie ?

— C'est tout sauf une plaisanterie, monsieur. L'affaire est extrêmement grave. Une jeune enseignante vient d'être assassinée pour cet enregistrement et l'appartement de son compagnon a été détruit par un attentat. Si nous ne parvenons pas à mettre la main sur ces bandes, il y a de fortes chances qu'elles soient communiquées à plusieurs grandes rédactions. Je vous laisse imaginer le séisme, monsieur le ministre.

Dans la tête d'Agostini, la silhouette longiligne de l'ex-président sortant de sa voiture, se précipitant, à la nuit tombée, dans la bâtisse des franciscains…

— Et en quoi, si je peux me permettre, puis-je vous être d'une quelconque utilité ?

Aïcha sourit au renversement de vapeur.

— Je souhaiterais vous envoyer deux de mes hommes.

— Commissaires, eux aussi ?

— Non. Il s'agit du lieutenant de police Perridon et de Théo Mathias, notre légiste.

— Original.

— Je sais, ce n'est pas très académique, mais c'est comme ça que j'ai formé mon équipe, et elle fait partie des meilleures.

— Et pourquoi voulez-vous que je reçoive ces messieurs ? Est-ce que vous pouvez me donner une bonne raison, au moins ?

— Pas une, mais deux, monsieur le ministre.

— Je vous écoute.

— Tout d'abord, l'État. C'est pour lui que vous vous êtes battu pendant toute votre vie : protéger les plus hauts intérêts du pays et préserver la conception que vous avez de l'État. Organiser cette réunion entre Chirac et Gonzalez comme vous l'avez fait, c'était servir ce que vous appelez les « intérêts supérieurs. » Et aujourd'hui, voyez-vous, retrouver ces bandes enregistrées, ça participe de la même préoccupation: servir et protéger l'État à son plus haut niveau.

La commissaire se tut un instant, impressionnée par le silence au bout du fil.

— Vous êtes toujours là ?

— Évidemment ! Je ne raccroche pas comme ça au nez des dames. Bon, et la deuxième raison ?

— L'amitié, monsieur le ministre. Nous connaissons tous les liens qui vous lient à Jacques Chirac. Et je suis persuadée que vous n'aimeriez pas qu'il soit à nouveau sali par une affaire aussi compromettante. Je me trompe ?

— Et en quoi voulez-vous que la présence de Jacques Chirac à cette prétendue réunion puisse le salir en quoi que ce soit ?

— Parce que vous y avez parlé des GAL, monsieur, que la police française a fermé les yeux sur les agissements de ces commandos, quand elle n'y a pas prêté main forte. Parce que le pacte conclu ce jour-là entre Chirac et Gonzalez, c'est un accord de police secrète, de méthodes de barbouzes. Une stratégie de terroriste pour terroriser les hommes de l'ETA. Et si, comme nous le pensons, les propos de cette réunion ont été enregistrés, et que certains s'apprêtent à les rendre publics, c'est une bombe pour l'ancien chef de l'État. Un choc dont il aura du mal à se relever. Surtout aujourd'hui.

Tout en écoutant la commissaire, Antoine Agostini pensait à son ami, l'ancien président. Un peu perdu dans l'âge, à la si fragile imprévisibilité.

— Si je reçois vos hommes, quelle valeur juridique aura notre entretien ?

— Aucune, monsieur le ministre. Aucun juge n'est encore saisi de cet aspect politique de l'affaire. J'en suis encore au stade de l'enquête, mais il y a urgence. Ce dont nous avons besoin, c'est que vous nous relatiez cette réunion dans le moindre détail.

Les propos, les participants, tout ce que vous pouvez nous communiquer sera utile pour retrouver l'enregistrement. Et il va de soi que cette entrevue avec mes hommes restera confidentielle. Un témoignage qui demeurera entre vous et moi. Vous avez ma parole, monsieur le ministre, et je ne la donne jamais à la légère.

Antoine Agostini s'appuya contre le dossier de son fauteuil. Il réfléchit quelques secondes, jeta un coup d'œil à l'agenda ouvert devant lui et consulta brièvement sa montre.

— Très bien. Je décide de vous faire confiance, madame. Je vous conseille d'en être digne. Pour ce qui est de vos hommes, faites-leur prendre le premier avion. Je les attends chez moi pour le début de l'après-midi.

— Merci, monsieur le ministre. Je peux vous assurer…

— Laissez les salamalecs de côté. Et n'oubliez jamais que l'État, c'est quelque chose qui nous dépasse. Un peu comme nos parents, nos grands-parents, tous ceux qui nous ont faits. Il nous a fait grandir, nous a souvent protégés, et maintenant, c'est à notre tour de le préserver du mal. Et cette sécurité, voyez-vous, elle mérite parfois qu'on prenne des chemins biscornus. Voilà ce que je voulais vous dire. Je vous souhaite une bonne journée.

Il laissa un léger blanc et ajouta avant de raccrocher :

— Il va sans dire que je compte sur vous pour m'informer des suites de cette affaire…

Aïcha enfouit son portable dans une poche de son imper. Par la fenêtre embuée, elle apercevait ses hommes autour de la table, les cafés dans des tasses vert bistro…

Elle poussa la porte, s'engouffra dans la pièce enfumée, remarqua l'absence d'Esteban.

— Et il est passé où, notre Basque ?

— Aux chiottes, répondit Grenier, une canette à la main. Je crois que tout ça, ça lui perturbe le bide.

— Vous êtes déjà à la bière, Grenier ?

— Avec ce qu'on s'est mis hier soir chez moi, faut guérir le mal par le mal, patronne. En plus, vous savez quoi, j'ai lu dans une revue médicale que…

— Épargnez-moi vos lectures de salle d'attente, Grenier, et

balancez-moi le reste de cette bibine dans l'évier. On a plus de cinq cents bornes à se taper et, pour une fois, j'aimerais bien vous voir conduire autrement que bourré.

Sébastien Touraine s'était approché d'elle.

— Alors, comment ça s'est passé ?

— Plutôt bien. Je crois que je me suis montrée persuasive. Il nous accorde cette après-midi, un entretien confidentiel avec tous les détails. Franchement, un ancien ministre de l'Intérieur qui se met à table, pas mal, non ?

— Tu files sur Paris ?

— Non. J'envoie Mathias et Perridon.

Elle saisit la tasse de café froid qui l'attendait sur la table et la vida d'un trait.

— Bon, Théo, tu prends le premier avion pour Paris avec Perridon. Antoine Agostini vous attend chez lui en début d'après-midi. Dès que vous en sortez, tu m'appelles et tu me tiens au courant. Ensuite, vous rentrez sur Marseille. Pendant ce temps-là, nous autres, on file à Saint-Palais rendre une petite visite au monastère des franciscains.

Elle jeta un coup d'œil par la fenêtre à la pluie qui tombait en rideau, ajusta la ceinture de son imperméable et se dirigea vers la porte qui donnait dans le bar.

— C'est parti ! Je vais régler les cafés à l'autre con et je vous retrouve aux voitures. Mathias et Perridon, vous n'avez qu'à prendre un taxi pour l'aéroport. Blanchard, vous montez avec Grenier et c'est vous qui conduisez. Je préfère. Les autres, avec moi.

En pénétrant dans le bar, elle remarqua le sourire figé sur le visage du commissaire Roussel.

— Qu'est-ce qui vous arrive, Roussel ? Vous avez l'air du type qui a une bonne nouvelle à annoncer.

Avant de sortir du bistro, le divisionnaire se tourna vers elle.

— C'est juste que Saint-Palais, c'est à une demi-heure de chez moi.

— Et alors ?

— Alors, ce soir, vous êtes tous mes invités.

Ils avancèrent côte à côte sur le trottoir encore encombré de curieux.

— Dites-moi, Roussel, je peux vous poser une question ?

— Bien sûr. Pas de souci.

Ils traversèrent la rue, enjambèrent les conduites d'eau qui serpentaient encore vers l'immeuble en feu.

— Claire, vous avez cessé de l'aimer à quel moment ?

Il fit quelques mètres avant de ralentir le pas, de lâcher en regardant droit devant :

— On ne cesse pas d'aimer, Aïcha. On cesse d'être aimé, c'est tout. Après, on se raccroche aux branches, on se convainc d'avoir oublié. Avec beaucoup de chance, on finit par s'ouvrir à une autre aventure, un autre sourire. Quant à cesser d'aimer, c'est une autre histoire…

Ils rejoignirent les voitures et s'engouffrèrent à l'intérieur.

Thomas aurait aimé lui dire qu'après la chute, les hommes réapprennent à marcher seuls. Des mois à ressasser les souvenirs, à vaincre la colère, le dépit. Des mois et des mois, comme une interminable convalescence. On en sort engourdi, hésitant, un peu vieilli.

Et puis on retrouve les gestes. Donner la main, se faire désirer, offrir sa bouche entrouverte. On joue le jeu de l'amant, du séducteur, de celui que l'autre, la nouvelle autre, attend de retrouver à la tombée du jour. On devient l'acteur de sa propre survie, on en connaît toutes les scènes, les rôles, les levers de rideaux. L'amour est une comédie aux couleurs tragiques. Quand il nous laisse sur le côté, que l'autre part, ferme la porte et ne revient pas, la brûlure reste là, comme la braise endormie, prête à flamber au premier courant d'air parfumé.

On ne cesse jamais d'aimer, Aïcha. Jamais.

Voilà ce Thomas Roussel aurait voulu lui dire avant que les voitures démarrent et s'enfoncent dans la ville détrempée.

14

Cinq cents kilomètres plus tard.

Le rouge sang des volets et des balcons de bois leur indiqua qu'ils avaient quitté le Béarn, fait leurs premiers pas en terre basque.

À cette heure de l'après-midi, les rues chauffaient encore comme des fours et, sur les trottoirs de la petite ville, seuls se risquaient quelques touristes, reconnaissables à leurs tongs, leurs jambes brunies, leurs bermudas, leurs bobs et leurs Nikon en bandoulière ou sanglés contre la poitrine. Des hommes et des femmes, par petites grappes familiales, largués des bus belges ou hollandais, parcourant la cité au pas de charge, à l'affût du moindre souvenir à graver sur disque dur.

Près de Toulouse, l'équipée avait fait une halte café. Le temps d'avaler un sandwich, de fumer une clope dans le flot des camping-cars, des voitures bondées qui descendaient vers la côte atlantique ou l'Espagne.

Son jus avalé, Aïcha avait pris le volant, s'était positionnée devant la voiture de Blanchard, jetant de temps à autre un coup d'œil dans le rétro, devinant la silhouette avachie de Grenier, sur le siège passager, qui en écrasait comme quatre.

Les kilomètres d'autoroute s'étaient enchaînés jusqu'à Orthez, à quarante kilomètres à l'ouest de Pau. Puis une route de campagne et de collines vertes les avait menés jusqu'à Saint-Palais.

Dans la voiture, depuis le départ de Montpellier, les hommes s'étaient tus. Besoin de respirer, de faire le point, de se reposer des nuits écourtées, chacun dans ses pensées.

Elle, elle aimait conduire, se laisser bercer par le bitume, l'ombre des arbres au travers de l'asphalte. Impulser une accélération à chaque courbe, guetter le chuintement du goudron sous les pneus, ouvrir sa pensée aux chemins vagabonds. Sur les routes de campagne, entre les côtes et les monts, la commissaire, derrière son volant, conduisait comme on danse la valse.

En franchissant le panneau de la petite ville, elle remarqua qu'elle était passée du Béarn au Pays basque sans même s'en rendre compte. Elle songea que, de part et d'autre, le ciel était semblable, que l'herbe dans les pâtures reflétait des verts identiques, et que ces frontières invisibles, il n'y avait que les hommes pour les imaginer. En observant les hauteurs boisées, elle imagina les combattants des maquis, ceux qui avaient lutté contre les Allemands, puis contre Franco. Elle pensa aux militants de la cause basque, à tous ces morts inutiles. Tout en gardant un œil sur son GPS, elle se remémora les commandos du GAL, les activistes séquestrés, torturés, abandonnés dans la campagne, une balle dans le ventre…

À l'arrière du break 407, bercé par les virages, Roussel s'était endormi, la tête inclinée sur l'épaule d'Esteban qui lui, le crâne posé sur le côté, contre la vitre, somnolait.

— Terminus, messieurs ! Tout le monde descend.

Ils ouvrirent des yeux vitreux sur les rues blanches de soleil.

Les deux voitures laissèrent la poste sur la gauche, filèrent tout droit vers la sortie sud du bourg.

Après les dernières maisons, un cimetière aux allées de gravier gris, quelques virages, une courte montée et, sur la gauche, presque dissimulé par les taillis, un petit panneau indiquant Gibraltar. Quelques dizaines de mètres sur un sentier d'herbes folles et là, entourée de fermes, de volailles en balade, un peu perdue dans la campagne immense, la Croix de Gibraltar.

Les portières claquèrent dans l'air brûlant.

— C'est pour ça qu'on est venus ? grommela Grenier.

Au centre d'un dégagement herbeux, une stèle de granit d'à peine un mètre de haut, en forme de champignon.

Le regard déçu des hommes, leurs pas ennuyés dans l'herbe sèche.

— C'est clair que c'est pas l'Arc de Triomphe, murmura Sébastien.

Au sud, à fleur de collines, quelques nuages gris, éparpillés dans le paysage. Au fond, en arrière-plan du décor, la silhouette grise et brune des Pyrénées, et plus loin encore, l'ombre inaccessible des sommets espagnols.

— En tout cas, commenta Thomas Roussel, c'est de là que nous devions partir…

— Vous croyez que Claire nous aurait laissé une indication ici ? s'interrogea la commissaire.

Roussel posa les yeux sur le grès de la stèle, sur les zébrures gravées dans la pierre par les pèlerins.

— Non, je ne crois pas. Trop de gens passent ici chaque jour. Et puis, pour tout vous dire, je ne pense pas qu'elle soit venue jusqu'ici laisser un signe quelconque. Je crois surtout qu'elle a cherché à m'indiquer le lieu où s'est déroulée cette fameuse réunion. Le monastère des franciscains. Si on doit trouver quelque chose, c'est là qu'il faut aller chercher.

Tout en écoutant Thomas Roussel évoquer l'ancien monastère, Sébastien Touraine spéculait en silence sur la mémoire des murs.

Depuis longtemps, il était persuadé que les maisons gardaient en elles une parcelle de ce qui s'était passé en leur sein. À l'époque où il était encore flic, il avait sérieusement creusé la question. Plus d'une fois, quand les pistes têtues le ramenaient inlassablement vers un lieu précis, il s'installait au beau milieu. Il s'asseyait en tailleur dans une des pièces ou arpentait de long en large la scène de crime. C'est ainsi qu'il apprivoisait l'intérieur muet des bâtisses, des arbres ou des méandres d'une rivière jusqu'à sentir qu'entre la « scène » et lui, s'esquissait un lien étrange, une sorte de passage.

La répétition de ces expériences avait fini par le convaincre que ce qu'on nomme « la scène de crime » était un endroit, non seulement primordial, mais qu'il fallait surtout préserver des meurtrissures du temps. Non en raison des éléments matériels qui finissaient par s'effacer, mais pour cette ambiance particulière qui continuait d'y régner. Ces particules de silence qui, il l'avait appris au fil de ses investigations, détenaient en elles plus d'un secret.

*

Le bâtiment apparut sur la droite, face au monument aux morts.

Au-dessus de l'entrée, inscrit en lettres de peinture noire sur une pancarte fixée au mur: Refuge des pèlerins. Les franciscains.

La commissaire posa le doigt sur la sonnette. Quelques instants plus tard, la porte s'ouvrit sur un petit homme d'une soixantaine d'années, le crâne chauve parsemé de quelques poils en perdition. Celui qui semblait être le gardien des lieux, un peu égaré dans son pantalon de toile et sa chemise à la taille de bûcheron, embrassa le groupe du regard, se fendit d'un sourire poli et leur offrit son plus bel accent belge.

— Bonjour, messieurs et dame. C'est pour une visite ? Parce que, ma foi, si c'est pour l'hébergement, autant vous dire tout de suite que tout est complet. Vous pensez, à cette saison !

Aïcha brandit sa carte tricolore.

— Brigade criminelle. On peut ?

— Assurément, assurément, bredouilla le Wallon en s'effaçant devant la porte ouverte.

Au centre de l'ancien monastère, un cloître en carré, au milieu duquel se dressait un jardin cernant un petit puits de pierres grises. Un bosquet comme une île verte entourée de la promenade.

— Que puis-je pour votre service, madame la commissaire ?

Aïcha n'eut pas le temps de répondre, qu'il poursuivit.

— Mais, permettez-moi de me présenter.

Machinalement, il se mit au garde à vous, sortit un mouchoir à grands carreaux de son pantalon et s'essuya le crâne.

— Félix De Groote, pensionné de l'Académie des sciences de Bruxelles. Gardien des lieux depuis 2005. Avec ma femme, Hilde, elle était flamande, voyez-vous, on venait en vacation à Saint-Palais à peu près chaque an. Et puis, quand elle est morte, j'ai décidé de demeurer ici. En 2005, la mairie a racheté le monastère et, depuis, c'est moi-même qui fais office d'ange gardien. Pour ce qui est des frères…

— Excusez-moi, coupa la commissaire, l'histoire de cet endroit doit être passionnante, mais mes hommes et moi sommes en mission. On vient de faire plus de cinq cents kilomètres et nous n'avons pas trop le temps, si vous voyez ce que je veux dire. Aussi, s'il vous est possible de nous faire visiter les lieux… On ne vous dérangera pas longtemps.

— Pour de bon, pour de bon ! Mais, comme je vous l'ai dit, toutes les chambres sont occupées. À cette saison, voyez-vous, il nous arrive des pèlerins de toute l'Europe. Donc, je ne pourrai vous faire voir que la chapelle et les salles annexes. Vous n'avez qu'à me suivre.

Le petit homme passa devant le groupe et s'avança jusqu'à une large porte de bois.

— Ne faites pas attention, la chapelle est désacralisée.

À l'ombre des murs épais de l'église, des parois blanchies à la chaux, dénuées de tout ornement.

— Tout a été retiré, voyez-vous, commenta le pensionné bruxellois.

Pour uniques ouvertures, des vitraux transparents donnant sur le ciel et, jusqu'à la nef vide, des rangées de chaises éparses. Au fond du chœur, dans une alcôve blanche, pareille à une rescapée, une vierge de bois clair.

— Ça n'est pas très gai, c'est vrai, poursuivit le Wallon de service tout en avançant dans l'allée centrale. Voyez-vous, les

Franciscains, c'était le dépouillement et la simplicité. Ils ne devaient posséder aucun bien et vivre de l'aumône et de leurs prêches. Comparés aux seigneurs du Vatican, ils faisaient vraiment figure de pauvres bougres.

À la hauteur du chœur, sur la gauche, une porte.

— Et là, ça donne sur la sacristie ?

— Non, du tout, répondit De Groote en poussant l'huisserie. C'est l'ancien oratoire. Un lieu de prière qui a été transformé en salle de réunion.

La commissaire lui emboîta le pas. Dans une pièce carrée, des tables assemblées en un large rectangle, des chaises en plastique repoussées contre les murs.

— Quel genre de réunions ? Des regroupements de pèlerins ?

— Tout ce que je peux vous dire, c'est que personne ne s'est réuni ici depuis mon arrivée. En revanche, si on doit croire les on-dit, il s'y serait tenu d'étranges assemblées. C'est vrai, ma foi, qu'au fond de cet ancien couvent, personne ne nous voit ni ne nous entend. Un lieu idéal pour les paroles secrètes, voyez-vous…

Pendant qu'il livrait ses commentaires à Aïcha, le reste de l'équipe les avait rejoints.

— Vous savez qui pourrait nous renseigner sur ces éventuelles réunions ?

Félix De Groote réfléchit un instant.

— Le seul qui pourrait vous être utile, c'est celui qui fut responsable du couvent avant moi. Il s'appelle Juan de Seguerra. Un drôle de personnage, mais un type formidable. Rendez-vous compte, un religieux qui a fui l'Espagne pendant la guerre civile et qui a trouvé refuge ici. Pas un de ces prêtres inféodés aux militaires, non. Un véritable prêtre républicain. Une denrée rare, non ? Et figurez-vous qu'il n'a jamais quitté l'endroit. Il a juste pris sa retraite quand la mairie m'a confié le gardiennage des lieux.

— Il est toujours en vie ?

— Si on peut dire. Depuis plusieurs mois, la maladie l'a rattrapé et à l'heure où nous parlons, il attend dans son lit pour quitter notre monde…

— En Espagne ?

— Assurément, non. À plus de nonante-quatre ans et dans l'état pitoyable où il se trouve, il n'aurait pas pu faire le voyage… C'est simple, si vous voulez le voir, vous n'aurez pas loin à faire. Il repose dans l'aile ouest du monastère. Une petite chambre à l'arrière du cloître. Je vais vous accompagner, mais je ne suis pas sûr qu'il puisse vous parler. Il est très faible, voyez-vous et, depuis plusieurs jours, il demeure plongé dans une sorte de demi-coma.

Sur ces mots, le Belge sortit de la pièce bientôt suivi des hommes d'Aïcha.

Sébastien Touraine s'assit sur l'angle d'une table, parcourut du regard les murs blancs de la salle.

— Tu viens, Sébastien ? lança la commissaire.

— J'arrive, je vous rejoins. Juste envie de rester quelques instants ici.

Il écouta les pas d'Aïcha s'éloigner dans l'église, suivit la conversation à voix basse des hommes, perçut le craquement d'une porte avant que le silence ne retombe.

Il s'assit sur l'une des tables et ferma les yeux.

Immobile, il se laissa envelopper par la quiétude de l'endroit, en oublia le pépiement des oiseaux derrière les fenêtres. Une sensation d'apaisement s'installa en lui, un calme propice à l'écoute des murs, des résonances lointaines.

Dans cet instant particulier de concentration, Touraine crut sentir le parfum âcre de cigarettes brunes et, en retrait, dans la partie sombre de la pièce, cette zone, près de la porte, abritée de la lumière des ampoules, il perçut une présence silencieuse et mince dans son uniforme verdâtre…

*

Le jour commençait à sombrer. L'ombre des murs avait recouvert la quasi-totalité du cloître. Une lumière douce de jour en fin de vie, un festival d'ombres où le bleu du soir le disputait à l'orangé.

Parvenu à l'angle ouest, Félix De Groote extirpa un trousseau de clés de son pantalon et déverrouilla devant ses hôtes.

— Je vous laisse avec lui, madame la commissaire. C'est l'heure du souper, et les nouveaux pèlerins m'attendent pour les consignes du soir. Aussi, promettez-moi de ne rester que quelques minutes. Le frère Juan a vraiment mérité la paix, vous savez.

Aïcha acquiesça d'un sourire et poussa la porte devant elle.

Un doigt sur les lèvres, elle intima le silence à ses hommes. L'un après l'autre, ils pénétrèrent dans une petite chambre jouxtée d'une minuscule salle d'eau. Dans la pièce éclairée par une simple fenêtre aux rideaux écartés, un lit d'hôpital. Allongé à même la couverture, un vieillard vêtu d'un froc gris de laine, le ventre ceinturé d'une corde et, sur l'oreiller, glissé sur le côté gauche de son visage, un capuchon court et arrondi. À l'autre extrémité du lit, les pieds reposaient, collés l'un contre l'autre dans leurs sandalettes de cuir.

Le visage de Juan de Seguerra ne laissait transparaître aucun mouvement, pas même un frissonnement de la peau. La maigreur de ses traits laissait deviner que le vieux franciscain s'était, depuis longtemps, résigné aux maigres nourritures. Sur ses joues creusées, entre les plaques éparses de sa barbe, se dessinaient des taches brunes, pareilles à des îlots de vieillesse.

Silencieusement, les hommes entourèrent la couchette métallique tandis qu'Aïcha s'installait sur l'unique chaise.

À première vue, l'homme aurait pu passer pour mort, mais ses mains entrecroisées sur son ventre se soulevaient régulièrement, au rythme de sa respiration.

Sébastien rejoignit l'équipe et se faufila près de Grenier.

— J'ai peur qu'il soit surpris de nous voir tous autour de son lit, murmura la commissaire. Venez près de moi, Esteban, vous pourrez lui parler en espagnol, ça le rassurera.

Roussel indiqua le vieillard du doigt.

— Je crois qu'il se réveille…

Le vieil homme fronça les sourcils, entrouvrit la bouche, s'humecta les lèvres du bout de la langue. Puis, il ouvrit les yeux.

De petits yeux verts qui se posèrent sur chacun des hommes avant de s'arrêter sur Aïcha.

— *Qué pasa* ?

Sa voix n'était qu'un filet de souffle.

La commissaire donna un coup de coude à Esteban.

— Dites-lui qui nous sommes, qu'on enquête et qu'il n'a rien à craindre.

Le jeune universitaire se pencha au-dessus de Frère Juan, traduisit en détachant chaque mot.

— *Policia* ? susurra le vieux.

Instinctivement, tous hochèrent la tête.

— Je vais lui parler, souffla Aïcha, et vous lui traduirez au fur et à mesure.

Elle s'inclina à son tour sur le visage décharné du franciscain, accrocha son regard bleu au sien et lui sourit.

— Vous souvenez-vous d'une réunion très importante qui s'est tenue au couvent, au début de l'été 1986 ?

Esteban traduisit en appuyant chaque syllabe.

Le vieux leva les yeux vers le plafond, laissa les mots pénétrer son cerveau. Puis, il tourna légèrement la tête vers la commissaire.

— *Una reunión* ?

La commissaire approuva.

— Oui. Une réunion politique très importante.

Le franciscain ferma les yeux quelques secondes, le temps de remonter le fil de sa mémoire.

— *Si*, marmonna-t-il. *Creo que me acuerdo.*

— Vous rappelez-vous des participants ? continua Aïcha.

Le vieil homme déglutit.

— *Agua, por favor. Un poco de agua.*

Sébastien Touraine se précipita dans la salle d'eau.

Le vieil homme trempa les lèvres au bord du verre, laissa l'eau lui inonder le menton. Les images surgissaient du fond de sa mémoire et, même si à l'époque des faits Juan de Seguerra devait frôler les soixante-dix ans, dans le regard vert du Franciscain scintillait l'éclat du souvenir reconstitué.

— *Aquella noche*...

— Cette nuit-là, articula Esteban.

— *No se puede eliminar de mi cabeza vieja. Jamás.*

— Impossible à effacer de ma vieille tête. Jamais.

— *Hombres muy importantes*...

— Des hommes très importants devaient se retrouver ici. Le matin, par un coup de téléphone, quelqu'un de votre ministère m'avait annoncé le rendez-vous du soir. C'était d'une extrême importance, et je ne devais en parler à personne.

Juan de Seguerra se tut, demanda à boire de nouveau. Il laissa l'eau lui envahir la bouche, descendre à grand bruit de cascade au fond de sa gorge sèche, puis poursuivit son récit.

— C'était la mi-juillet, je crois, et les premières voitures sont arrivées au début de la nuit. Les hommes se sont précipités à l'intérieur du monastère et je les ai escortés jusqu'à la salle de réunion, au fond de la chapelle. C'était des Espagnols, des hommes de la sécurité avec des lunettes noires, même en pleine nuit. Les deux personnalités, je les ai reconnues tout de suite. Le ministre de l'Intérieur et surtout Felipe Gonzalez, le chef du gouvernement. Il y avait un militaire aussi. Un grand bonhomme d'au moins soixante-dix ans, à l'uniforme décoré de médailles.

En entendant les mots traduits par Esteban, Touraine se pinça les lèvres. Il songea à la mystérieuse mémoire des murs et pensaque le temps qui passait pouvait laisser son empreinte d'une bien étrange manière.

Au fur et à mesure que les images du passé remontaient à la surface, le débit du vieil Espagnol s'accélérait. Les mots franchissaient avec peine les décennies pour éclore, pareils aux bulles d'air emprisonnées par la vase, qui remontent pétiller à la surface.

— Et puis, les Français ont débarqué. Pareils aux autres, avec tous ces policiers en civil. Votre Premier ministre, lui aussi je l'ai reconnu tout de suite. Il semblait soucieux, pressé de partir. Comme s'il était inquiet que sa présence soit ébruitée. Il fumait des cigarettes brunes. C'est drôle, mais rien que d'y penser, j'en ai encore l'odeur dans les narines... Ensuite, ils ont fermé la porte de la salle. C'est tout ce que je sais.

— Ça a duré longtemps, cette entrevue ? souffla la commissaire.

Le vieux tenta de se redresser. Roussel lui cala l'oreiller derrière les épaules.

— Ils sont repartis à l'aube. Chaque convoi dans sa direction. Voilà, c'est tout.

— Rien d'autre. Pas de détail particulier ?

Le vieillard hocha doucement la tête.

— Si. Une chose qui m'a paru étrange et que je n'ai jamais comprise. Le gradé espagnol, à voir ses galons, c'était un officier supérieur, c'est sûr. Un général, au moins. Eh bien, curieusement, quand certains des hommes de la sécurité s'adressaient à lui, ils l'appelaient *Capitan. Señor Capitan.* C'était vraiment mystérieux. D'ailleurs, j'ai eu le temps de bien le voir, celui-là, vu qu'il est parti après les autres.

— Comment ça, après les autres ? ne put retenir Aïcha.

— C'est drôle, je m'en souviens comme si c'était hier. Je le revois encore retourner à la salle de réunion, en sortir avec un paquet sous le bras et rejoindre son chauffeur avant de disparaître…

Dehors, le clapotis de la Bidouze qui s'écoulait en bordure des palissades fut balayé par le hurlement d'un moteur. Un bruit de mécanique pareil à celui d'une voiture qui pousse sa marche arrière à fond. Le crissement des pneus, une portière qu'on ouvre, et le silence. Quelques secondes sans bruit, et la vitre qui se brise, l'objet métallique, comme une grosse pomme de pin, qui atterrit entre les jambes du franciscain.

— Grenade ! hurla Aïcha.

Elle bondit de sa chaise, plongea jusqu'à la salle d'eau. Elle plia les jambes contre son ventre, protégea sa tête entre ses mains avant de sentir plusieurs de ses hommes s'abattre sur elle.

La déflagration fit tout voler en éclats. De la fumée, du plâtre, le verre et les montants brisés de la fenêtre en morceaux sur le sol.

L'inspecteur Grenier enjamba le corps en charpie du vieillard, dégagea son arme et sauta par la fenêtre. À vingt mètres, dans un nuage de poussière, le cul d'une bagnole.

Les coups de feu claquèrent à la suite, pareils à ceux d'une arme automatique. Huit fois. La voiture déboucha à l'angle de la rue, vira sur la droite et disparut dans un crissement de pneus.

Aïcha apparut à la fenêtre.

— Vous l'avez eue ?

— Mon cul ! pesta l'inspecteur. Avec cette putain de poussière, impossible de faire un carton.

— Et la voiture ? Vous avez pu repérer la marque, le modèle ?

— Que dalle, je vous dis. Juste qu'elle était noire. Mais avec ce que je lui ai mis dans le fion, elle risque pas de passer inaperçue.

— Foncez jusqu'à la route, Grenier. Il y a peut-être des passants qui ont vu quelque chose...

Dans ce qui reste de la chambre, le lit de fer a été projeté au milieu de la pièce. Entre les tubes fracassés par l'explosion, les restes du franciscain. Ses jambes en bouillie, son ventre ouvert et son visage, penché sur le côté, les yeux écarquillés, comme étonnés des basculements du monde.

Les hommes se relevèrent et regardèrent autour d'eux en s'époussetant. Thomas Roussel, à plat ventre derrière la table roulante des médicaments, se releva à son tour, le visage en sang.

— Vous êtes blessé ?

— Rien de bien grave, Aïcha. Un éclat qui m'a frôlé la joue.

La commissaire s'approcha de son collègue, examina attentivement la plaie.

— Je suis désolé, mon vieux, mais vous ne pouvez pas rester comme ça. On va filer à l'hosto le plus proche.

De l'autre côté de la porte, des voix d'hommes qui gueulent.

— C'est quoi, ce bordel ?

—C'est rien, patronne, commenta Blanchard. C'est Sébastien qui fait barrage. Y'a le Belge qui pique sa crise et qui veut entrer à tout prix.

Au loin, les sirènes d'un véhicule de la gendarmerie.

Aïcha se tourna vers Roussel.

— Appelez vos collègues de Pau, Thomas. Des spécialistes capables d'identifier cette putain de grenade. Vous avez ça chez vous ?

Roussel saisit son portable et se dirigea vers la fenêtre.

— Ne vous inquiétez pas, je fais venir mon équipe.

La commissaire posa le regard sur le corps étalé de Juan de Seguerra.

— Faut appeler la morgue, aussi. On ne va pas le laisser comme ça.

Elle allait se diriger vers la porte quand elle se retourna d'un coup.

— Et Esteban, il est où ?

Un bref coup d'œil des hommes autour de la pièce.

Silence.

Et puis le bruit d'un sanglot en provenance de la salle d'eau.

Assis par terre, dos contre le mur, les jambes repliées contre la poitrine, le jeune universitaire pleurait entre ses mains posées contre son visage.

— Qu'est-ce qu'on fait ? hasarda Blanchard.

— On lui fout la paix, ordonna la commissaire. Avec ce qu'il a vu depuis dimanche soir, il a bien le droit de craquer.

Elle claqua la porte derrière elle. Dans le cloître, les gendarmes venaient de faire leur entrée. Elle sortit sa carte et s'avança à leur rencontre.

De Groote, livide, était assis sur le muret ceinturant les plantations centrales. Sans dire un mot, il secouait la tête de gauche à droite, comme pour mieux conjurer le sort.

Aïcha serra la main de l'adjudant, l'accompagna jusqu'à la chambre.

Touraine s'approcha de Roussel, assis lui aussi sur le muret, le regard ailleurs. Il lui demanda du feu et, après avoir allumé sa clope, prit place à ses côtés.

— Qu'est-ce que vous en pensez, vous ? murmura Roussel.

Touraine tira sur sa cigarette, regarda la fumée grise se disperser dans l'air en train de s'assombrir.

— Je pense que celui qu'on appelle *El Capitan*, il va falloir mettre la main dessus, et vite.

— C'est de lui que m'a parlé Claire au téléphone, quelques heures avant sa mort. Enfin, parler, c'est un bien grand mot. Elle m'a juste hurlé son nom avant que ça coupe : *El Capitan* ! *El Capitan* ! Je l'entends encore.

— Le problème, c'est de savoir si ce type est encore en vie.

— D'après mes calculs, estima Roussel, il ne doit pas avoir loin de cent ans.

Touraine écrasa son mégot sur le dallage de l'allée.

— C'est pas gagné, mais ce qui est sûr, c'est que toute cette affaire passe par cet homme. On n'a pas le choix. Vivant ou mort, va falloir mettre la main dessus.

15

Une poignée d'heures plus tard.

Les deux véhicules filaient sur la rocade nord contournant Pau, l'intérieur des habitacles cadencé par les lueurs jaunes et fugitives des lampadaires bordant la route.

Aux urgences de l'unique clinique de Saint-Palais, un interne s'était occupé de la joue de Roussel. Un hématome sombre sur la moitié du visage, douze points de suture et un pansement, de la tempe au menton. Une vraie gueule de boxeur.

Une heure à peine après l'explosion, l'équipe de Thomas Roussel avait investi les lieux. Bottes de caoutchouc, combinaisons translucides et gants en latex, les spécialistes palois avaient fait évacuer la chambre du franciscain. Sans perdre une minute, ils avaient entrepris de passer la pièce au crible. Éclats, ferraille, limaille, poudre, rien ne serait laissé au hasard. Les prélèvements empliraient les poches plastiques, les flashes de l'Identité crépiteraient le nombre de fois qu'il faudrait. Roussel avait donné ses consignes : tout devait partir en expertise pour Bordeaux, le soir même. Deux de ses hommes feraient la route de nuit. Il avait appelé le labo, que la grenade parle, et vite. Des résultats le lendemain midi, au plus tard…

Quand l'équipe de Roussel avait débarqué, Esteban avait abandonné la paroisse. Des pas au hasard des ruelles qui l'avaient ramené derrière la chapelle des franciscains, près de la Bidouze au bord de laquelle il s'était assis.

Inquiète, la commissaire était sortie à son tour, avait arpenté les ruelles jusqu'à le repérer, de dos, assis au bord de la rivière. Elle l'avait alors rejoint, et avait pris place à ses côtés. Ils étaient restés de longues minutes sans rien dire, observant les remous, l'écume claire autour des pierres saillantes.

— Ça va aller? Sinon je vous mets dans un avion pour Montpellier. Vous avez des amis là-bas, non ? Et puis, toute cette agitation, cette violence, je ne suis pas sûre que ce soit ce qu'il y a de mieux pour vous en ce moment.

Le jeune universitaire sortit de son mutisme.

— Non, mes vrais amis, ils sont ici, au Pays basque. Mais soyez tranquille, ça va aller, maintenant. Ce qui m'a fait craquer tout à l'heure c'est cette brutalité. L'explosion, le vacarme, le corps du pauvre vieux…tout ça en quelques secondes. La violence, j'ai jamais pu supporter ça. Gamin, à Bayonne, j'étais terrorisé par les attentats du GAL. C'est peut-être pour ça. Mais, ça m'a fait du bien de pleurer. Et puis je vais vous dire, je me sens comme rassuré avec vous et votre équipe… Cette enquête, c'est comme si je courais après Claire et que j'allais la rattraper. J'ai besoin de la vérité, de tout comprendre dans cette histoire… Sans ça, je crois que je ne vais pas tenir le coup. En fait, ce qui me tracasse le plus, ce sont les parents de Claire. Il va falloir leur annoncer…

— Ne vous inquiétez pas pour ça. On s'en est occupé.

— Comment ça?

— Qu'est-ce que vous croyez? On pense à tout dans la police…

Elle l'avait observé se relever, remonter devant elle le sentier qui menait aux voitures. De cet homme, avait-elle pensé, avec ses grands yeux noirs, ses mèches brunes autour du visage blême, son sourire doux aux lèvres charnues, de cet homme à la gueule d'ange transpirait un charme particulier, comme une grâce poétique.

Sans savoir pourquoi, à son allure décidée, à son pas volontaire dans l'air chaud du soir, elle se dit qu'il avait envie d'en découdre. De laisser exploser son chagrin, d'une manière ou d'une autre, et qu'à l'approche du dénouement, dans cet ultime face à face avec les coupables, il faudrait à tout prix qu'elle le tienne à l'écart. Qu'elle le protège du mal, certes, mais surtout de lui-même...

*

Aïcha reposa son portable sur le tableau de bord.

— Bon, j'ai eu Mathias. Agostini a joué le jeu à fond. Tout colle.

Touraine largua sa clope par la fenêtre.

— Eh bien, raconte !

— C'est simple, il a tout balancé. La réunion, Chirac, Gonzalez, tout.

— Et le militaire espagnol, lança Roussel qui s'était redressé sur sa banquette arrière, il en a parlé ?

— Il se rappelait très bien du bonhomme. Un officier décoré comme un sapin de noël, c'est son expression. Soixante-dix, soixante-quinze ans, fière allure et qui, ce soir-là, ne les a pas quittés d'une semelle. D'après Agostini, un officier très proche de Franco. D'ailleurs, par la suite, Môssieur Toine s'est rancardé sur le bonhomme. Pour résumer, un vrai héros de la guerre civile. Campagne d'Andalousie, bataille de Madrid, tout le pedigree ! Ce qui a surpris le plus Agostini, cette nuit-là, c'est que le général en question n'a pas dit un mot de la soirée. Il s'est tenu en retrait, debout la plupart du temps, se contentant de faire les cent pas autour de la table de réunion.

— Et personne, dans la délégation française, n'a trouvé ça bizarre ? interrompit Touraine en abordant la montée vers Morlaas.

— Évidemment que si, mais personne n'a bronché. D'après

Agostini, le général dégageait une telle autorité que même les deux chefs de gouvernement n'ont pas relevé. En résumé, cet officier, c'est un peu l'ombre de Franco, si vous voyez ce que je veux dire. Comme s'il était ses yeux et ses oreilles.

— Mais en 86, Franco était mort depuis plus de dix ans ! objecta Roussel.

— Justement, l'ombre d'un fantôme, c'est encore plus impressionnant…

— Et puis, commenta Esteban, ce général, c'est un peu le symbole des liaisons obscures entre l'armée et la jeune démocratie.

— Ça y est, ironisa Touraine, le prof de fac est de retour !

— Ne plaisantez pas, je suis sérieux. Ce qu'il faut savoir, c'est qu'après une longue dictature, entre l'armée et la nouvelle république, demeure un lien terrible qui met souvent des années à se clarifier. Quand il y parvient. En tout cas, ce qui me paraît probable, c'est que ce général, compte tenu de son histoire et de sa proximité avec le Caudillo, tout le monde devait en avoir une trouille bleue. Et de ce genre de peur, même les chefs d'État n'en sont pas immunisés.

En haut de la montée, Roussel indiqua une petite route, sur la gauche.

— Encore deux cents mètres et on tombera sur un grand portail, entre deux chênes. Je pense que Délia aura illuminé l'allée qui mène à la maison.

Tout en conduisant, Touraine avait noté un sourire sur le visage d'Aïcha.

— Et ton Agostini, railla Touraine, ne me dis pas qu'il se souvient du nom du général !

Elle se tourna vers lui, puis pivota jusqu'à sourire aux passagers arrière.

— Dans le mille, messieurs ! Agostini avait noté le nom du général sur un carnet. Mathias m'a dit qu'il avait même vidé les tiroirs de son bureau devant eux pour le retrouver.

Le break Peugeot franchit le portail et s'engagea sur une longue allée de gravier, éclairée de part et d'autre par de minuscules luminaires à fleur de gazon.

— L'homme que l'on doit trouver, poursuivit Aïcha, s'appelle Joaquin Vargas. D'après ce qu'a dit Agostini, le général Vargas était encore en vie l'année dernière. Il a fêté ses cent ans et l'événement a défrayé les chroniques mondaines de Madrid. En revanche, son adresse serait un des endroits les plus surveillés de la capitale. Un immeuble cossu, quelque part en ville, gardé jour et nuit par une armada de flics. C'est ce que disent les rumeurs. Ce type doit savoir tellement de choses qu'il doit être encore mieux protégé que le roi en personne.

Les pneus crissèrent devant un large escalier montant jusqu'à l'entrée de la villa.

Délia Roussel descendit à leur rencontre.

La commissaire, avant d'ouvrir sa portière, se tourna vers Roussel.

— Je pourrais m'isoler un instant pour téléphoner ?

— Évidemment. Pourquoi, vous comptez nous abandonner toute la soirée ?

— Non, du tout. Juste le temps de joindre un ami journaliste, à Madrid. Il est reporter en free-lance pour plusieurs canards, et c'est un enquêteur hors pair. Avant qu'on en soit au fromage, vous verrez, il m'aura dégoté l'adresse de Vargas, son téléphone et tout le toutim.

16

Madrid, mardi, deux heures quarante-cinq.

Pour la troisième fois, la voiture noire entreprit le tour du parc *del Buen Retiro*. À vitesse réduite, elle longea l'avenue Menéndez Pelayo, laissa l'hôpital de l'Enfant Jésus derrière elle et prit la première à gauche. Sur sa droite, entre deux bars expédiant les derniers clients de la nuit, le mot magique apparut en lettres rouges : Parking.

Le temps de saisir le ticket, de laisser la barrière se lever, le véhicule s'engagea dans la pente, livré aux néons des garages souterrains.

Niveaux 1 et 2 complets. Les pneus crissèrent légèrement sur la gomme, et le troisième sous-sol fit son apparition.

Le chauffeur ralentit et se glissa le long d'une camionnette surélevée. Il serra le frein à main et, avant de couper le contact, s'assura que la voiture était bien hors du champ de la caméra de surveillance.

Puis il descendit, empoigna le sac à dos posé sur la banquette arrière et contourna la voiture jusqu'au coffre. Il souleva le hayon, déblaya d'un revers prudent de la main le verre brisé avant d'extirper une toile chiffonnée. Comme on secoue une nappe, il étendit la bâche plastifiée et l'ajusta du mieux qu'il put sur la carrosserie. Quelques pas en arrière, histoire de vérifier la justesse du camouflage. De la 307 noire n'apparaissaient plus que les pneus. Sous la toile beige, la petite berline avait pris l'apparence des voitures qu'on protège, ces véhicules immobiles des semaines durant, qui hibernent, même l'été, sagement parqués dans le béton souterrain des villes.

Le chauffeur, satisfait de son travail de dissimulation, se dit que rien ne laissait deviner la lunette arrière pulvérisée, la tôle perforée par le plomb. Le fracas de la vitre, le claquement des balles, seule sa mémoire en conservait l'impact.

Il sangla le sac à dos contre ses épaules, ajusta la capuche de son ciré, s'affubla de lunettes sombres et disparut entre les piliers de béton en direction de l'ascenseur repéré pendant la descente.

Dehors, la nuit espagnole étirait sa chaleur sombre sur la ville.

Face au 227 de l'avenue Menéndez Pelayo, dans leur voiture de service, les hommes de la Guardia Civil somnolaient pour terrasser l'ennui. Une nuit de plus à veiller pour la tranquillité du général Vargas. Une nuit de plus à compter les heures, à écouter le foot à la radio en se gavant de sandwiches au lomo et de bières tièdes. Les hommes de la protection rapprochée, usés par l'inutilité ressentie de leur mission, finiraient, comme chaque nuit, par s'assoupir et ronfler en chœur jusqu'à l'heure de la relève.

La silhouette encapuchonnée dépassa la Seat des policiers et, sans même lever les yeux vers la fenêtre encore éclairée du premier étage, à la hauteur du platane qui léchait les vitres de l'appartement, elle bifurqua sur la gauche et s'enfonça dans la *calle de Ibiza*.

*

Morlaas, trois heures trente.

La commissaire tendit le bras jusqu'à son portable.

— Allô ! Non, je ne dormais que d'un œil. J'étais sûre que tu allais m'appeler.

Sébastien se dégagea du drap, alluma sa lampe de chevet et s'installa sur le fauteuil, près de la fenêtre ouverte.

— Bon, alors, ce général, tu me l'as déniché ? poursuivit Aïcha.

Elle fit un signe à Sébastien, lui désigna son sac, sur le secrétaire.

— Attends, Marc, je prends de quoi noter.

Sébastien lui tendit un bloc et un stylo.

— Vas-y, je t'écoute.

Elle s'était redressée, dos contre le mur, le drap tendu lui ceinturant les seins.

Touraine ne put s'empêcher de sourire.

Dix ans à l'apprendre par cœur, à partager sa vie, ses emballements, ses coups de blues. Dix ans côte à côte, à plonger parfois dans les plus sombres des enquêtes. Dix ans à l'observer, la nuit, dans la pénombre de leur chambre, à veiller son sommeil comme on monte la garde. Et là, à la surprendre, seconde emprisonnée, saisie au vol, dans la lueur timide de l'abat-jour, il sentit au sourire qui le gagnait que la lassitude n'aurait jamais sa place. Ses boucles brunes qui lui tombaient dans le cou, son regard bleu qui rayonnait, sa bouche friande, sa peau blanche aux senteurs algériennes, la rondeur devinée de ses seins sous le drap, tièdes et un peu alourdis par les ans…

Cette femme, après toutes ces années de vie commune, parvenait sans peine à l'étonner encore. Son enthousiasme contagieux, sa foi en les choses, cette façon, même au beau milieu de la nuit, qu'elle avait de s'extraire de la fatigue et de bouffer à pleines dents les instants qui s'annonçaient…

Aïcha posa le combiné sur le lit.

— Ce Marc, s'il n'était pas journaliste, je remuerais le ciel pour l'avoir dans mon équipe… Écoute ça !

Intriguée par la mine de son compagnon :

— Qu'est-ce que t'as à me regarder comme ça ?

— Rien.

— Comment ça, rien ? Tu verrais ta tête…

— Non, rien. Juste que je t'aime. C'est tout.

— Qu'est-ce qui te prend ? Des mois que tu ne m'as pas dit ça !

— Je sais pas. Je te regarde accrochée au téléphone à écouter ton reporter et prendre des notes. Et ça me saute à la gueule, comme ça. T'es même pas belle, t'es pire encore. Et j'adore ça. Et le mieux, je vais te dire, c'est que c'est pas près de s'arrêter !

— J'adore quand t'es comme ça, Seb… Je sais pas si c'est l'air du coin, mais en tout cas, on va revenir en vacances. Je te le dis, moi…

Touraine quitta la chaise et s'allongea près d'elle.

— Si tu me disais ce qu'a raconté ton Marc, madame la commissaire.

Tout en parlant, il empoigna la lampe de chevet et la posa sur le parquet, assombrissant un peu plus la pièce.

— Je t'écoute, poursuivit-il en souriant. Mais sois concise, parce que c'est l'heure de l'entracte…

*

Six heures trente.

Installés à la terrasse, Grenier et Blanchard avalaient un bol de café noir en tirant sur leur première clope de la journée.

Esteban et Roussel avaient emmené leur tasse au bord de la piscine. Assis sur la promenade en teck entourant le bassin, ils dégustaient l'arabica, évoquaient Claire à mots feutrés. Chacun dans son histoire, à écouter l'autre lui raconter une Claire qu'il ne connaissait pas.

Accompagnée de Sébastien, la commissaire remplit son bol dans la cuisine, gagna la terrasse et posa la cafetière sur la table.

— Alors, Aïcha, commença Roussel, la nuit porte conseil ?

C'est quoi la stratégie pour aujourd'hui ?

La commissaire prit le temps de terminer son bol, d'allumer une mentholée.

— Marc, mon pote journaliste à Madrid, il m'a rappelée cette nuit.

Elle sortit son petit carnet d'une poche de son jean et l'ouvrit sur la table.

— Pour commencer, bonne nouvelle pour tout le monde : le général Vargas est toujours en vie. Presque cent un ans, et loin d'être fini, d'après ce qu'on dit. Depuis plusieurs années, il habite au premier étage d'un bel immeuble, en plein centre de Madrid. Peu de sorties, peu de visites. Deux ou trois fois par an, il participe à des commémorations militaires. C'est à peu près tout.

Elle posa les yeux sur la première page de son carnet.

— Notre homme crèche au 227, avenue Menéndez Pelayo. C'est une grande artère qui donne sur le parc *del Retiro*. Cent quarante mètres carrés pour lui tout seul, si on fait exception de la vieille gouvernante, une certaine Pilar, qui y passe toutes ses journées, mais qui rentre chaque soir chez elle. Elle vit dans un petit studio tout proche, *calle de Ibiza*.

D'un mouvement du menton, Aïcha indiqua son bol vide.

— Si je peux avoir un peu plus de café…

Roussel tendit le bras jusqu'à la cafetière.

— Apparemment, l'État espagnol veille sur lui comme sur le lait dans une casserole. Une voiture de police stationne en permanence devant l'immeuble. Des pros de la sécurité rapprochée qui, d'après Marc, se font chier comme des rats morts. À part ça, le vieil officier s'est fâché avec à peu près toute sa famille, à l'exception d'un de ses petits-fils qui lui rend visite deux fois par semaine et de son unique arrière-petite-fille, une certaine Leonora, journaliste au quotidien *El País*. D'après les infos de Marc, le vieux éprouverait une véritable fascination pour cette jeune femme. La petite serait le portrait craché de son épouse, décédée il y a un bon bout de temps. Ce qui expliquerait pourquoi le général s'en serait complètement entiché. En tout cas, cette Leonora, c'est le seul point faible qu'on lui connaisse. À voir…

Pour ce qui est de son pedigree, on est dans le grandiose. Vous allez voir. En gros, Joaquin Vargas, c'est la mémoire du franquisme à lui tout seul.

Aïcha écrasa sa cigarette et saisit son carnet de notes.

— Lieutenant en 1936, il est promu capitaine dès les premières semaines du soulèvement militaire. Il écume l'Andalousie et, d'après ce qu'on rapporte, il excelle dans la chasse aux opposants. Une sorte de maître en la matière. Communistes, socialistes, républicains, homosexuels, tout y passe. Apparemment, il parcourt les lignes de front sur sa moto, prend part à tous les combats et, après la chute de Madrid, il accède directement au grade de lieutenant-colonel. Conseiller du général Franco, il deviendra très vite son confident, pour ne pas dire son homme de confiance. Le Caudillo l'enverra même jusqu'en Amérique du Sud pour conseiller les militaires sur l'art de la répression. Intimidation, tortures, guérilla urbaine, de la Bolivie au Chili, le général Vargas est devenu un des meilleurs ambassadeurs du franquisme. Après la mort de Franco, loin d'être mis sur la touche par les socialistes au pouvoir, Vargas est souvent consulté. Il fait partie des proches du ministre de l'Intérieur et, d'après les rumeurs, car rien n'a été prouvé, il aurait pris une part active à la création des commandos du GAL. Joli parcours, non ?

— Et vous pensez que ce charmant personnage va accepter de nous recevoir ? intervint Roussel.

— J'en sais rien. Mais Marc m'a refilé son numéro de téléphone.

— Ne me dites pas que Vargas n'est pas sur liste rouge ! s'étonna à nouveau Roussel.

— Sans doute, mais vous ne connaissez pas Marc. Avant d'être en free-lance, il a bossé dix ans pour *Match*. Du coup, il possède une collection de numéros de téléphone people que vous ne pouvez même pas imaginer…

Elle jeta un coup d'œil à sa montre, se leva et s'éloigna sur la pelouse.

— Je vais l'appeler maintenant. Vu le temps qu'il lui reste à vivre, je ne pense pas qu'il soit du genre à faire la grasse mat'. Venez avec moi, Esteban. Vous m'aiderez à me faire comprendre.

Escortée du jeune universitaire, Aïcha s'écarta du groupe et s'assit au bord de la piscine.

Une poignée de minutes plus tard, elle sauta sur ses jambes.

— Banco ! Vargas accepte de me recevoir, demain, dix heures. Blanchard et Grenier, vous rentrez sur Marseille. Au passage, vous faites une halte à Montpellier. Peut-être que les mecs de la Scientifique ont trouvé quelque chose dans l'appart d'Esteban. Une fois à Marseille, vous rejoignez Mathias et Perridon qui doivent être rentrés de Paris. Perridon a récupéré les affaires de Claire dans son casier de prof. Vous me retournez ses cartons et vous vous y mettez tous les quatre. Il y a bien un truc qui doit nous parler là-dedans. Moi, de mon côté, j'emmène Esteban, Sébastien et Roussel à Madrid. On se passe le général au grill et on rentre. Jeudi dans la journée, sans doute. Là, il sera temps de faire le point.

L'inspecteur Blanchard écoutait sa patronne, l'air ailleurs.

— Qu'est-ce qu'il y a, Blanchard ? Un problème ?

L'inspecteur, d'un geste machinal, replaça la mèche qui lui barrait le front, repositionna ses petites lunettes rondes.

— Rien de grave, patronne. Juste un truc qui m'échappe.

— Eh bien, accouchez, mon p'tit Blanchard. C'est vrai, vous êtes un super flic, mais c'est pas tous les jours qu'on entend votre voix. Alors pour une fois, allez-y, on vous écoute.

— Moi, mon truc, vous le savez, patronne, c'est la logique. Et là, dans cette histoire, il y a quelque chose qui ne colle pas.

Il se tut brusquement, sembla réfléchir à la justesse de son propos.

— En fait, ce qui me tracasse, c'est cette histoire d'enregistrement. Je m'explique. On est quasiment sûrs que Vargas a enregistré la réunion de Saint-Palais et, qu'avant son départ, il a récupéré les bandes. Par contre, dès le début de notre enquête, on a pour quasi-certitude que Claire Dandrieu a été assassinée par des types qui voulaient récupérer cet enregistrement.

L'inspecteur se tourna vers Esteban.

— Elle vous a même confié, le dernier soir où vous avez mangé avec elle, qu'elle avait découvert un truc énorme, un truc qui pourrait faire sauter un président. C'est bien ça, non ?

Esteban acquiesça en silence.

— Alors, voilà ce qui me chiffonne : si Claire a eu l'enregistrement en sa possession, si c'est pour ça qu'on l'a tuée, qu'ensuite on a tenté de faire exploser Esteban avec son appartement, si ces types ont massacré le Franciscain à la grenade pour le faire taire, si toute cette merde a eu lieu parce que Claire Dandrieu a planqué les bandes enregistrées, alors comment ces bandes récupérées en 1986 lors de la réunion de Saint-Palais par le général Vargas ont-elles pu atterrir dans ses mains à elle ?

Silence.

— P't'être que le général en avait fait un double, hasarda Grenier qui semblait sortir de son sommeil, et que la Claire, elle a réussi à mettre la main dessus. Les gonzesses, c'est des fois capables de trucs pas possibles, non ?

— Laissez votre philo de côté, Grenier, interrompit Aïcha. En tout cas votre interrogation est loin d'être con, Blanchard. Ce que je pense, c'est que, pour avoir une réponse, le mieux, c'est de s'adresser à l'intéressé. Le général Vargas nous attend. On décolle dans une heure.

Elle fit quelques pas vers la cuisine quand Délia fit son apparition.

— Vous partez tout de suite?

— Oui, confirma Aïcha. On fait un aller-retour sur Madrid.

La jeune mariée se tourna vers Roussel.

— Toi aussi, Thomas ?

Pas le temps pour Roussel de répondre qu'Aïcha reprit la parole.

— Ne vous inquiétez pas, Délia. Je vous le renvoie pour vendredi. Vous pourrez partir en voyage de noces tranquilles.

Elle se dirigea vers le couloir menant aux chambres,puis se ravisa en souriant.

— Au fait, vous connaissez la meilleure ? Marc m'a raconté

que, pendant la guerre civile, Vargas sillonnait le front sur une vieille moto. Une grosse BM de l'époque. Il prenait part aux combats les plus dangereux et, sur les territoires gagnés aux républicains, il organisait lui-même les pelotons d'exécution. Des morts par milliers, d'après ce qu'on dit. Avec sa vieille bécane, Vargas était devenu une sorte de légende. Des deux côtés du front, les hommes guettaient le son de son engin, un peu comme on guette l'orage. Et puis, comme dans tous les récits épiques, les hommes ont fini par lui donner un surnom. Un nom de légende, si vous voulez...

Face au silence de son équipe, elle conclut :

— Du côté des franquistes comme des républicains, on l'appelait *El Capitan. Señor Capitan*. Marrant, non ?

17

Madrid, huit heures trente.

Il faut toujours qu'il y ait une première fois, se dit Joaquin Vargas en reposant le combiné du téléphone. Au bout de trente-quatre ans à son service, la vieille Pilar se faisait porter pâle. Une première.

Des matins par milliers, à l'entendre glisser la clé dans la serrure, déposer son manteau sur le fauteuil de l'entrée avant de filer à la cuisine moudre le café. Quelle que soit la rudesse glacée de l'hiver ou l'infernale brûlure de l'été, le chignon strictement noué derrière la nuque, la blouse bleu marine impeccable, Pilar toquait à la porte sur les coups de 7 heures, ponctuant son entrée d'un inusable « bonjour, mon général », avant de poser le plateau fumant sur un coin du bureau.

Les heures qui suivaient s'enchaînaient, réglées comme les pas d'une éternelle valse. À 8 heures, elle déposait sur le chevalet le costume et la chemise du jour soigneusement repassés, avant de débarrasser le petit-déjeuner et de disparaître jusqu'à l'heure des journaux qu'elle empilait sur le secrétaire. Le cérémonial des allers-retours de plateau se renouvelait vers

15 heures, et le soir, peu avant 20 heures, elle se contentait de déposer une corbeille de fruits accompagnée d'une bouteille de rioja qu'elle ramasserait, vide le plus souvent, lors du cérémonial matinal suivant. Quelques minutes plus tard, le général entendait claquer la porte d'entrée. Par la fenêtre, il suivait la vieille servante longeant les façades jusqu'à tourner dans la *calle de Ibiza* où elle vivait calfeutrée dans un deux-pièces surchauffé.

Au téléphone, la fille de Pilar s'était montrée désolée, presque confuse. Hier, à son retour de l'avenue Menéndez Pelayo, lors de la sempiternelle douche du soir, sa mère avait glissé dans la baignoire. Dolorès – c'est ainsi que s'était présentée la fille de la bonne qui avait pour habitude de dîner avec sa mère chaque lundi – l'avait découverte vers 20 heures. Transportée à l'hôpital, le verdict des radios ne s'était pas fait attendre : une fracture de la hanche qui éloignait la pauvre vieille de toute activité pour plusieurs semaines.

Au silence dans le combiné, Dolorès avait senti l'abattement du général, à son soupir, la lassitude à tenter de trouver une solution.

— Mais ne vous inquiétez pas, avait-elle enchaîné. Nous n'allons pas vous laisser tomber. Depuis le temps que maman travaille chez vous, vous n'y pensez pas ! Je suis en vacances, et je vais la remplacer au pied levé. Au moins le temps que vous retrouviez quelqu'un en attendant la remise sur pied de maman. Le temps d'enfiler une blouse, et je suis là…

Vargas avait senti les mots de protestation lui venir à la bouche. Objecter que ses habitudes n'étaient pas faites pour être bousculées, que jamais il n'avait envisagé de faire entrer une étrangère chez lui. Encore moins de lui confier l'espace feutré de son appartement, les reliques à lustrer en douceur, tous ces souvenirs dont Pilar savait prendre soin comme s'ils étaient siens. Lui vint à l'esprit de balancer à cette Dolorès inconnue toutes les bonnes raisons qu'il avait de raccrocher. Mais la fatigue est parfois rude, et les mots n'ont plus qu'à refluer dans la gorge, dans la tête…

D'ici un quart d'heure, cette femme ferait son entrée. Le bruit de ses pas cadencerait la journée, ses gestes seraient empreints de maladresse, d'hésitation. Mais toutes ces choses imprévues qui d'ordinaire l'auraient mis dans une colère noire, glisseraient aujourd'hui avec la légèreté des sujets futiles.

Le vieux militaire avait bien d'autres chats à fouetter. Tenter de se répéter les mots de cette Française qui l'avait appelé tout à l'heure. Les mots du traducteur, à l'espagnol presque parfait, qui assistait la policière.

Le général écarta l'épais rideau de la fenêtre. Dehors, la chaleur avait repris ses droits, et les employés municipaux, râteaux et balais à la main, semblaient, malgré l'heure matinale, déjà rechercher la fraîcheur des grands arbres.

Vargas entreprit de se remémorer les phrases de la commissaire. Quand il eut à peu près reconstitué leur court dialogue, il se dit qu'à cette putain de réunion de 1986 – en dépit des années, de l'érosion habituelle du temps politique – le pacte noué en secret cette nuit-là, devait encore valoir son pesant d'or.

Puis il songea à la disparition de son arrière-petite-fille. Entre ces deux affaires, il ne pouvait y avoir de lien. Et pourtant, le ravisseur qu'il avait eu la veille au téléphone lui avait annoncé que la police française prendrait sous peu contact avec lui. Le lien existait donc. Ceux qui, en échange de Leonora, non contents de lui réclamer son argent, exigeaient en plus les bandes enregistrées de la réunion de Saint-Palais, ces hommes, pour des raisons obscures, étaient informés de la visite que la police française allait lui rendre.

C'est vrai aussi, pensa-t-il en écartant complètement le rideau, que la politique et les affaires nauséabondes finissent par former le couple gangreneux de toutes les démocraties.

La république, Joaquin Vargas en était persuadé, en écartant l'armée du pouvoir, cédait depuis toujours aux affres de l'argent, des combines douteuses et finissait par se livrer, comme une putain qu'elle était, à la voyoucratie démocratique : ces soi-disant représentants du peuple qui, en son nom, se gavaient à l'ombre des palais…

18

Madrid, dix-huit heures

Les yeux rivés à son GPS, la commissaire quitta la rocade nord de la capitale et s'engagea sur les premières artères de la ville. Entre les vitres closes, l'air glacial de la clim parvenait tout juste à effacer la chaleur qui régnait au dehors.

Un arrêt café à hauteur de Burgos, quelques pas sur le goudron surchauffé et le reste du trajet d'une traite.

Des kilomètres par centaines au travers des plaines arides, des étendues de caillasses au milieu desquelles, comme dans un mirage, écrasées par le bleu presque blanc du ciel, apparaissaient les silhouettes de ce qui semblait être des villages. Des maisons de pierre ou de crépi aux volets fermés jusqu'à l'arrivée du soir. Des routes sans voitures, des trottoirs désertés, des balcons aux persiennes closes, abandonnés à la brûlure de l'été.

Au nord de Madrid, ils s'étaient arrêtés pour fumer une clope, s'étaient descendu une bière fraîche. La gueule grillée par l'air sec de l'après-midi, ils avaient jeté leurs mégots en vitesse avant de se réfugier dans l'habitacle climatisé.

— *Nueve meses de invierno, y tres de infierno,* avait déclaré Esteban en claquant la portière. C'est un vieux dicton madrilène.

Ça veut dire que là-bas, c'est neuf mois d'hiver et trois d'enfer. L'hiver, on se gèle à cause de l'altitude et du vent, et l'été, on y cuit comme dans un barbecue.

— Charmant, sourit Aïcha.

— C'est vrai que c'est dur, avait poursuivi le jeune universitaire, mais vous verrez, c'est une ville géniale ! Les gens ne sont pas plus riches qu'ailleurs, mais ils donnent l'impression de vivre intensément chaque moment. Et puis, il y a la force du peuple… Et quel peuple !

— C'est-à-dire ?

— C'est difficile à expliquer, reprit l'universitaire. Vous savez, à Madrid, pendant la guerre civile, les gens ont tenu. Des mois entiers à braver l'armée. Et cette force, cette ardeur populaire, j'ai l'impression qu'on la sent monter du sol. Un peu comme un arbre invisible dont on percevrait les racines… C'est ça, Madrid. Le cœur même de l'Espagne. Le rouge contre le noir, la clameur contre le silence et l'oubli. Vous verrez, le soir, les gens affichent leur fierté dans chaque bar, à chaque terrasse. Un peuple qui brave la crise à coups de rires et de tournées générales. Ça change de chez nous… Avec Claire, on adorait venir y passer quelques jours. Je crois même qu'on aurait aimé y vivre…

Au travers du rétroviseur, Aïcha nota les flammes dans les yeux noirs d'Esteban. Pour la première fois depuis dimanche, il sortait de sa torpeur. À la vivacité de ses mots, à la lumière vive qui lui avait embrasé le regard, elle pensa que cet homme, en dépit de son calme apparent, était véritablement habité, et que le souffle de la passion ne lui était pas étranger.

Marc leur avait réservé deux chambres dans une pension, *calle de léo Baroja*, derrière l'Hôpital universitaire de l'Enfant-Jésus, à deux cents mètres à peine de l'appartement du général Vargas.

Le temps de suivre les consignes distillées par le GPS, le break Peugeot descendit l'avenue Menéndez Pelayo, laissa la *calle de Ibiza* sur sa gauche, contourna la bâtisse de l'hôpital avant de s'enfoncer dans le premier parking souterrain.

*

Vingt et une heures.

À deux pas de la *Puerta del Sol, El Museo del Jamón*. Derrière d'interminables vitrines, masqué par la file d'attente qui débordait sur le trottoir, un comptoir surplombé de jambons suspendus courait sur toute la longueur du magasin. Dans les odeurs mêlées de charcutaille et de friture se préparaient les sandwiches, les tapas et autres spécialités à la morue ou au piment. Dans la partie droite de l'établissement montait un escalier qui dirigeait les visiteurs jusqu'au restaurant de l'étage ; une salle en L, aux nombreuses tables nappées de blanc, entre lesquelles semblaient danser des serveuses au regard sombre.

Marc, habitué des lieux, avait guidé le groupe jusqu'au fond de la salle, vers une table surplombant la rue et son flot continu de passants.

— C'est un peu tôt pour dîner, avait proclamé le journaliste. Mais je pense qu'après toute cette route, vous devez avoir hâte d'aller vous reposer, non ?

Tout en écoutant Marc, la commissaire se demanda quel jour exact on était. Elle jeta un coup d'œil à l'écran de son portable et, quand elle prit conscience qu'il n'y avait que trois jours que son téléphone l'avait sortie du lit pour la jeter sur les voies ferrées de la gare de la Blancarde, à l'énumération silencieuse des événements qui s'étaient enchaînés depuis, elle se dit que toute l'équipe avait plus d'une raison d'être sur les genoux.

La serveuse griffonna la commande sur son carnet et, quelques minutes plus tard, leur déposa un pichet de sangria. La salle se remplissait de touristes en tous genres, alors que la nuit tombait sur Madrid, un brouhaha incessant de langues étrangères prit possession de la salle de restaurant.

Marc voulait tout savoir, et les questions succédaient aux interrogations. Qu'est-ce qu'une commissaire de police française, venait chercher à Madrid ? Pourquoi tant d'intérêt pour le vieux général Vargas ? Pour quelles raisons un jeune universitaire faisait-il partie de l'équipe ? Pourquoi Joaquin Vargas, ce vieil officier sous protection permanente et qu'on disait à l'écart de la course du monde, avait-il accepté sans sourciller de rencontrer à son domicile Aïcha et son équipe ?

— Je suis désolée, Marc, avait-elle conclu en vidant son verre de sangria, je sais que je vais te paraître immonde, injuste, profiteuse, tout ce que tu veux, mais en l'état actuel des choses, je ne peux rien te dire. C'est une histoire explosive qui concerne les plus hautes sphères de l'État, alors tu comprendras…

Marc avait soupiré longuement. Il connaissait suffisamment Aïcha pour savoir qu'elle ne lui livrerait pas l'ombre d'une info.

— Par contre, ajouta-t-elle en tendant sa carte de crédit à la serveuse, si à un moment donné cette affaire doit être rendue publique, l'exclu, c'est pour toi. Pour personne d'autre. Tu as ma parole. Tu sais…

— Je sais, soupira le journaliste, parole de flic, honneur de Kabyle et tout le tralala. Des années qu'on ne s'est pas vus, Aïcha, mais je te connais par cœur.

*

Dans la glace murale de l'ascenseur du parking, les gueules blafardes, les sourires las.

— C'est vrai qu'on a pas l'air très frais, plaisanta Sébastien.

La cabine s'ouvrit sur l'air suffocant de la nuit. Quelques pas sur le trottoir en direction d'*El Ladròn*, la pension aux six étages sans ascenseur.

D'une poche, la vibration d'un portable.

La commissaire s'appuya contre une palissade.

— Salut, Mathias !

Elle désigna une terrasse proche, aux nappes vichy rouge et blanc.

— Attendez-moi là-bas. Je paye le dernier avant d'aller se coucher.

*

Esteban avait commandé une tournée de Cuarenta y Tres.

— Vous allez voir…

Quelques instants plus tard, la serveuse déposa sur la table quatre verres remplis jusqu'à mi-hauteur de glace pilée. Elle saisit la bouteille posée sur son plateau et versa dans chaque verre une dose généreuse de liqueur dorée.

La commissaire rejoignit le groupe et tira une chaise à elle.

— J'avais dit que c'était ma tournée, Esteban.

— Pas de souci. C'est moi qui commande, mais c'est vous qui payez…

Esteban leva son verre et porta un toast.

— À la justice.

— Et c'est quoi, pour vous, la justice ?

Le prof de fac contempla un instant les brillances jaunes de son verre avant de planter ses yeux dans ceux de la commissaire.

— Ça va peut-être vous paraître simpliste, mais pour moi, c'est quand les faibles sont protégés des forts. L'injustice émane toujours de ceux qui détiennent la force. L'Histoire ne montre que ça : les riches contre les pauvres, les armées contre les peuples, la force du Pouvoir contre la simple divulgation de la vérité… Je pourrais multiplier les exemples. Alors, ce soir, madame la commissaire, je veux trinquer avec vous à la justice, car elle ne peut venir qu'avec la vérité, et la vérité, c'est votre métier de la mettre au jour. Je me trompe ?

Tout en écoutant Esteban, Aïcha avait trempé ses lèvres dans la liqueur glacée.

— Je suis trop fatiguée pour philosopher avec vous ce soir, Esteban. En revanche, si vous pouviez me dire toute la vérité sur ce digestif… Franchement, c'est délicieux.

Esteban laissa chacun des autres apprécier leur première gorgée.

— Le Cuarenta y Tres, en fait, c'est tout un mystère. Ça s'appelle comme ça parce que c'est composé de 43 ingrédients méditerranéens. Mais pour ce qui est de la recette exacte, je crois que le secret est gardé comme un véritable trésor. Curieusement, *cuarenta y tres*, c'est aussi le nom d'une division de l'Armée populaire de la République espagnole encerclée par les nationalistes, au printemps 1938, dans la poche de Bielsa, au nord du pays. Eh oui, tout un programme…

La commissaire avait quitté la table des yeux, semblait suivre du regard les quelques voitures qui circulaient encore. Elle se tourna vers Esteban.

— Rien à voir avec ça, mais je viens d'avoir Mathias. Ils ont réussi à retrouver le numéro du téléphone qui a appelé le concierge de votre résidence juste avant l'explosion de votre appartement. Ils l'ont identifié comme étant celui de Claire. Et l'appel a été localisé sur l'autoroute, à dix kilomètres environ de Montpellier.

— Vous voulez dire que ces types me suivent avec le portable de Claire ? bredouilla Esteban.

— Ça n'est pas uniquement vous, continua la commissaire, c'est nous tous qu'ils suivent. Le satellite de télécommunication a repéré une communication à Montpellier, hier matin, et une autre à Madrid, il y a moins d'une heure. Ces types ne nous lâchent pas d'une semelle, et là, à la seconde où je vous parle, je suis prête à parier qu'ils sont là, planqués dans un coin à épier le moindre de nos gestes.

— Et qu'est-ce qu'on peut faire ? ne put contenir Roussel qui s'était mis à regarder aux alentours.

— Pour l'instant, pas grand-chose. On finit nos verres et on va se coucher. Par contre, pour demain, j'ai ma petite idée pour leur compliquer le boulot.

Sans laisser à un des hommes le temps de la questionner, elle vida son verre d'un trait.

— Allez, messieurs, tout le monde au pieu !

*

Sébastien éteignit l'unique lampe de chevet. Par les interstices des volets de bois, la lueur des réverbères, en contrebas, parvenait à se glisser jusque dans la chambre, dessinant aux murs d'improbables arabesques.

— Dis-moi, il y a longtemps que tu le connais, Marc ?

Dans la semi-obscurité, Aïcha ne put s'empêcher de sourire.

— On s'est connus en Droit, au début de mes études. C'était un mec génial, et on est devenus potes.

— C'est quoi, potes ?

Sourire dans le noir.

— Pourquoi tu me demandes ça ?

— Parce que tout à l'heure, au resto, il te bouffait des yeux. C'est pas que ça me dérange, c'est pas la première fois qu'un mec te mate devant moi, mais je sais pas, à votre façon de vous parler, on aurait dit… Enfin, tu vois ce que je veux dire…

— Tu veux savoir si lui et moi…

— Je ne suis pas jaloux, tu le sais, mais oui, j'aimerais bien savoir.

Aïcha se glissa sur le côté et s'allongea de tout son long sur le ventre de Sébastien.

— J'adore ta façon de ne pas être jaloux.

Elle se mit à lui embrasser le visage, par petites touches.

— OK, mais tu ne m'as pas répondu.

Elle posa sa bouche contre la sienne.

— T'as qu'à essayer de me faire parler, monsieur le détective. Tu sais bien qu'il y a des trucs auxquels je suis incapable de résister…

Sébastien lui saisit le visage entre ses mains, tenta de trouver le bleu de son regard.

— Tu ne veux pas me dire ?

— Je ne parlerai que sous la torture. Si tu veux tout savoir, à toi de jouer, maintenant…

19

Mercredi, deux heures trente.

Esteban attendit que les ronflements de Thomas Roussel aient atteint la régularité propre aux sommeils paisibles. Puis il écarta le drap et posa les pieds sur le sol.

Depuis qu'ils avaient éteint la lumière, que la pénombre, ajoutée à la fatigue, semblait avoir terrassé le commissaire palois, le jeune universitaire, lui, n'avait pu fermer l'œil.

Cette ville, depuis qu'Esteban y avait passé sa première nuit, bien des années auparavant, il la savait peu propice au glissement vers le sommeil.

Sur la couchette inférieure du lit superposé, dans le silence à peine troublé par la rumeur lointaine du centre-ville, il avait senti le rythme de son cœur décroître et, au fil des premières heures de la nuit, s'était transformé en sentinelle de l'obscurité.

Le souffle de Roussel rapidement mué en un bourdonnement régulier, les craquements de l'escalier dans le corridor, le bruissement des rideaux contre l'unique fenêtre : rien de la respiration nocturne de l'immeuble ne lui échappait. Puis les images étaient venues toutes seules. Réconfortantes. Le rire de Claire dans les ruelles parcourant le parc *del Buen Retiro*, l'éclat dans ses yeux à la simple prononciation des mots *anarquía, libertad, revolución popular*.

Plus que séduit, cette femme l'avait littéralement envoûté. Dès le premier jour, dans l'amphi, elle lui avait glissé à l'oreille qu'une langue où les mots « peuple » et « village » étaient désignés par le même terme, *pueblo*, que cette langue qui unissait à jamais les gens aux maisons de leur enfance, elle ne pouvait que l'aimer. Un ou deux repas au self bruyant de la fac, un ciné, une soirée à lire Neruda et Lorca sur un matelas jeté à même le sol, un baiser vorace, une première nuit, puis d'autres... Pareil au rongeur hypnotisé qui laisse s'enrouler le serpent autour de ses flancs, il avait succombé aux charmes de la jeune étudiante...

Il sourit dans le noir à l'évocation de sa Claire. Sa *niña*, comme il l'appelait parfois, rivée jusqu'au bout de la nuit à son ordinateur, ivre, fébrile, excitée, froissant les pages des livres et des dictionnaires, surlignant, notant, recopiant jusqu'à s'endormir, la tête contre la table, étrangère au jour qui se lève...

Discrètement, il se glissa dans son jean, enfila son polo et, les tennis à la main, referma derrière lui.

Six étages plus bas, il ouvrit sur la rue. Dans la nuit encore chaude, il longea l'hôpital pour enfants, remonta l'avenue Menéndez Pelayo jusqu'à la hauteur, sur sa gauche, de la *calle de Ibiza*. Il fit l'effort de ne pas lever les yeux vers les vitres éclairées, au premier étage, de l'appartement de Joaquin Vargas. Quand il eut remonté la rue sur une centaine de mètres, il perçut l'accélération des battements dans sa poitrine et se dit que, dans moins d'une minute, il allait recommencer à vivre.

*

Deux heures quarante.

Le vieux général sursauta dans son sommeil. Impossible de se remémorer l'instant où l'endormissement l'avait surpris dans son fauteuil, ni la raison de son brusque réveil. Les rideaux étaient tirés sur les côtés, laissant les lueurs de la nuit madrilène envahir la chambre.

D'un mouvement du pouce, il fit progresser son siège roulant jusqu'à la fenêtre qui surplombait l'angle de l'avenue Menéndez Pelayo et de la *calle de Ibiza.* À cheval sur le trottoir, la Seat blanche des services de sécurité abritait ses hommes endormis. Plus loin, s'enfonçant au fond de la rue, la silhouette pressée d'un homme qui finit par disparaître entre les voitures stationnées.

Joaquin Vargas ferma les yeux. Dans la pièce flottait encore un soupçon du parfum de cette Dolorès. Une eau de toilette sucrée à la senteur tenace. Un de ces flacons, pensa le général en serrant la main de la fille de Pilar qui s'était présentée à lui ce matin, un de ces flacons dont s'aspergent désespérément les servantes espagnoles pour se donner un petit air de Paris…

Toute la journée, elle avait traîné son allure de vieille avant l'âge dans l'appartement. Ajoutés à ses cheveux noirs filasses, ses verres de lunette épais comme des hublots conféraient à son visage déjà grossier une expression complètement abrutie. Joaquin Vargas s'était demandé comment la raide Pilar, droite comme un I, discrète et efficace comme savent l'être les veuves de soldat, comment sa gouvernante avait pu engendrer une pareille courge. Le pas mal assuré, le geste maladroit, elle avait entrepris de faire les poussières sur toutes les étagères de la chambre. Devant l'œil ébahi du vieil officier, elle avait commencé à sortir des livres des rayons de la bibliothèque, à les entreposer sur le parquet sans même prêter attention à l'ordre alphabétique suivant lequel ils étaient ordonnés.

Il avait dû hausser le ton, la consigner dans la cuisine jusqu'au soir, jusqu'à l'heure où il l'entendit claquer la porte d'entrée derrière elle…

Face au reflet de son visage dans la vitre, il songea à la visite que la police française lui rendrait dans quelques heures. Il repensa aux mots traduits de la commissaire, à son évocation de la réunion de Saint-Palais. Cette femme, visiblement, était bien informée, jusqu'aux noms, jusque-là tenus secrets, des protagonistes de cette lointaine soirée. Ce qu'elle voulait, c'était les protéger, éviter l'étalement au grand jour de cette fameuse nuit, que les hommes d'État soient à l'abri de la calomnie, du soupçon, de toutes les éclaboussures qui ne manqueraient pas de les atteindre si cette histoire devait devenir publique. Et pour ce faire, il lui fallait récupérer les bandes enregistrées. La commissaire savait qu'il les possédait, c'était pour elle une certitude. Et lui, le vieux général qui avait su, tout au long de sa vie, dire non à tant de choses, faire parfois preuve de dureté au-delà de ce qui était possible, là, au téléphone, sous l'effet de la surprise et du grand âge conjugués, il avait simplement accepté.

Alors que cet enregistrement lui était réclamé par les ravisseurs de Leonora, face à la commissaire, il avait cédé à la première demande. Sans résister, sans même tenter le moindre des mensonges. Après avoir raccroché, il avait repensé à son manque de ténacité, tenté d'en comprendre la cause. Après un long moment de réflexion, il avait fini par se dire que se confier à la police française le délivrerait d'une part d'angoisse, l'allégerait peut-être du silence coupable que les kidnappeurs lui avaient imposé…

Et puis, lui revint à l'esprit, ce coup de téléphone reçu avant qu'il ne s'endorme. Une femme, cette fois. Une femme qui lui parle à voix basse. Qui l'informe que les geôliers de Leonora prendront contact avec lui demain dans la journée. Surtout qu'il reçoive les policiers français sans leur parler de la disparition de son arrière-petite-fille. Qu'il s'en tienne au silence sous peine de ne jamais la revoir. Avant de raccrocher, elle avait demandé qu'il vérifie une dernière fois s'il était bien en possession des bandes enregistrées. Qu'il s'en assure le soir même, avant qu'elles ne servent de monnaie d'échange…

Vargas jeta un coup d'œil aux immeubles qui se découpaient dans la nuit, de l'autre côté du parc. Il tira les rideaux, mettant la chambre à l'abri de tout regard malveillant. Il fit rouler son fauteuil jusqu'au coffre mural, pianota les six chiffres de la combinaison. Posée près du sac contenant un million d'euros en petites coupures, et insérée dans une large enveloppe kraft, on devinait, aux légers plis du papier, la cassette d'enregistrement.

20

Neuf heures cinquante.

La commissaire avala la dernière bouchée de son croissant à la crème avant de vider d'un trait sa tasse de café.

— On va se diviser en deux groupes. Pendant qu'Esteban et moi, on va rendre visite à Vargas, toi, Sébastien, tu files avec Roussel au commissariat central de Madrid. Une fois sur place, vous demandez le capitaine Domingo Rodriguez, c'est un flic que j'ai rencontré il y a quelques années lors d'une mission à Perpignan. Vu le faible qu'il avait pour moi, sûr qu'il ne m'a pas oubliée. Vous verrez, c'est un type énorme qui fume des cigares gros comme mon bras. Vous discutez de tout et de rien, bref, vous y passez un petit moment. Avant de partir, vous lui demandez une boîte de cigares vide. J'imagine qu'il en a toute une collection. Ensuite, vous prenez le premier bus qui fait le tour de la ville et vous jouez les touristes.

Face au regard incrédule de Sébastien, elle poursuivit :

— Ce que je veux, c'est que ceux qui nous suivent soient complètement paumés. Qu'ils ne comprennent rien à ce que vous fabriquez.

— En fait, coupa Thomas Roussel, ce que vous aimeriez, c'est qu'ils pensent que cette boîte contient la fameuse cassette et qu'ils passent à l'action pour se la procurer. Je me trompe ?

— Décidément, Thomas, on ne peut rien vous cacher.

Elle se leva, fouilla dans ses poches à la recherche d'un paquet de clopes et, une fois la menthol allumée, elle se tourna brièvement vers Roussel.

— Entre nous, je ne crois pas trop à cette hypothèse, mais on ne peut rien négliger.

*

À l'interphone, une voix éraillée les invita à monter.

Dans l'entrée, un large escalier de pierre tournait autour d'un ascenseur central. Le temps d'atteindre les premières marches, la porte métallique se referma bruyamment, laissant la rue déjà surchauffée derrière eux.

Escortée d'Esteban, Aïcha grimpa quatre à quatre jusqu'au premier, nota le nom de Vargas gravé sur unc plaque dorée fixée à la porte de l'appartement. Un coup bref sur la sonnette, suivi de pas feutrés sur le plancher craquant.

La porte s'ouvrit sur une petite femme aux épaules voûtées. Un personnage sans âge précis, au visage encadré par de longs cheveux noirs filasses. La servante, identifiable à sa blouse sombre surmontée d'un petit col blanc, posa sur eux un regard de poisson mort. L'air inexpressif, elle les fixa de ses grands yeux verdâtres rendus plus globuleux encore par l'épaisseur du verre de ses lunettes.

Esteban fit les présentations tandis qu'Aïcha tendait sa carte tricolore.

— Suivez-moi, marmonna la domestique d'une voix qu'on devinait cassée par les années de nicotine.

Ils suivirent la servante le long d'un couloir sombre bordé d'étagères bondées de livres. Elle ouvrit la porte du fond, annonça les visiteurs et leur fit signe d'entrer.

Joaquin Vargas, posté face à une large fenêtre qui donnait sur le parc *del Retiro* fit lentement pivoter son fauteuil.

Le vieil homme marqua un temps d'arrêt, observa attentivement Esteban avant de planter son regard dans celui d'Aïcha.

— Laissez-nous, Dolorès.

La porte se ferma dans le dos des deux visiteurs.

Aïcha fut frappée par l'intensité du regard du général. Deux prunelles noires, sombres et obsédantes comme l'embout d'une arme quand elle vous fixe à bout portant.

— Je ne suis pas infirme, commença Vargas en tendant la main à ses hôtes, mais j'avoue qu'à mon âge, mes jambes ne me portent plus comme avant. Aussi ai-je adopté le fauteuil roulant. Moins de risque, plus de confort et plus de rapidité dans le déplacement.

Sans qu'aucune règle n'ait été établie, le vieux général s'était adressé d'emblée à Aïcha tandis qu'Esteban jouait l'interprète.

— En fait, ajouta-t-il, j'ai conservé mes jambes pour me rendre aux cérémonies officielles. Du moins tant qu'on m'invite encore. Des jambes d'apparat, conclut-il en tapotant ses genoux.

À mesure qu'Esteban traduisait les propos du général, la commissaire portait son regard au-delà de l'unique baie vitrée. Les arbres et les reliefs du parc s'étiraient jusqu'à une avenue qu'on devinait, de l'autre côté, à la silhouette grise des immeubles qui se dessinait à l'horizon. En observant les fenêtres, au loin, ponctuer les façades, elle pensa que les flics avaient beau monter la garde sur le trottoir, rien ne pouvait empêcher un bon fusil à lunette de faire mouche.

— Les vitres sont blindées, *señora* commissaire.

Face à sa mine surprise, il ajouta.

— J'imagine que vous connaissez mes états de service par cœur et que vous vous dites qu'un type comme moi, un grand nombre d'individus doivent avoir une bonne raison de lui mettre une balle dans la tête. Je me trompe ?

— C'est le tribut à payer quand on a traversé l'Histoire les armes à la main, non ? Plus d'ennemis que d'amis, j'imagine. Même si la plupart ont disparu avec le temps.

— Vous parlez juste, madame. Quand un homme, espagnol de surcroît, a traversé comme moi le XXe siècle, sa route est jonchée de rancœurs de toutes sortes. Et le ressentiment ne s'éteint pas forcément avec la mort des hommes. La haine, je le sais pour l'avoir maintes fois observé, transcende parfois les générations. Je pense même que ces nouvelles générations se servent parfois de cette haine pour se construire. C'est pour cela que mes fenêtres sont blindées et que la sécurité rapprochée campe devant chez moi toute l'année. Pour éviter qu'un extrémiste ou un descendant de ces foutus communistes ne soient tentés de me faire la peau. Je suis un peu comme une relique, si vous voyez ce que je veux dire. Un vieux bastion de notre histoire qui renferme tant de choses que les autorités, de gauche comme de droite, prendront soin de moi jusqu'à mon dernier souffle.

Il se tut un instant, le temps de diriger son fauteuil vers le bureau.

— J'imagine, poursuivit-il avec un petit sourire, que le temps doit commencer à leur sembler long. Mais c'est comme ça. J'ai décidé d'emmerder tout le monde jusqu'au bout. C'est vrai, après tout. A-t-on déjà vu un monument céder aux caprices de ses conservateurs ?

Aïcha se dit que le vieux ne devait pas avoir souvent l'occasion de bavarder et que, si elle voulait éviter de passer la matinée à l'écouter palabrer, il lui fallait prendre les rênes de la discussion.

— Continuez de traduire, Esteban, et mettez-y le ton.

Elle fit quelques pas jusqu'au bureau, tira une chaise et y posa les fesses.

— Pour tout vous dire, général, je ne suis pas venue jusqu'ici pour écumer vos états de service ou pour disserter sur les motivations d'hypothétiques agresseurs. J'imagine qu'après une si longue vie, même si vous semblez défier les règles du grand âge, la fatigue doit vite se faire sentir.

Le vieil officier acquiesça d'un bref battement de paupières.

— J'en conclus que vous n'êtes pas forcément en mesure de

tenir la distance sur une discussion de plusieurs heures. Aussi j'aimerais qu'on en vienne directement au sujet qui m'amène : la réunion de Saint-Palais, en juillet 86.

Elle riva son regard bleu à celui du général.

— On est d'accord ?

Joaquin Vargas ne put réprimer un début de sourire.

— J'ai toujours apprécié ceux qui vont droit au but. Mais que voulez-vous savoir que vous ne sachiez déjà ?

Aïcha sentit qu'elle tenait le bon bout, que Vargas se sentait à l'aise dans ce rapport d'égalité qu'elle tentait d'instaurer.

— Quatre choses à vous demander.

— Je vous écoute.

— Un : avez-vous, comme nous le pensons, enregistré cette réunion à l'insu des participants ? Deux : si oui, que contenait exactement cet enregistrement ? Et trois : avez-vous encore ces bandes en votre possession ?

— Vous m'avez dit « quatre questions ».

— La dernière sera ma conclusion. Maintenant, c'est moi qui vous écoute, général.

21

Au même moment à Marseille.

Théo Mathias poussa la porte de son bureau et se retourna vers l'inspecteur Perridon.

— Tu n'as qu'à poser le carton sur ma table de travail.

Au lycée Michelet, le gardien n'avait fait ni objection, ni remarque. Juste, avait-il précisé au moment d'ouvrir le casier de Claire avec son passe, qu'un autre policier était déjà venu, quelques jours auparavant. Un flic à la tignasse de Bob Marley qui avait fouillé minutieusement les effets de l'enseignante avant de tout remettre en place. Grenier avait déclaré ne rien avoir remarqué d'anormal. Des copies, des crayons, quelques bouquins. Rien qui sorte de l'ordinaire pour un prof de secondaire.

— Tu connais le flair de Grenier, fit remarquer Perridon. Tu crois qu'il aurait laissé passer quelque chose ?

— Ce que je crois, fit Mathias en ouvrant le carton, c'est que l'ami Grenier, avec ce qu'il s'enfile de pastis dès dix heures du mat', il n'a pas forcément les yeux en face des trous. Et puis, je vais te dire, quand on fouille sans trop savoir ce qu'on cherche, ce n'est pas évident de trouver.

— Parce que tu sais ce que tu cherches ?

— Presque. En fait, je sais ce que j'ai envie de trouver. Et ne fais pas cette tête-là, je t'explique. Ce qu'on sait tous, tu vois, c'est que Claire a planqué quelque chose. Et moi, ce qui me turlupine, c'est que ce quelque chose, elle a dû l'enfermer quelque part. Un tiroir, un placard, un coffre, va savoir. En revanche, quand on a fouillé son appart, ce qui m'a frappé, c'est qu'on n'a trouvé aucune clé. Ni sur les portes, ni sur les meubles, nulle part. Alors, ce que j'ai envie de trouver, c'est une clé. Une clé à la con, mais une clé qui nous ouvre la route. Tu me suis ?

L'inspecteur Perridon s'était assis sur un coin de radiateur.

— T'es pas très cartésien pour un médecin.

— T'inquiète pas pour mes méninges. Donne-moi plutôt un coup de main. On va tout sortir et l'étaler sur mon bureau.

À cette heure avancée de la matinée, le soleil chauffait la pièce au travers des larges baies vitrées. Théo Mathias baissa les stores intérieurs, fit clignoter les néons et alluma la lampe sur pied de son bureau.

En quelques minutes, le secrétaire fut recouvert de classeurs, de manuels scolaires, de stylos bille à l'extrémité mâchouillée, de dictionnaires et d'une trousse cylindrique à fermeture Éclair.

Théo Mathias saisit la trousse et la serra entre ses doigts.

— Vide.

Il porta la trousse à hauteur de ses yeux et lut à voix haute les mots tracés au stylo noir.

— « *Je ne suis ni un homme, ni un poète, ni une feuille... mais un pouls blessé qui pressent l'au-delà.* »

— C'est quoi, ce charabia? bafouilla Perridon qui avait arrêté son étude de la poésie aux textes de Céline Dion.

— Je ne sais pas encore. Prends mon ordi, là, sur la table, et tape cette phrase sur Google. Ça nous dira bien quelque chose.

Tandis que l'inspecteur pianotait sur le clavier, Mathias fit glisser la fermeture Éclair, écarta les parois grises de la trousse et glissa les doigts à l'intérieur.

— Federico García Lorca ! clama Perridon. C'est un poète espagnol mort en…

Son regard s'accrocha au sourire satisfait de Mathias et à la petite clé plate qu'il tenait entre les doigts.

22

Madrid.

Le général ne fut pas avare de ses mots.

La mémoire des vieux, se dit Aïcha en écoutant Vargas, l'agencement de leurs souvenirs obéit à des règles de classement que seule la vieillesse est capable d'inventer. Malhabiles à discerner les détails des heures tout juste passées, c'est à l'évocation des jours lointains, des instants logés aux confins de leur mémoire, que leurs yeux se mettent à briller. Et les paroles s'enchaînent, libérées, livrant dans leur moindre détail, les jours qu'on pensait relégués à jamais…

— Mais pourquoi avoir réalisé cet enregistrement en secret ? interrompit Aïcha. Vous étiez entre gens de confiance, non ?

Joaquin Vargas ferma les yeux un instant, sembla chercher les mots les plus justes pour exprimer sa pensée.

— Vous savez, le mot « secret » porte en lui tous les stigmates de la défiance. Quand un groupe d'hommes partage un instant clandestin, et que la divulgation de cet instant pourrait avoir de lourdes conséquences pour certains des protagonistes, c'est la méfiance qui s'installe. Je vous rappelle que, cette nuit-là, les règles les plus élémentaires de la démocratie avaient été bafouées. Deux chefs d'État européens avaient conclu un pacte contraire à toutes les règles. Felipe Gonzalez acceptait de dissoudre les commandos du GAL qui frappaient en France depuis plusieurs années, en échange de quoi, le nouveau gouvernement français était prêt à une collaboration policière des plus étroites avec les Espagnols. Cette nuit-là, Gonzalez s'exprimait comme celui qui était l'instigateur des GAL, et Chirac acceptait de fermer les yeux sur des méthodes policières qui n'avaient rien de régulier. Si ce dialogue entre les deux hommes avait un jour été rendu public, nul doute que Gonzalez aurait été lourdement condamné pour son implication dans la création des milices du GAL. Sans compter que votre futur président aurait dû s'expliquer sur l'accord passé avec le Premier ministre espagnol.

— Conclusion ?

— Conclusion, commissaire, Gonzalez s'en est bien tiré, puisqu'il a été blanchi par la Cour suprême. Quant à Jacques Chirac, il n'a jamais eu à s'exprimer sur ces sujets. Et tout ça, grâce à mon enregistrement.

— Comment ça ?

— Un jeu d'enfant. Peu à peu, j'ai fait comprendre à tous les participants que j'avais réalisé cet archivage sonore. Personne ne pouvait parler et encore moins mentir pour se protéger de la justice au risque que je livre les bandes à la presse, avec les conséquences que vous devinez. En somme, ces bandes ont été mon assurance-vie. Rendez-vous compte qu'il y a quelques années, quand les socialistes revenus au pouvoir ont pondu leur loi sur la mémoire historique, la porte s'ouvrait d'un coup sur la reconnaissance de toutes les victimes de la guerre civile, avec pour première conséquence l'ouverture des fosses communes. Eh bien personne n'est venu m'inquiéter. Et pourtant, j'en suis la mémoire vivante, de cette guerre. Efficace, non ?

— Et vous les avez toujours en votre possession ? s'impatienta la commissaire.

Le vieux général fit pivoter son fauteuil autour du bureau et se dirigea vers le coffre-fort mural.

— Elles ne m'ont jamais quitté.

Il se tourna vers Aïcha.

— Dites-moi, madame la commissaire, j'imagine que vous êtes ici à titre officieux ?

— Bien entendu. Où voulez-vous en venir ?

— Juste vous préciser que je vais vous les montrer, ces bandes, vous les faire écouter, si vous avez le temps, mais en aucune façon je ne vous les confierai.

Il plongea son regard noir dans celui d'Aïcha.

— Si je devais m'en séparer, ça ne serait certainement pas pour réhabiliter la mémoire de cette jeune universitaire retrouvée calcinée dont vous m'avez parlé. Je vous jure qu'il me faudrait une tout autre cause pour me faire changer d'avis.

D'une main hésitante, il pianota les chiffres de la combinaison et, d'un geste précis, fit coulisser le vantail gris du coffre à l'intérieur du mur.

Sur l'unique étagère, un sac de sport noir.

Vargas gardait les yeux rivés à l'intérieur du coffre.

— Les bandes sont dans le sac ? ne put contenir Aïcha.

Le vieux grommela quelque chose en espagnol qu'Esteban ne sut traduire. Puis il extirpa le sac du coffre, le laissa tomber sur ses genoux et fit zipper la fermeture Éclair. Sans un mot, il vida frénétiquement le sac sur le parquet.

— Si vous nous disiez ce qui se passe, mon général.

Vargas leva les yeux. Dans son regard, l'incrédulité.

— Elles ont disparu.

— Comment ça, disparu ?

— Eh bien, volatilisées, évaporées, parties en fumée. Qu'est-ce que vous voulez que je vous dise ? Cela fait des années qu'elles sont au même endroit. Dans une enveloppe kraft, là, sur l'étagère. J'ai même vérifié cette nuit. L'enveloppe était là. Là !

Les mains de Vargas étaient gagnées d'un brusque tremblement nerveux, sur son visage, une soudaine tension.

— Vous êtes sûr d'avoir vérifié cette nuit ?

— Je suis peut-être un vieillard, mais je ne suis pas encore fou. Puisque je vous le dis !

— Il doit bien y avoir une explication, commenta la commissaire. Qui d'autre que vous connaît la combinaison du coffre ?

— Personne. Je ne l'ai confiée à personne. Je ne l'ai même écrite nulle part. Non, c'est une histoire insensée…

Il ôta ses lunettes qu'il essuya à un pan de son gilet, puis il les reposa sur son nez.

Son regard a changé, pensa Aïcha. Dans le sombre de ses prunelles, elle discerna la plus grande des perplexités. Comme un début de peur.

Le général les regarda tous les deux. Dans son esprit, pour la première fois de son existence, le doute s'était installé. Tout ce qui faisait certitude, il y a une heure à peine, vacillait devant lui, et il imagina que peut-être, il allait devoir rendre les armes.

— Tant pis, murmura-t-il, je n'ai pas d'autre solution.

Il se tut, serra les poings comme pour se donner du courage.

— Ce qui est terrible, c'est que seules ces cassettes peuvent sauver la vie d'une jeune femme. Rien d'autre.

Il baissa le regard sur les billets, en tas sur le sol.

— Mais là, c'est foutu. Définitivement foutu.

La commissaire se dit que le vieux général commençait à perdre la boule.

— Mais Claire Dandrieu est morte, mon général. Rien ne peut plus…

— Mais ce n'est pas de votre Claire qu'il s'agit ! C'est de Leonora, mon arrière-petite-fille, enlevée il y a trois semaines…

Aïcha s'adressa soudainement à Esteban.

— C'est quoi, cette histoire ? Vous êtes sûr de votre trad' ?

— C'est du mot pour mot. Et puis, il n'y a qu'à le voir… Regardez, il a beau être général, sur ce coup-là, il est mort d'angoisse !

— Et vous, vous êtes blanc comme un linge. Ça va aller ?

— C'est rien. C'est la chaleur, la tension. Ça va passer.

Vargas s'était d'un coup, comme affaissé sur son fauteuil.

Aïcha posa une main sur son épaule.

— Je crois que vous ne nous avez pas tout dit, mon général.

23

Une heure plus tard.

La commissaire tira la porte d'entrée de l'immeuble. Dehors, la lumière lui fit presque fermer les yeux.

Aïcha s'engagea sur le trottoir chauffé à blanc.

— Venez, Esteban. On va se jeter dans le premier troquet. C'est intenable à cette heure-ci.

— Je vous l'avais dit. Ici, l'été c'est trois mois d'enfer.

À quelques mètres, dans la *calle de Ibiza*, la terrasse d'un bar dans lequel Aïcha s'engouffra sans attendre.

— Une bonne bière et une clope, commenta-t-elle en cherchant une place assise, ce sera parfait pour faire le point. Avec tout ce que le vieux nous a mis dans la tête, ça ne sera pas du luxe.

*

Vargas demanda à Dolorès de tirer les rideaux de sa chambre. Qu'elle le laisse seul dans la pénombre.

Le flot de ses confidences l'avait exténué. Il avait désormais besoin de calme et de silence. De longues heures, à l'abri de la lumière assassine de l'été. Le reste de la journée, sans doute, à guetter les battements de son cœur reprendre leur calme.

Il s'affaissa au creux de son fauteuil, songea au regard clair de la commissaire, à cette femme au caractère trempé à qui, chose rarissime, il avait d'emblée accordé sa confiance. Puis, il se remémora le visage blême du jeune professeur d'université. Sa figure fine aux mèches brunes, ses grands yeux noirs, ses lèvres faites pour la gourmandise. Tout dans cet homme lui rappelait quelque chose. Ou quelqu'un. Une tête du passé sur laquelle il ne parvenait pas à mettre un nom…

Il sentit la fatigue l'envelopper comme une couverture. Au moment de céder à l'endormissement, un petit carré blanc, posé sur son bureau, attira son attention. Il fit l'effort de guider son fauteuil jusque-là. Le bout de feuille était grossièrement plié en quatre. Il en écarta les bords, posa les yeux sur les lignes visiblement tracées à la hâte.

À deux heures, cette nuit, laisse ouverte la fenêtre qui donne sur l'arbre dans la rue… et tu retrouveras Leonora… et surtout, tu n'en parles à personne. Sinon, pour elle, c'est la mort assurée.

Il sentit son cœur s'affoler à nouveau, marteler les veines sur ses tempes. La visite des deux Français, lacassette volatilisée, le poids coupable de ses aveux, et maintenant, sans qu'il sache comment il avait pu atterrir sur son bureau, ce mot des ravisseurs qui lui donnent rendez-vous.

Il se dit que le plus raisonnable serait d'en informer cette Aïcha qui venait de quitter son appartement. Qu'elle prendrait ses dispositions sans tarder, tendrait sans doute un traquenard. Il empoigna son téléphone, composa le numéro qu'elle lui avait laissé. Tandis que de ses doigts déformés il pianotait le clavier, il imagina Leonora, dans une cave, le visage masqué d'une cagoule. Il vit le canon d'une arme lui effleurer le crâne, un doigt se replier sur la détente. Il pensa que sa trahison, son silence rompu, la petite le paierait de sa vie dans l'heure qui suivrait l'embuscade tendue par la commissaire. Il se dit aussi que ces enfoirés de kidnappeurs ne croiraient pas un mot de la disparition des enregistrements.

Il reposa le téléphone sur ses genoux. Ses yeux parcoururent une fois de plus le mot du ravisseur. Alors, il se rappela qu'il s'était battu toute sa vie, et que jamais il n'avait craint le regard de ses ennemis. Malgré son dos voûté, ses mains tremblantes, ce n'était pas aujourd'hui qu'il allait refuser le combat...

*

Il était plus de 16 heures quand Roussel et Sébastien franchirent la porte du bar.

Aïcha sourit à leurs mines rouges, à leurs chemises trempées. La bière fraîche remplit les verres et les gorges, les cigarettes s'allumèrent et les tournées se succédèrent jusqu'au début de la soirée.

Roussel et Sébastien avaient suivi les instructions d'Aïcha à la lettre. Comme prévu, à l'évocation du prénom de la commissaire, le capitaine Domingo Rodriguez les avait reçus à bras ouverts. Les bières étaient sorties du frigo comme par enchantement, les cigares de leur boîte humidifiée.

Face à l'espagnol rudimentaire des deux Français, la discussion avait rapidement tourné court et, munis d'une boîte de cigarillos vide, Roussel et Touraine s'étaient retrouvés sur les trottoirs brûlants de la ville. Une paella expédiée à la terrasse d'un bar, puis le métro, le bus, du shopping au hasard des boutiques, ils avaient traîné jusqu'à se retrouver aux abords du parc *del Buen Retiro*.

— Une chose est sûre, affirma Touraine après avoir vidé sa deuxième pression, c'est que personne ne nous a suivis.

— Tu sais, objecta Aïcha, vous avez peut-être eu affaire à des pros. Des mecs qui ont su vous précéder alors que vous surveilliez vos arrières...

— Non, je t'assure. Thomas et moi, on sait ce que c'est que d'être filé. C'est un truc que tu sens. Et là, que dalle. Même pas un pressentiment.

— Et vous, intervint Roussel, qu'est-ce que ça a donné chez Vargas ?

Les mots d'Aïcha, le regard médusé de Roussel à l'évocation du coffre vidé, la silhouette affaissée du général dans son fauteuil et, en bouquet final, l'enlèvement de Leonora, la demande de rançon, la visite imminente des ravisseurs...

— Qu'est-ce que tu as décidé ? interrogea Sébastien.

— Justement, il est là, le problème. Depuis le début, je ne décide de rien dans cette histoire... C'est comme si les événements le faisaient pour moi. Depuis le premier soir, il y a un truc qui m'échappe. Un peu comme si on nous menait par le bout du nez.

Esteban accrocha son regard à celui de la commissaire.

— Qu'est-ce que vous voulez dire, au juste ?

— C'est compliqué à expliquer, continua Aïcha en allumant une clope. C'est juste une impression, quelque chose qui ne repose sur rien de concret. Un simple ressenti. Mais depuis que j'ai vu le coffre vide de Vargas, c'est là, installé dans ma tête comme une petite musique qui me dit que depuis le début, on se fout de notre gueule. En y réfléchissant, c'est comme si, depuis samedi soir, tout était organisé pour qu'on soit ici, en plein Madrid, au carrefour de toutes les pistes, mais sans avoir de prise sur les choses.

— Et c'est quoi, le cheminement de votre pensée ? interrompit Roussel.

Aïcha suivit des yeux les volutes grises se perdre avant d'atteindre le plafond.

— C'est simple, finit-elle par lâcher. Je vous expose mon raisonnement. Les types qui ont abandonné le cadavre de Claire sur la voie ferrée ne l'ont pas fait au hasard. Ils voulaient que le corps soit découvert, et vite. Ce qu'ils cherchaient, c'est qu'on rapplique comme des chiens de chasse et qu'on démarre l'enquête sans perdre une minute... Et c'est ce qu'on a fait.

— Vous croyez vraiment...coupa Roussel.

— Attendez, ça n'est pas fini. Je continue. Par imprudence ou négligence volontaire, ils ont laissé Claire vous téléphoner,

Roussel. Par cette légèreté, ils étaient à peu près sûrs que vous alliez débarquer à Marseille dans les heures qui suivaient... Et c'est ce que vous avez fait. Le lendemain midi, vous étiez sur place.

— Vous croyez que tout ça est téléguidé ? coupa à nouveau Roussel.

— J'en sais rien. Je déroule, on verra après.

Elle se tourna vers Esteban.

— Dites-moi, vous. Quand vous avez débarqué dans l'appartement de Claire, qu'est-ce qui vous a le plus frappé ?

Le jeune universitaire réfléchit quelques secondes.

— En fait, ce qui m'a le plus impressionné, c'est à quel point tout avait été retourné.

— Est-ce que vous diriez, poursuivit Aïcha, qu'à première vue, rien n'avait été laissé au hasard ?

— Où veux-tu en venir ? intervint Sébastien.

— À la carte postale laissée en évidence sur le frigo. Ceux qui l'ont laissée là, j'en suis certaine, voulaient que Roussel la lise. Qu'il déchiffre le message laissé par Claire et qu'on file tous à Saint-Palais. Et de Saint-Palais à Madrid. Et nous, comme des couillons, on fonce tête baissée. Et là, Sébastien, tu me demandes ce que j'ai décidé ? Eh bien, rien. Rien du tout. Quartier libre pour tout le monde. Si les enfoirés qui nous prennent pour des marionnettes se figurent que je vais me poster chez Vargas pour coffrer les ravisseurs de son arrière-petite-fille, leur manipulation, ils peuvent se la coller où je pense.

— Et l'enquête ? marmonna Esteban.

— Quoi, l'enquête ?

— Eh bien, Claire, ses assassins, ceux qui ont fait sauter mon appart, qui ont tué le franciscain...

Aïcha écrasa sa clope dans le cendrier et posa une main sur l'épaule d'Esteban.

— Je vais vous dire un truc. Dans cette affaire, plus on en fait et moins on avance. Alors, on va laisser faire les choses. Apéros en ville, bars à tapas et tout le tremblement. On arrête de rentrer dans le jeu de ces ordures. Et là, c'est eux qui vont bouger. Ils ne pourront pas faire autrement. En tout cas, si demain matin il ne s'est rien passé de nouveau, on rentre au bercail.

— Vous êtes sérieuse ? bafouilla Esteban.

— Je n'ai jamais été aussi sérieuse. Allez, tout le monde à l'hôtel. La sieste, la douche et après, la tournée des grands ducs !

Elle se dirigea vers le comptoir pour régler la note. Face à la mine déconfite d'Esteban, elle ajouta :

— Vous savez, les problèmes les plus insolubles, c'est souvent à leur source qu'on en trouve la solution. Alors, au lieu de se laisser balader ici comme des pantins, je crois qu'on ferait mieux de rentrer sur Marseille.

— Et je peux savoir ce que vous comptez trouver là-bas, si loin de la piste espagnole ? s'enhardit Esteban, visiblement dépité.

Face à la déception qui marquait d'un coup son visage, Aïcha se rappela la façon étrange dont Vargas avait dévisagé le jeune homme. Alors que le général s'adressait à elle, il n'avait cessé d'étudier le visage d'Esteban. Plusieurs fois, il avait froncé les sourcils, un peu comme quand on cherche à mettre un nom sur une tête croisée par le passé. Un mystère de plus, s'était-elle dit sans s'attarder.

— Une enquête, conclut-elle en poussant la porte du bar, quand elle nous emmène sur des pistes qui se révèlent n'être que des impasses, il faut laisser tomber et remonter à contre-courant.

— Comment ça ?

— C'est simple. Quand on veut saisir le cours d'une histoire qui nous file entre les doigts, il faut remonter à la source, je viens de vous le dire… Remonter jusqu'à toucher du doigt l'origine de l'affaire. Et en l'occurrence, c'est dans le passé de Claire qu'il va falloir fouiller. Et arrêter de nous disperser comme on tente de nous y forcer depuis le début.

Dehors, le soleil jouait à cache-cache avec la cime des immeubles, formant sur la chaussée d'irrégulières bandes sombres et dorées. Aïcha fit quelques pas sur le trottoir quadrillé de lumière, puis se tourna vers Esteban qui marchait à ses côtés.

— Dites-moi. L'enterrement de Claire, c'est pour quand ?

— Samedi après-midi, à Bordes, près de Pau. C'est là qu'habitent ses parents. Je les ai eus au téléphone hier. Ils s'occupent de tout.

La commissaire se dit qu'en rentrant le lendemain à Marseille, ils déposeraient le jeune prof à Montpellier. Ça lui laisserait deux jours pleins pour accepter d'abandonner sa Claire aux saisons qui viennent, à l'éternelle et douce morsure de la terre.

Tout en descendant la rue, elle songea au corps calciné. Elle se remémora les hommes de son équipe qui, quelques jours plus tôt, ne parvenaient pas à détacher leurs regards des os en bouillie. Devant les restes de la jeune femme, Blanchard avait vomi son petit déj, Perridon était devenu plus pâle encore que d'habitude tandis que Grenier s'était mis à griller clope sur clope en tentant de regarder ailleurs.

Elle obliqua sur la gauche, sentit le soleil, pendant quelques instants, lui chauffer les épaules. En parcourant les derniers mètres avant la pension, elle songea aux troubles ressentis face aux crimes atroces. Elle avait appris, il y a longtemps, que ces troubles ne forment en fait qu'un habile déguisement de l'âme. La mort, se dit-elle en poussant la porte d'entrée, pareille à une vieille séductrice, n'en finirait sans doute jamais de fasciner les vivants…

24

Le lendemain, jeudi, seize heures.

Une demi-heure plus tôt, le break 407 banalisé avait dû faire usage de son gyrophare pour se frayer un passage jusqu'à la résidence d'Esteban.

La Laguna du jeune prof les attendait sur le parking, entourée d'éclats de tuiles, de fragments de verre et de poutrelles métalliques.

— Vous êtes sûr que ça va aller pour votre bagnole ? s'était inquiétée Aïcha en ouvrant sa portière.

Tout le monde s'était retrouvé sur l'asphalte à déblayer autour de la voiture.

— Ça va aller. Merci pour tout.

La commissaire lui avait serré la main.

— On a fait ce qu'on a pu. Mais ne vous inquiétez pas, les choses vont s'accélérer. Je le sens. De toute façon, je ne vous lâche pas. Je vous tiens au courant.

Puis elle avait suivi le jeune universitaire du regard, avait rivé les yeux au coffre de la Laguna jusqu'à ce qu'elle disparaisse dans le flot de la ville.

— Je te laisse le volant, Seb. Ces neuf cents bornes d'une

traite, ça m'a tuée.

Sans attendre, elle s'était laissé tomber sur le siège passager. Les yeux clos, elle avait entendu le moteur démarrer, s'était blottie comme une chatte contre les courbes du siège en cuir puis, bercée par la conduite fluide de Sébastien, avait glissé avec délice dans un brusque endormissement.

*

Tôt dans la matinée, Thomas Roussel avait observé la voiture d'Aïcha slalomer entre les immenses travées de l'aéroport de Madrid-Barajas.

À 7 h 30, bien que le soleil ait à peine amorcé sa grimpette dans le ciel, l'atmosphère était déjà presque suffocante. Le goudron des allées et des parkings, comme s'il gardait précieusement en lui la chaleur de la veille, sirupait sous les pneus des taxis, répandant tout autour de l'aéroport un parfum âcre d'usine de caoutchouc.

Thomas Roussel s'était dirigé vers les portes coulissantes qui menaient aux zones d'embarquement et, saisi par la clim, il avait décidé de s'installer dans un des nombreux bars et de s'offrir un vrai petit déjeuner.

Après avoir patiemment fait la queue au self, il avait posé son plateau sur une des rares tables encore libres. Tout en dégustant son croissant à la crème, histoire d'occuper les deux heures qui le séparaient de son vol, il s'était mis à observer les gens déambuler vers le hall des départs internationaux. Son regard glissait d'un voyageur à l'autre, d'une jupe fendue aux chevelures dénouées, des valises trop lourdes aux cernes des femmes fatiguées de courir.

Roussel contemplait le ballet désordonné de la foule quand il s'arrêta un instant sur le rayon presse, attenant au bar. Il examina une jeune femme faire tourner le présentatoir à journaux, suivit son doigt qui s'arrêta sur la couverture d'un hebdomadaire. Avant qu'elle ne s'en saisisse, il eut le temps de lire l'accroche principale, et de poser son regard sur le portrait en couverture. Un tirage noir et blanc d'un homme, de trois-quarts face. Un cliché où le personnage qu'on devine élégant, pose le menton sur sa main entrouverte. Un visage où la peau s'assombrit de la barbe naissante, où l'épaisse tignasse brune semble savamment décoiffée. Une figure au sourire contenu, aux grands yeux noirs à l'apparence dilatée. Un regard étrange, comme mêlé d'amour, d'alcool, de tabac, de rêves inaccessibles et de nuits blanches à répétition.

Roussel a abandonné son café-crème et s'est approché du présentoir. Il a tourné les pages jusqu'à parcourir le dossier spécial de la semaine. À la seconde où il a vu ce visage, ce qui l'a fait bondir, c'est que l'homme de la couverture ressemble trait pour trait à Esteban : même pâleur, même force fragile dans le regard, même chevelure aux douces mèches brunes et ce sourire rentré, cette promesse de charme à venir. Cet homme qui ressemble tant au dernier compagnon de Claire, ce personnage dont demain, vendredi, on célébrera le soixante-quinzième anniversaire de la mort, cet homme, fierté de l'Espagne tout entière…

Roussel, durant de longues minutes, comme subjugué par le mimétisme, ne s'est plus lassé de ce visage entouré de lettres blanches. De scruter la belle figure du presque jumeau d'Esteban : Federico García Lorca…

*

Le bruit des essuie-glaces chassant la pluie sur le pare-brise fit doucement sortir Aïcha Sadia de son sommeil. Pas la peine d'ouvrir les yeux pour deviner le gris de la route. Le chuintement détrempé des pneus sur la chaussée se suffit à lui seul. La commissaire blottit ses genoux contre sa poitrine, posa le crâne sur la paroi froide de la vitre passager.

— On est où ?

— On arrive sur Arles. Mais repose-toi. Ça ne fait pas une demi-heure que tu dors.

Aïcha n'écoutait déjà plus. À mi-chemin entre l'éveil le sommeil, elle se repassa les images de la matinée.

Madrid, 6 h 30. L'équipe sur le trottoir, la gueule encore chargée des tournées de sangria et de Quaranta y Tres de la soirée qui s'était achevée trois heures auparavant.

Avaler un double expresso à la terrasse d'un bar, songer avec horreur à la route qui attend et fumer la première clope. Avant de prendre le volant, donner un coup de fil à Vargas.

Pour la bonne conscience.

Cinq sonneries, la messagerie incompréhensible. Personne ne décroche. Avec la panoplie de médocs qu'on inflige aux types de son âge, le vieux doit dormir comme une souche. Tant pis. Dans la matinée, elle téléphonera au capitaine Domingo Rodriguez. Elle lui exposera dans les grandes lignes l'affaire de l'enlèvement supposé de l'arrière-petite-fille du général. Étant donné l'importance que le régime accorde au vieil officier, sûr que le policier espagnol fera de cette affaire la priorité des priorités.

Une heure plus tard, ils avaient déposé Roussel à l'aéroport de Madrid. Tant qu'à faire, autant qu'il soit à l'heure pour son voyage de noces.

Et puis, la route. Des kilomètres par centaines à traverser des plaines caillouteuses et chauffées à blanc. Saragosse, Barcelone, Perpignan et la file interminable des poids lourds.

Des heures à ressasser l'affaire depuis le début. En silence, échafauder les hypothèses les plus invraisemblables, les scénarios les plus fous.

Vers 15 h 30, ils avaient quitté l'autoroute pour les faubourgs de Montpellier. À coups de gyrophare, ils s'étaient frayé un passage au milieu des embouteillages, avant de déposer Esteban devant son immeuble aux allures de guerre civile.

Refiler le volant à Sébastien, se replier sur le siège et souffler un peu…

Dans la poche de son jean, la vibration de son portable.

Aïcha extirpa le combiné, ouvrit un œil en soupirant.

Sur l'écran, le numéro de Marc.

— Eh, enfoiré de journaliste, t'as pas honte de me sortir du sommeil ?

— Pas le moment de déconner. Dis-moi plutôt où tu es.

La commissaire se releva sur son siège.

— À moins d'une heure de Marseille. Pourquoi, qu'est-ce qui t'arrive ?

— À moi, rien. Mais à Vargas, on ne peut pas en dire autant.

Avant que Marc ne poursuive, Aïcha Sadia se redressa complètement. À la boule qui s'était installée brutalement au creux de son ventre, elle sut que la suite était grave. Que pour une fois, elle était passée à côté des choses. Et que le prix à payer avait déjà l'amer parfum de l'irréversible.

*

Quand l'Airbus quitta le sol, Thomas Roussel ferma les yeux et se concentra sur ses poings crispés sur les accoudoirs.

Depuis son premier vol, bien des années auparavant, l'angoisse du décollage ne s'était jamais apaisée. À l'instant où l'appareil s'immobilisait en bout de piste, où les réacteurs se mettaient à rugir comme annonciateurs d'une catastrophe imminente, il sentait l'ensemble de ses muscles se raidir, son cœur entrer en arythmie et, à l'abri de ses paupières closes, il s'efforçait de se concentrer sur autre chose. Penser à celle qu'il aimait, s'imaginer au lit, au bal, au bord de la mer, n'importe où mais à mille lieues des pistes et des tarmacs.

Quand il ouvrit les yeux, l'avion achevait sa boucle vers le nord. Madrid n'était déjà plus qu'un amas de taches blanches et vertes, un puzzle aux mille pièces qui s'éloignait encore.

Quelques minutes plus tard, la carlingue se stabilisa en position horizontale, l'hôtesse invita les passagers à déboucler leur ceinture. Roussel expira longuement. Fin de l'apnée.

Au steward qui arpentait les travées derrière son bar ambulant, il commanda une eau pétillante, baissa la tablette adossée au siège face à lui et parcourut une nouvelle fois l'article consacré à Federico García Lorca.

On y relatait sa jeunesse, ses amitiés avec Dali, Picasso, son œuvre, mais la plus grande partie du dossier était consacrée à la disparition tragique du jeune poète. Aucun témoignage sérieux ne permettait de relater avec exactitude les circonstances de son exécution, encore moins d'établir avec justesse l'endroit où reposait sa dépouille depuis maintenant soixante-quinze ans.

Dix-neuf août 1936, dix-neuf août 2011. Les autorités, les admirateurs, les lecteurs, tous les passionnés du grand García Lorca, s'étaient donné rendez-vous, le lendemain, à midi, sur une des collines de Viznar, petite bourgade au nord de Grenade. C'est là, sans qu'on ait jamais retrouvé trace de son corps, que le poète était censé avoir été assassiné par un groupe de miliciens franquistes.

Roussel dévisagea une fois de plus le visage en noir et blanc de l'écrivain. Il repensa aux murs de l'appartement de Claire, aux photos arrachées par ses ravisseurs. Par association d'idées, il songea au chat qu'elle avait recueilli lors de leur dernière année de vie commune. Sans hésiter, elle l'avait baptisé Federico en hommage au poète espagnol dont elle s'était entichée dès le début de ses études. Aujourd'hui encore, il lui suffisait de fermer les yeux pour l'entendre maudire ses assassins, dire qu'en faisant disparaître Lorca, « ces salauds de fascistes avaient effacé une parcelle précieuse de la beauté du monde… »

À l'époque, Claire l'aimait, lui, le flic qui aurait pu être son père. Elle l'aimait comme on apprécie l'ombre rassurante d'un arbre, d'un mur à la hauteur protectrice. Au fil des brèves années d'histoire commune, il était devenu le confident, le spectateur souriant de ses débordements de jeune femme. Il croyait être sa boussole, son cap, mais il n'était que le refuge, la transition, le terrain de ses désirs provisoires. À y repenser, le véritable amour, l'attachement passionnel, irraisonné, c'est le poète mort qui les récoltait. Cette forme d'idolâtrie, cette manière à elle de vénérer Lorca comme une star, la façon dont parfois il la surprenait, les larmes aux yeux, un recueil à la main, tout cela le faisait plutôt sourire. Un peu comme s'il était l'observateur d'une fin d'adolescence qui tardait à s'achever. Mais aujourd'hui, découvrir qu'elle avait choisi de partager sa vie avec un sosie de Lorca, lui faisait voir les choses sous un angle qui ne prêtait plus à rire.

Il jeta distraitement un œil sur les pages du magazine. La crise européenne, les déficits, les illusions et les promesses entre deux pages de pub. Des voitures neuves, des voyages aux eaux turquoise, des jeans et des robes de marques, des parfums, des coiffeurs, des couturiers et des bijoux de grande classe.

À la page 171, il s'arrêta net. Son regard s'était fixé sur la photographie d'une bague. Un double anneau d'or jaune et rose à la face sertie d'un diamant, en tout point semblable à celui que portait Claire.

Sur la photo, le mannequin était assis sur un carrelage blanc, les genoux repliés contre la poitrine et le visage posé entre ses mains entrouvertes.

Un brin nostalgique, il sourit au souvenir de Claire faisant glisser pour la première fois la bague offerte autour de son annulaire gauche. « Promesse de mariage », avait-elle presque crié au beau milieu du restaurant...

Sans qu'il n'y puisse rien, les images suivantes lui revinrent en mémoire. Le silence des hommes sur la voie ferrée, autour des restes de la jeune femme. Leurs gestes délicats, à tous, quand ils avaient fait pivoter le cadavre. Et là, au milieu des cendres et des os noircis, l'éclat de la bague. Il l'avait reconnue sans hésiter. Sans hésiter encore, il avait nommé la pauvre morte, Claire. Sa vue s'était brouillée du chagrin qu'il avait refoulé sur le champ. Cette peine lourde comme un cheval mort, dont il se laisserait envahir plus tard.

Il observa la main gauche du mannequin, se remémora le corps basculé entre les rails. L'image du brillant qui scintille, de la bague presque intacte sur la main méconnaissable.

Et ça lui sauta à la gueule, d'un coup. Cette main au bijou, cette main au milieu des cendres, il en était sûr, était une main droite. Et là, dans l'habitacle silencieux de l'Airbus, il entendit au fond de lui la voix de Claire lui répéter, pour la centième fois peut-être, qu'une promesse de mariage, c'est à la main du cœur qu'elle doit resplendir. « À gauche toute ! Et jusqu'au bout des jours qui me restent à vivre ! »

Il posa la revue sur la tablette, s'adoossa le plus qu'il put contre le dossier de son siège, puis il ferma les yeux.

Mon Dieu, Claire, s'entendit-il murmurer, ma Clarinette, jusqu'où l'amour pour un mort a-t-il pu te pousser ?

25

Aïcha Sadia écouta Marc sans l'interrompre, imprimant en elle chaque phrase, chaque image induite.

Sur les coups de 13 heures, alors qu'il sirotait une anisette à la terrasse d'un bar, un de ses informateurs l'avait appelé. Selon toute vraisemblance, ça urgeait du côté de chez Vargas. L'avenue Menéndez Pelayo était barrée depuis une heure, et les flics se comptaient par dizaines.

D'un coup de scooter, il s'était retrouvé sur place. Pour accéder à l'immeuble, il avait dû jouer des coudes entre les journalistes, les photographes et autres curieux. À l'entrée du bâtiment, au milieu des policiers et des uniformes de la *Guardia Civil*, il avait aperçu le capitaine Domingo Rodriguez. Sachant que sa carte de presse ne lui servirait pas de sésame, il avait demandé à un des flics qui barrait l'accès du bâtiment de prévenir le capitaine de sa présence.

Quelques minutes plus tard, l'officier était apparu à l'une des fenêtres du premier étage.

— Viens, lui avait-il crié, je t'attends en bas !

Rodriguez et lui se fréquentaient depuis des années et, au fil du temps, à force d'échanger des infos, des impressions sur les affaires en cours, une solide complicité s'était installée entre les deux hommes.

— Tu sais que tu es le premier journaliste à grimper jusqu'ici, avait grommelé le policier en gravissant les escaliers qui menaient au premier étage.

— Le premier ou le seul ?

— Les deux, mon ami. Les deux. En revanche, j'espère que tu n'es pas venu les mains vides. Parce que si c'est le cas... dehors !

— Ne t'inquiète pas, j'ai du lourd. Du très lourd, même.

Parvenu à l'entrée de l'appartement, le capitaine avait tendu à Marc une paire de protège-chaussures et des gants en latex.

— Si tu veux me causer de l'enlèvement de son arrière-petite-fille, avait-il murmuré en franchissant le seuil, je suis déjà au parfum. Ta copine commissaire à Marseille m'a téléphoné dans la matinée. C'est pour ça qu'on s'est pointés ici, figure-toi.

Marc s'était remémoré le silence d'Aïcha, son sens de l'honneur, du secret professionnel. Le lourd qu'il venait de promettre à Rodriguez perdait son poids à vitesse grand V, quand ils débouchèrent dans la chambre de Vargas.

Les rideaux avaient été tirés sur l' immense baie vitrée et la pièce était maintenant éclairée par de puissantes lampes halogènes. Vargas était affalé sur son fauteuil roulant, face à son bureau. Sa tête était recouverte d'un sac en plastique au travers duquel on devinait ses yeux clos, une joue assombrie par une ecchymose et le dessin de sa bouche entrouverte. Du sang séché recouvrait une partie de son cou.

Partout dans la pièce, les policiers de la brigade scientifique bossaient en silence.

Près d'une des fenêtres, l'ouverture béante d'un coffre-fort mural. Vide.

— Centenaire ou pas, ils ne lui ont pas fait de cadeau.

— Tu as raison, acquiesça Rodriguez en faisant le tour du fauteuil roulant. Ils lui ont d'abord foutu sur la gueule, et une fois obtenu ce qu'ils voulaient, ils l'ont étouffé comme un rat.

Tout en écoutant son ami, Marc s'était approché du bureau. Face au cadavre, un bloc-notes ouvert sur une page blanche à petits carreaux.

— D'après le légiste, avait poursuivi Rodriguez, on peut situer la mort autour de quatre heures du matin. Ce qui est sûr également, c'est qu'on n'a pas affaire à un tueur isolé, mais à deux individus.

— Dis-moi, était intervenu Marc, comment ils ont fait pour rentrer ici sans se faire repérer par la *Guardia Civil* ? Vargas bénéficiait d'une surveillance rapprochée, non ?

— Un jeu d'enfant. Viens voir.

Le capitaine avait légèrement tiré l'épais rideau, faisant apparaître dans la lumière du jour les branches du platane qui léchaient la vitre.

— Un peu d'agilité, une branche, deux branches et voilà notre bonhomme sur l'appui de fenêtre. Un jeu d'enfant, je te dis.

— Et le second tueur, qu'est-ce que t'en fais ? Parce qu'un type qui grimpe aux arbres sans se faire repérer, je veux bien. Mais deux, faut pas pousser !

Le capitaine sourit à l'idée de la surprise qu'il allait infliger à son ami.

— D'abord, Marc, je te rappelle qu'au féminin, on ne dit pas tueur, mais tueuse.

— Une femme ? Tu déconnes !

— Du tout. En plus, elle a laissé des traces.

— Des traces ? Mais d'abord, par où elle est entrée ?

— Elle n'a pas eu besoin d'entrer, elle était déjà sur place. Viens avec moi.

Ils avaient quitté la chambre, suivi un long corridor encombré d'étagères remplies de livres poussiéreux. Au bout du couloir, une porte ouverte sur une vaste cuisine, éclairée elle aussi par des halogènes.

Étalée sur la table, une perruque brune. Posés sur une des chaises, une tenue bleu marine de gouvernante et un petit oreiller. Sur le carrelage, une paire de lunettes aux montures épaisses.

Marc avait regardé les objets un à un, puis il s'était tourné vers Rodriguez qui, visiblement, n'attendait que ça.

— Bon, si tu m'expliquais.

Le capitaine sourit d'un air satisfait.

— En fait, on a affaire à un duo sacrement organisé. Ce qu'il faut savoir, c'est que comme tout personnage de son rang, le général Vargas avait une domestique à demeure. Pilar Monserat, quarante ans de service, chignon, lunettes, maniaque, soumise et silencieuse comme peut l'être une servante espagnole.

— Je vois. Et alors ?

— Alors ? De l'énorme ! Tu vas voir. Pilar, si tu veux tout savoir, c'est quarante années sans un jour d'arrêt. Pas un rhume, pas une entorse, pas un coup de fatigue, rien. Et, il y a deux jours, je le tiens d'un des petits-fils de Vargas qui a eu son grand-père hier au téléphone, voilà que la fille de Pilar appelle le général pour l'informer que sa mère est tombée dans la salle de bains et qu'elle est hospitalisée pour une fracture de la hanche ou un truc de ce genre. Et cette fille, soucieuse de la réputation de servante exemplaire de sa mère, se pointe ici pour la remplacer, le temps que le général trouve une solution de rechange.

— Jusque-là, je te suis.

— Attends la suite. De l'énorme, je te dis. Devine qui les gars de la *Guardia Civil*, ont vu sortir de l'immeuble, ce matin, vers sept heures ?

— La fille de Pilar, hasarda Marc.

— Perdu ! Sache que la bonne avait pour habitude de quitter l'appartement vers 19 heures et de revenir le lendemain matin sur les coups de 7 h 30. En revanche, ce matin, c'est une super gonzesse que les collègues ont vu sortir de l'immeuble. La trentaine, jeans, débardeur, lunettes de soleil, les cheveux au vent. Toute la panoplie de la pin-up madrilène. Sortie sans regarder personne, quelques pas et pshitt, évaporée dans la nature.

— Conclusion ?

— Viens avec moi. On retourne dans le bureau du vieux. Ça vaut le coup d'œil.

Ils avaient traversé l'appartement en sens inverse, retrouvé le bureau de Vargas toujours encombré d'une multitude d'enquêteurs.

Rodriguez s'était approché du coffre vide, puis il s'était tourné vers la bibliothèque.

— Tu vois, là ?

Marc avait suivi le doigt du capitaine qui lui indiquait une étagère, à mi-hauteur des rayonnages.

Entre deux dictionnaires, l'objectif noir d'une webcam.

— Une caméra miniature ?

— Exact. Un des derniers modèles made in Taïwan : image couleur haute définition, plusieurs millions de pixels, zoom ultra précis, pilotage à distance par ordinateur et je t'en passe. Alors ?

— Explique.

— Avec plaisir, mon ami. En fait, c'est un super travail de pro. Un putain de scénario minutieusement préparé. Mais pour tout saisir, il faut que tu saches que Pilar, la domestique de Vargas, crèche à trois cents mètres d'ici, dans un p'tit appart en haut de la *Calle de Ibiza*. Évidemment, dès qu'on a découvert la perruque et qu'on a appris l'accident de la bonne, on s'est précipités chez elle. Et là, mon vieux…

— Attends, attends ! Ne me raconte pas. Je devine.

— Là, franchement, tu fais chier ! C'est dingue ! Tu ne peux pas t'empêcher… Dès que je commence à te raconter un truc, il faut que tu fasses le malin et que tu termines à ma place. Tu es plus que chiant, à la fin !

— Domingo, tu me connais. Tu sais que je ne suis pas du genre passif. Alors, permets que je participe ? Laisse-moi intuiter. Ça tombe bien, ça va nous mener plus loin encore.

Le journaliste laissa son regard vagabonder du coffre-fort mural à la caméra.

— Pilar, vous l'avez retrouvée chez elle. Je me trompe ?

— Continue…

— Raide morte depuis un ou deux jours, la tête enfouie dans un sac en plastique. Surtout, dis-moi si je fais fausse route.

Agacé, Rodriguez fit un petit signe de la main.

— Après avoir refroidi la servante, notre tueuse téléphone à Vargas, se fait passer pour sa fille, et une fois déguisée en vieille espagnole, elle se pointe au domicile du général. Et ce, au nez et à la barbe de la *Guardia Civil.* Tu m'arrêtes si je suis à côté.

— Vas-y, vas-y. J'attends la suite...

— Une fois dans la place, elle joue son rôle de gouvernante et, à la première occasion, elle planque la webcam dans la bibliothèque, l'objectif bien orienté vers le coffre.

— Et après ?

— Après, j'imagine qu'elle s'installe dans la cuisine, qu'elle connecte son ordi à la caméra du bureau et qu'elle attend que le vieux ouvre son coffre pour enregistrer la combinaison.

— Et tu peux me dire pour quelle raison Vargas aurait ouvert son coffre ?

— Aucune idée. Mais, peu importe. Ce qui compte c'est qu'il l'ait fait sous l'œil de la webcam. J'imagine que la première motivation de notre tueuse, c'était de récupérer les chiffres magiques et de vider le coffre à la première occasion.

— Justement, avait coupé Rodriguez, c'est là que ça coince.

— Je pense comme toi.

— Tu plaisantes, je n'ai encore rien dit.

— Oui, mais je sais déjà ce que tu penses, et je partage ton point de vue.

Marc avait ignoré le capitaine qui levait les yeux au plafond, et avait poursuivi :

— Ce qui me chiffonne autant que toi, tu vois, c'est qu'étant en possession de la combinaison, elle aurait pu accéder au coffre quand elle le voulait. Pendant que le vieux faisait sa toilette ou qu'il était aux chiottes. Ça n'est pas les opportunités qui ont dû manquer. Alors, pourquoi l'avoir frappé comme ils l'ont fait ?

Marc réfléchit un instant.

— Dis-moi, Domingo, on a une idée de ce que contenait le coffre ?

— Plus qu'une idée, mon vieux. Vargas s'était fait livrer un million d'euros en petites coupures par son banquier, la semaine dernière. Le tout dans un sac de sport noir, enfermé dans le coffre devant le directeur de la banque qui s'est déplacé en personne.

— Alors, pourquoi est-ce qu'ils ont pris le temps de lui casser la gueule et de l'étouffer, par-dessus le marché ? Ils avaient le blé, ça devait leur suffire...

Marc s'était tu d'un coup. Il avait parcouru la pièce du regard avant de s'arrêter au bloc-notes abandonné sur le bureau.

— Si tu me disais ce qui te trotte dans la tête, avait murmuré le capitaine.

— D'après toi, quelles raisons peut-on avoir de cogner un vieillard de plus de cent ans ? Hein ? Dis-moi.

— On sait déjà que ça n'est pas pour la combinaison du coffre.

— Quoi d'autre, alors ?

Rodriguez semblait un peu perdu parmi toutes ces interrogations.

— À quoi tu penses ?

Pendant que Marc réfléchissait, un des flics de la Scientifique avait sorti la tête de Vargas du sac plastique.

En observant l'arcade ouverte, la joue comme une boule bleu foncé, tout lui sembla soudain plus qu'évident.

— L'aveu, Domingo. Ça ne peut être que ça, l'aveu.

— Quoi, « l'aveu » ?

Le journaliste ne quittait pas Vargas du regard, et répétait les mots, accroché à son trip.

— L'aveu, c 'est sûr. L'aveu, la révélation, la confession.

Il se tourna vers Rodriguez.

— L'aveu, c'est certain, mais la vengeance aussi.

Puis il s'était approché du bureau.

— Pour démolir ce vieux bonhomme comme ils l'ont fait, fallait vraiment avoir envie de le faire parler. Pour moi, c'est ça la première motivation : lui faire cracher quelque chose. Un secret, j'en sais rien, mais lui soutirer des aveux à tout prix.

— Ne me dis pas que t'as une idée de ce qu'ils voulaient lui faire balancer !

Marc s'était mis à tambouriner des doigts le bord du secrétaire.

— Peut-être que Vargas avait planqué un truc quelque part ? N'oublie pas que ça n'était pas un perdreau de la veille, le général. Il avait trempé dans quasiment tous les coups tordus de la politique depuis plus de soixante ans…

*

Aïcha Sadia entendit le bip d'un appel en attente. Un coup d'œil à l'écran : Mathias.

— Attends, Marc. Je te laisse une minute, j'ai un de mes hommes qui cherche à me joindre.

Sans laisser le temps au journaliste de dire quoi que ce soit, elle joua du pouce sur le clavier, et reconnut la voix de Théo Mathias.

— Vous êtes où ? questionna d'emblée le légiste.

— On est là dans une demi-heure. Ça va de votre côté ? Parce qu'ici, c'est du plus que sérieux. J'étais au tél…

— Esteban est avec vous ? coupa Mathias.

— Non, on l'a déposé chez lui il n'y a pas une heure. Pourquoi ? Il y a un problème ?

— Pas un problème, Aïcha. Une urgence absolue.

— Si tu me disais ce qui se passe !

— Je ne peux pas t'expliquer. Il faut que tu voies par toi-même.

— On est là dans vingt minutes. En attendant, essaie de le joindre. Moi, il faut que je rappelle Marc à Madrid. Je peux te dire que de son côté, c'est de la méga-surprise.

Avant qu'elle ne raccroche, Mathias se mit à parler plus fort.

— J'ai pas son numéro. Rappelle-le, Aïcha. Tout de suite. Rappelle-le. Il faut absolument mettre la main dessus…

— Tu penses qu'il est en danger ?

Théo Mathias réfléchit une seconde avant d'ajouter :

— C'est possible…

— T'as une drôle de voix.

— Normal. Je viens de comprendre que je me fais baiser depuis le début. Promener par le bout du nez comme un débutant. Et je ne suis pas le seul. Aussi, arrive le plus vite possible, parce qu'on a affaire à des dingues et que je ne sais pas comment ça va se terminer.

Mathias coupa net la communication.

Au volant, Touraine s'était tu depuis un moment, essayant de comprendre entre les mots.

— Ça n'a pas l'air d'aller.

Elle laissa son regard filer au loin, bien au-delà du pare-brise et de la plaine de la Crau qui défilait sous la pluie.

— Je crois que je suis comme Mathias. En train de réaliser qu'on s'est tous fait baiser. Baiser comme c'est pas possible. Roussel, toi, moi, toute l'équipe. Baiser jusqu'au trognon. Et à mon avis, on est loin d'avoir tout vu.

26

Marc attendait depuis deux bonnes minutes qu'Aïcha le rappelle quand retentit le bip de son portable.

— Et merde ! Plus de batterie.

Il enfouit le combiné au fond d'une poche, s'assit sur un coin du bureau. Il posa les yeux sur le bloc-notes. Le carnet était ouvert à la première page.

— Domingo, je peux ?

— Bien sûr, mais fais-y attention. Les gars du labo ne vont pas tarder à s'en occuper.

Marc feuilleta les premières pages, délicatement, jusqu'à s'arrêter à une feuille de papier carbone. Avec soin, il souleva le feuillet bleu et vit apparaître les caractères gravés sur la page suivante. Les derniers mots du général Vargas.

Rodriguez s'était approché de lui, avait collé sa joue contre son épaule.

— Qu'est-ce que c'est que ça ? avait chuchoté le capitaine.

Sur la page aux petits carreaux, Vargas avait tracé une sorte de plan. Au centre, on distinguait un cercle désignant la ville de Grenade, puis des traits montant vers la droite comme pour indiquer un chemin. Plus haut encore, presque au coin droit de la feuille, sous une croix, le nom illisible d'un village, suivit de lettres nommant un lieu-dit : *Cortijo de Gazpacho*. Et, surplombant le dessin, quelques chiffres autour d'une autre croix, tracés en caractère gras.

— Ce qui est sûr, c'est que les tueurs ont emporté la page originale sans se rendre compte qu'ils laissaient un double derrière eux. Voilà ce qu'ils voulaient ! C'est pour ça qu'ils lui ont fracassé la tête. Pour qu'il leur désigne un endroit. Un lieu précis…

Rodriguez avait saisi le bloc-notes entre ses doigts, avait chaussé ses lunettes et avait avancé son visage au ras des petites lettres griffonnées par le général.

Puis il avait levé les yeux vers Marc.

— *Madre de Dios…*

— Quoi ?

— Le tombeau du poète…

*

Pau, dix-huit heures trente.

Thomas Roussel avait bouclé sa ceinture depuis cinq bonnes minutes quand l'avion en provenance de Paris-Charles de Gaulle s'aligna face à la piste d'atterrissage.

L'escale parisienne lui avait laissé le temps, entre deux terminaux, de donner un coup de fil à Délia. D'inventer un prétexte, retard de l'avion, grève du personnel, peu importe, pourvu qu'elle ne vienne pas le chercher à l'aéroport. Il arriverait quand il arriverait et prendrait un taxi. Tout allait bien et qu'elle ne s'en fasse surtout pas. Ils partiraient en voyage de noces, demain soir, comme prévu.

Suivre les gens, à la queue leu leu sur les escalators, déboucher dans la salle d'embarquement, être heureux de ne pas avoir de bagages à guetter sur le tapis roulant et foncer jusqu'à la porte de sortie. Allumer une clope et faire le point.

Roussel pensa à Claire qui s'était jouée de lui comme du niais de service. Ah, elle s'était bien foutue de sa gueule ! Quatre ans de silence, d'indifférence, d'oubli. Et puis, un coup de fil, un appel au secours et le voilà parti, lancé comme un gamin dans la première course-poursuite venue. Zorro au secours de la princesse ! Ridicule. Et le jour même de son mariage, par-dessus le marché !

Et maintenant qu'elle croyait avoir gagné la partie, elle devait sans doute traîner dans Madrid, compter les minutes dans une salle de cinéma, un parc ou ailleurs, à attendre son imbécile d'universitaire. Ce jeune con qui n'avait rien compris, lui non plus. Cette pâle copie du poète qui, à l'heure qu'il était, fonçait sans doute plein sud sur les routes d'Espagne.

Dans quelques heures, il allait la serrer dans ses bras, avaler ses mots, gober ses soupirs et la mener jusqu'à Grenade, jusqu'à la colline où reposait cet enfoiré de poète républicain. Parce qu'il faut être un sacré enfoiré, pensa Roussel, pour laisser une jeune femme tomber amoureuse de soi tant d'années après sa mort… Ou peut-être, finit-il par se dire, qu'il fallait être une sacrée folle pour consacrer sa vie, son âme, toutes ses aspirations, au cœur et au visage d'un type, aussi talentueux soit-il, mais enseveli depuis plus de soixante-dix ans… Transgresser toutes les règles, tuer, tromper, mentir, et tout ça pour toucher du doigt un rêve de gamine… Un fantasme d'ado attardée.

Il balança sa clope sur l'asphalte, franchit à nouveau la porte coulissante et retrouva la clim de l'aérogare. Sa décision était prise. Depuis qu'il avait compris le plan de Claire dans les grandes lignes, qu'il avait saisi chaque étape de son projet, il savait qu'une fois à Pau, il louerait une voiture.

Retour dans un peu plus de vingt-quatre heures, deux mille six cents bornes au compteur. Rien à cirer. Il serait à Grenade avant l'aube. Et là, sa Clarinette, elle allait trouver à qui parler.

Lui remettre les idées en place et, à défaut de lui faire entendre raison, l'assommer, la ramener en France, la confier à un service psychiatrique et lui éviter la perpète…

Après avoir rempli les formalités d'usage, il fit vrombir le moteur de la 407 coupé, négocia en douceur les virages qui conduisaient à la sortie de l'aéroport.

Une fois sur l'autoroute qui menait à la frontière espagnole, il se colla le portable à l'oreille. Délia ne comprenait rien à ce qu'il faisait. À peine avait-elle saisi qu'il serait de retour le lendemain soir, qu'elle ne s'inquiète surtout pas. Il lui fallait mener cette affaire à son terme et, pour partir en voyage de noces l'esprit libre, rien ne comptait plus que de conclure cette histoire de fou.

Je t'aime, mon amour, je t'aime, et la ligne blanche, la glissière métallique et les arbres se mirent à défiler à vitesse croissante dans le rétroviseur.

*

Dix-sept heures quarante-cinq.

Au sud de Barcelone, l'*autovia* virait vers le sud. Esteban baissa le pare-soleil.

Depuis Montpellier, il s'était fixé sur la file de gauche et ne la quittait plus. Les bras tendus sur le volant, le regard rivé au cul des voitures qui dégageaient la voie face à ses appels de phares, il comptait à rebours les kilomètres qui le séparaient de Madrid.

Peu après la frontière, il s'arrêta quelques minutes à une station-service. Le temps de remplir le réservoir jusqu'à la gueule, de se descendre cul sec une bière fraîche, l'acier glacé de la canette collé aux lèvres.

En remontant dans sa voiture, il jeta un coup d'œil à sa montre. S'il maintenait le cap, il rejoindrait la capitale dans un peu moins de cinq heures. Il se dégagea des travées goudronnées du parking et rejoignit l'autoroute.

Il appuya sur l'accélérateur et, quand l'aiguille du compteur se stabilisa au-dessus des 150, Esteban sentit son corps se détendre. Il se délecta à l'avance de l'instant où il stopperait sa voiture aux abords du parc *del Buen Retiro*, des quelques minutes nécessaires à se diriger entre les allées, les bosquets assombris par la nuit. Il songea aux ultimes secondes où il avancerait vers le banc et là, dans la semi-obscurité de la ville, elle se lèverait, se tournerait vers lui et se réfugierait dans ses bras comme une barque malmenée par la tempête…

*

Madrid, dix-huit heures.

À cette heure de l'après-midi, le soleil parvenait encore à s'infiltrer entre les immeubles. Étrangement, les rues passaient de l'ombre à l'embrasement, les zones fraîches côtoyaient d'un coup des bandes brûlantes de lumière. Le jaune et le sombre affichaient leurs géométries, transformant les boulevards en zones successives d'ombrages et de torpeurs accablantes.

Quand elle sortit du salon de coiffure, son visage fut inondé de soleil. Elle leva une main jusqu'à ses yeux, traversa l'avenue en courant et se retrouva, un peu essoufflée, sur le trottoir d'en face. Un peu surprise, aussi, du reflet de son visage que lui renvoyait la vitrine.

Dès qu'elle s'était assise, une heure et demie plus tôt, dans le fauteuil cuir du salon, elle avait senti son corps s'affaisser contre le dossier. La fatigue accumulée des derniers jours s'était faite pesante sur son cou, ses épaules. Elle avait simplement fermé les yeux, indiqué à la coiffeuse qu'elle les voulait courts. Très courts.

Docile, elle avait laissé l'eau plus que chaude lui inonder le crâne, les mains de l'apprentie lui masser le cuir chevelu. Les yeux clos, elle avait écouté les claquements métalliques des ciseaux, avait senti glisser sur le nylon de la blouse le flot incessant de ses mèches. Le souffle du séchoir lui avait balayé le cou, puis elle s'était levée, sans un regard aux glaces impatientes. Elle avait tendu les billets, laissé un pourboire et s'était retrouvée dans la rue, livrée au soleil d'août qui semblait, entre deux buildings, avoir suspendu sa course.

Dans le reflet de la devanture, elle chercha les points de repères, porta une main à son front, fit glisser ses doigts jusqu'au sommet de son crâne. Elle s'approcha de la paroi vitrée, dévisagea celle qui la regardait. Une jeune femme aux cheveux courts, une tête dont les mèches flamboyantes n'étaient plus qu'un souvenir. Elle sourit à cette nouvelle bouille, aux rides légères qui ornaient le coin de ses lèvres, à ses taches de rousseur semées autour du nez et qui étaient son univers, sa signature de malice, depuis toujours.

Au milieu de la *calle Lope de Rueda*, elle poussa la porte d'une librairie. Elle leva les yeux vers les petits panneaux indicateurs des différentes littératures et, une fois parvenue au rayon recherché, elle fit glisser un doigt sur la tranche des livres alignés. Puis, elle s'empara d'un des volumes, un petit livre à l'épaisseur insignifiante. Elle fit glisser les pages entre ses doigts, porta l'ouvrage à ses narines et respira l'odeur sèche du papier. D'un bref coup d'œil, elle consulta la table des matières, sourit au chapitre trouvé et se dirigea vers la caisse.

Dans la rue, elle sentit le regard des hommes se poser sur elle, suivre ses fesses, son dos, s'arrêter à la courbe dénudée de sa nuque. Au sortir de l'enfance, trop tôt sans doute, elle avait eu conscience du pouvoir qu'elle aurait sur les hommes. De leurs faiblesses aussi. Elle en avait joué, parfois s'en était amusée. Mais très vite, elle avait senti que dans ces jeux de séduction ne se nouaient pas les véritables amours. Depuis qu'elle avait, au détour d'une page tournée, rencontré le regard de celui qu'elle aimerait plus que tout, depuis ce jour, elle avait laissé les regards masculins glisser sur elle, s'accrocher à ses lèvres, ses seins, ses jambes, à son ombre à jamais en fuite…

Sur l'avenue Menéndez Pelayo, la foule semblait sortir des bureaux, se précipiter dans les boulangeries, conjurer la chaleur à coup de glaces et de gobelets géants de Coca.

Elle traversa l'avenue et s'enfonça dans la première allée du parc, *el paseo de Columbia*. Le chemin s'écartait de la grande artère et, à chaque pas qui l'éloignait de l'avenue, elle devinait les voitures de police, les lieutenants et les capitaines qui, depuis le matin, devaient grouiller comme une fourmilière.

Un peu plus loin, elle tourna sur la droite, emprunta un chemin qui, en pente légère, tournait en colimaçon, *el paseo del Salvador*.

Elle avança jusqu'à l'unique banc, posé entre deux hêtres. Elle s'assit, baissa les yeux vers le contrebas. Entre les feuillages, elle vit l'ambulance ouvrir ses portes arrière, le brancard recouvert d'un drap sortir de l'immeuble. Elle sentit le bruissement des journalistes, des objectifs tendus, des micros levés au ciel.

Quand les portières rouge et blanc se refermèrent et que l'ambulance escortée de motards disparut à l'angle de la *calle de Ibiza*, elle ouvrit le livre sur ses genoux. Elle feuilleta les pages avec empressement, s'arrêta aux lignes désirées. Elle les parcourut d'abord en silence. Puis elle sourit aux battements doux de son cœur, à l'homme aussi qui fonçait sur les routes d'Espagne et qui la mènerait là où elle avait tant rêvé de tomber à genoux.

Six heures trente sonnèrent quelque part dans la ville et Claire s'entendit murmurer : *« Il était juste cinq heures du soir. Un gamin apporta le blanc linceul… »*

27

Sans frapper, Aïcha poussa la porte du bureau de Théo Mathias.

Son regard s'accrocha aux murs. Il lui sembla que son cœur s'arrêtait d'un coup. Pendant quelques secondes, elle sentit sur ses joues les picotements tièdes du tournis. Quelques secondes, un peu au ralenti, avant que les pulsations se remettent à lui battre les tempes.

Scotchés aux murs, des clichés noir et blanc d'un quasi jumeau d'Esteban : Federico García Lorca.

Le jeune poète souriait en fixant l'objectif d'un regard étrange, ou regardait vers le ciel, l'air songeur. Sur certaines épreuves, il semblait absorbé par l'écriture, sur d'autres, tournant les pages d'un livre, il jouait au lecteur inspiré.

Au milieu de la pièce, vidé sur une table, un carton éventré. Sur le bureau du légiste, une boîte rectangulaire, plutôt grande, semblable à celles qui, dans les boutiques où l'on soigne la cliente, emballent la soie, les douceurs en cachemire.

Autour des photos, des feuilles blanches noircies d'une écriture saccadée.

Aïcha Sadia s'approcha, contempla chaque portrait, parcourut en diagonale les pages d'écriture, nota qu'elles étaient toutes datées. Que cela remontait à des années.

— Où est-ce que vous avez trouvé ça ?

Mathias indiqua du doigt une petite clé posée sur son bureau.

— Le carton, on l'a ramené du lycée Michelet. Avec Blanchard, on l'a vidé ici et on a fait l'inventaire. Sur la trousse que tu vois là, une citation de Lorca, et dans la trousse, cette petite clé. Ça, c'était hier en fin de matinée. On a passé la journée à chercher ce que cette clé pouvait ouvrir. On est même retournés à l'appartement de Claire. Une fois de plus, on a tout fouillé. Que dalle ! Il a fallu attendre cette après-midi pour y voir clair.

Mathias se tourna vers Grenier.

— Vas-y, raconte, puisque c'est grâce à toi.

L'inspecteur Grenier ôta son chewing-gum de sa bouche et le colla sur le bord du carton posé devant lui.

— En fait, patronne, quand on est arrivés à Montpellier avec Perridon, on a fait comme vous avez dit. Je dis pas qu'on s'est pas jeté une petite mousse avant de se pointer chez Esteban, mais ce qui reste de l'appart, on se l'est fait à fond.

— Il restait quoi, au juste ?

— Pas grand-chose, patronne. Ce que l'explosion n'a pas bousillé, c'est le feu qui s'en est chargé. Il y a que la chambre qu'est restée dans un état potable. Alors, avec Perridon, on s'est fait la méga-perquise. Les placards, les tiroirs, le dressing. Tout y est passé. On a même décroché les photos sur les murs. Plein de photos de Claire en maillot de bain, à la piscine. Et on a tout ramené ici.

Grenier tendit une enveloppe à la commissaire.

Aïcha fit glisser les photographies entre ses doigts. Des vues de Claire au plongeoir, en brasse, en crawl, en papillon. Claire en survêtement, Claire les cheveux mouillés, les épaules trempées, le corps emmailloté dans d'immenses serviettes de bain.

— C'est la piscine du Cercle des nageurs, non ?

— Tout juste, patronne. Et c'est là que j'ai dit à Mathias,

qu'une nageuse comme ça, ça doit bien avoir un vestiaire...

— Grenier avait vu juste, coupa Mathias. Un casier au nom de Claire Dandrieu. Et une petite clé pour l'ouvrir. C'est là qu'on a trouvé la boîte. Inutile de te dire qu'on n'a pas pu attendre. On l'a ouverte, on a vu les photos du poète. On a tous pensé à Esteban. Je ne te dis pas le choc !

— Et après ?

— Après on est revenus ici, on a sorti chaque photo, on les a accrochées au mur. Et puis, on a lu chaque lettre. On les a scotchées autour des clichés, dans leur ordre chronologique d'écriture. Voilà, c'est tout. Je t'ai appelée et depuis, on vous attend.

Aïcha regarda la belle gueule de García Lorca, se dit que la ressemblance avec Esteban était plus que saisissante. Puis, elle tira une chaise à elle et se tourna vers le légiste.

— Bon, d'après toi, ça veut dire quoi, cette histoire ? Je veux dire, d'un point de vue médical...

— Je pense, qu'en l'espèce, on peut dire « psychiatrique ».

*

Vingt heures quinze.

Le coupé 407 abandonna San Sebastian sur sa droite, fonça cap au sud-ouest vers Bilbao puis Burgos.

Thomas Roussel conduisait vitre ouverte, allumait clope sur clope, laissant le vent chaud de la fin du jour lui calotter le visage. Les yeux rivés sur les véhicules qu'il doublait sans discontinuer, il tentait de reprendre l'affaire depuis le début.

Le coup de fil de Claire le soir de son mariage, la nuit de noces gâchée par l'obsession d'oublier les mots entendus. Son départ pour Marseille, au petit matin, et le corps calciné, abandonné entre les rails. Et puis la bague, le chagrin à dissimuler, la douleur dans son ventre, la perte qu'il savait à perpétuité. La force qu'il lui avait fallu pour ne pas craquer, ne pas se laisser aller aux hurlements, à cet affaissement total qui l'aurait d'un coup ramené quatre années en arrière. Puis s'enchaînèrent la fouille de l'appartement dévasté par de pseudos-tueurs, et la suite du film. Un putain de cinéma, d'images agencées, découvertes une à une et prises pour argent comptant. Une manipulation gigantesque, construite comme un implacable scénario, au auquel, tous autant qu'ils étaient, ils n'avaient vu que du feu.

Les kilomètres défilaient, et il ne put s'empêcher de penser aux lointaines années, à leurs escapades espagnoles. Barcelone, San Seb, Madrid. Peu de jours dans ces quelques villes où ils avaient été heureux. À l'abri, en quelque sorte. Avant qu'elle ne devienne lentement folle. Avant qu'il ne boive à nouveau, chaque soir un peu plus, et ne voie rien venir. Avant qu'elle claque la porte, dévale les escaliers jusqu'à la rue, jusqu'au coffre de sa voiture, des sacs plastiques plein les bras. Avant qu'elle n'installe entre eux ce terrible silence, ces longues années où il ne savait pas qu'au bout d'un rêve fou, elle avait peu à peu quitté la route…

Avant minuit, bien après avoir contourné la capitale, il s'arrêtera grignoter une bricole à hauteur de Tolède.

Ensuite, dans la tiédeur de la nuit, il filera plein sud vers l'Andalousie. Tracera un sillon de phares blancs au travers des plaines désertiques, fixera toute son attention sur sa Claire, sa Clarinette à l'enfance tant cabossée.

*

Marseille, une heure plus tôt.

— Depuis que j'ai compris qu'on s'est tous fait balader, commença Mathias, en attendant que Sébastien et toi vous arriviez, j'ai pris quelques notes. Une sorte d'esquisse de Claire, de ce qu'elle est vraiment.

Dès les premiers mots du légiste, le silence s'était installé dans le bureau. Grenier avait finalement avalé son chewing-gum, Blanchard et Perridon avaient tiré une chaise à eux, tandis que la commissaire s'était posée sur un coin du bureau.

Seul Touraine était resté à l'écart. Sans perdre une miette du portrait de Claire Dandrieu que dressait le légiste, il avait étalé entre ses mains ouvertes les clichés de la jeune femme en maillot de bain. Il sélectionna une photo où elle était assise sur un des bancs du vestiaire, le corps enveloppé dans un peignoir sombre. Ses cheveux gouttaient sur le carrelage, la peau de ses bras, de ses mollets aussi, semblait se picoter de froid. De ce froid qui vous saisit après la douche, quand les yeux piquent, que les pieds sont rougis par l'eau et que, dans le reflet désobligeant des glaces murales, on détourne le regard de ce corps étranger qu'on semble découvrir.

Touraine s'attarda sur le visage fatigué de la nageuse, aux cernes que les lunettes de piscine n'avaient fait que prononcer. Elle avait le regard ailleurs, dans le vague, comme on dit. Si loin déjà du brouhaha humide du Cercle des nageurs.

Tandis que Mathias continuait son exposé, Sébastien Touraine s'avança jusqu'aux portraits de Lorca. Sur l'un d'eux, le poète, à l'instar de Claire dans les vestiaires de la piscine, a le regard perdu. Presque vitreux. La pupille semble dilatée, la bouche, un embryon de sourire. Le regard de cet homme, se dit Touraine, porte bien au-delà du bureau luxueux qui l'entoure. Cet homme est déjà loin. Très loin.

Le détective s'empara du rouleau de scotch, fixa le cliché de Claire à droite de celui de García Lorca.

Il recula de quelques pas, observa les deux protagonistes silencieux se faire face, et ça lui apparut comme une évidence : au-delà du temps, même si cela peut sembler fou, l'amour immodéré de Claire Dandrieu pour le poète disparu, cet amour hors de toute réalité avait toutes les raisons d'être. Le fossé des ans n'avait rien fait pour empêcher les routes de se rejoindre. L'éperdue folie des femmes, n'en est pas à un chemin près pour atteindre son but.

— Dis, Sébastien, tu m'écoutes ?

— Bien sûr que je t'écoute, Théo. Toi, je t'écoute, eux, je les regarde, et dans ma tête, c'est leur histoire qui est en train de s'écrire. Mais continue, c'est passionnant. Tellement proche de la vérité.

— Quelle vérité ? s'enquit Aïcha qui connaît son bonhomme par cœur.

— Sa fin à lui, et son chemin à elle. Je laisse Mathias terminer et après je vous raconte.

Le légiste connaissait suffisamment son ami pour percevoir l'état qui était le sien depuis son arrivée dans le bureau. Tout en relatant à Aïcha les cheminements de ses propres découvertes, il n'avait pas perdu Sébastien de vue. Du coin de l'œil, il l'avait observé se mettre à distance du groupe, feuilleter les photos de Claire en maillot de bain, scotcher au mur un des clichés et regarder attentivement les portraits de Garcia Lorca, l'écriture griffonnée de Claire Dandrieu.

Plus d'une fois, il l'avait vu fermer les yeux, inspirer lentement, sourire en silence aux images qui lui venaient à l'esprit.

— En voyant ces photos de Lorca, reprit le légiste, j'ai compris que le choix amoureux de Claire n'était pas innocent. Tout simplement, elle s'était arrêtée à celui qui ressemblait comme deux gouttes d'eau à l'homme auquel elle vouait une véritable vénération. Du coup, je me suis dit que quand on aime à ce point un poète assassiné, on ne peut que haïr ses assassins. Et que cette haine des fascistes se transforme vite en haine de l'autorité, de l'armée, et que quand on partage sa vie avec un Basque, cette haine peut mener à bien des activités. Aussi, en vous attendant, j'ai téléphoné à Paris, au pôle antiterroriste. Et là, je peux te dire que l'Esteban, avec son air de victime sur le point de défaillir, il nous a bien caché son jeu.

Mathias extirpa de sa veste un bloc-notes de poche.

— Esteban Ibarguren Galindo. Serré chez lui, il y a deux ans, par le GIPN. Il planquait deux pontes de la branche armée d'ETA dans une petite maison qu'il louait à Ganges, dans les Cévennes. Sur place, sa compagne, Claire Dandrieu, embarquée avec les autres. Tout ce petit monde s'est retrouvé à Paris. Garde à vue à la DCRI, et là, mystère… Les deux Espagnols qu'hébergeaient Claire et Esteban ont été incarcérés en Bretagne et dans le Nord où ils attendent toujours leur procès. Possible qu'ils en prennent pour vingt ans. Et si l'Espagne obtient leur extradition, ils resteront enfermés jusqu'à la fin de leurs jours…

— Pourquoi tu dis « mystère » alors ? coupa la commissaire.

— À cause de nos deux loustics. Relâchés dans la nature. Pas de poursuite, pas de mise en examen, que dalle. Je ne connais pas le marché qu'ils ont passé en haut lieu, mais ça a dû être du sérieux. Parce que pour complicité de terrorisme, ils devaient se prendre au moins cinq ou six ans de placard assortis d'une interdiction d'enseigner et d'occuper quelque poste que ce soit dans la fonction publique. On connaît tous le barème. Mais là, rien. Blancs comme neige, les deux amoureux. On les a remis dans le TGV et ils sont rentrés à la maison comme si de rien n'était. Quelques semaines plus tard, Esteban a déménagé sur Montpellier et Claire a obtenu un poste de prof à Marseille. D'après ce que j'ai pu savoir, ça fait deux ans qu'ils se tiennent peinards.

— Peinards, peinards ? interrompit à nouveau Aïcha.

Théo tourna les feuilles de son carnet.

— En gros, un couple modèle. Boulot, dodo, cinoche, week-ends sans histoires. À part quelques séjours à Madrid, rien d'extraordinaire.

— Ça remonte à quand leur dernière balade ?

Touraine n'avait pas perdu un mot de l'exposé de Mathias.

— Attends, j'ai noté ça quelque part.

Il feuilleta en hâte ses notes.

— Voilà, c'est là. D'après les RG, et tu sais à quel point ils sont méticuleux, ils sont allés à Madrid fin mai, pour le week-end de Pentecôte, et y sont retournés début juillet, juste pour quelques heures.

Mathias se tourna vers Aïcha et poursuivit. :

— À propos de Lorca, je ne sais pas si l'on doit parler de passion excessive, démesurée, de culte pour une idole ou de névrose caractérisée. En tout cas, quand on lit les lettres qu'elle lui a écrites, ce qui saute aux yeux, c'est qu'elle l'aimait comme on aime quelqu'un de vivant. Comme si elle le connaissait en personne et qu'ils avaient partagé une forme d'intimité. Elle le tutoie, lui raconte les rêves qu'elle fait pour eux, les projets, même. Elle lui promet qu'elle le sortira de l'endroit où ses bourreaux l'ont oublié et qu'elle leur réserve le châtiment qu'ils méritent. Elle lui jure qu'elle vouera sa vie à retrouver sa trace.

Mathias se leva, décrocha un des feuillets du mur.

— Dans le dernier mot qui date d'à peine deux mois, Claire

se compare à ces veuves de guerre dont le corps du mari n'a jamais été retrouvé. Vous savez, ces femmes qui prenaient leur baluchon et parcouraient les champs de bataille à la recherche de leur homme. Juste pour exhumer une certitude, quelque chose de tangible.

Mathias parcourut en diagonale les dernières lignes.

—...Voilà, c'est là. Elle ajoute même, pour conclure, être sur le point de le rejoindre et que le responsable de toute cette souffrance ne tardera pas à répondre de ses actes.

— Et toi, de tout ça, tu en déduis quoi ? intervint Aïcha.

Le légiste reposa son carnet sur le bureau, sembla réfléchir au choix des mots qui allaient suivre, soupeser chaque détail de sa conclusion.

— En psychiatrie, on évoquerait une altération de la réalité, peut-être même une forme de schizophrénie. Il y a de fortes chances que Claire soit tombée amoureuse du poète à un moment de grand vide affectif. Sans doute s'est-elle réfugiée dans cette relation fictive et que, peu à peu, cela a pris corps en elle comme une évidence, quelque chose de concret parce que, tout simplement, ça suffisait à la réchauffer. Ce qui est sûr, c'est que ce type de comportement, s'il est poussé à l'extrême, je veux dire si personne n'intervient pour remettre un peu de réel, cela peut mener très loin.

— C'est-à-dire ?

— Jusqu'à la folie, sans aucun doute. Jusqu'au meurtre, peut-être... Voilà, en l'état actuel, c'est tout ce que je peux en dire. Et vous, de votre côté ?

La commissaire entreprit de résumer leur séjour dans la capitale espagnole. L'entretien avec Joaquin Vargas, le coffre vide, l'enlèvement de Leonora. Puis elle reprit dans les détails sa conversation téléphonique avec Marc. Le corps sans vie du général, la servante assassinée chez elle, la caméra dans la bibliothèque...

En énumérant les faits dans l'ordre chronologique où elle les avait découverts, elle visualisait chaque scène. Vécue par elle ou simplement rapportée par Marc, elle en saisissait le moindre détail, en appréciait le mouvement, la chorégraphie des personnages, mais la mise en perspective des choses lui demeurait étrangère. Elle entendait les mots sortir de sa bouche, les phrases distinctes qui s'efforçaient de raconter une histoire à laquelle elle savait ne rien comprendre.

En quelques jours, les événements s'étaient succédé, et de chacun, elle était capable de faire le récit, la description précise. Mais le lien entre chaque épisode, ce fil conducteur qui lui aurait permis de voir le scénario dans toute sa clarté, ce rapport intime et secret qui lie souvent les faits entre eux s'obstinait à se nicher dans le flou le plus complet. Aïcha avait conscience de posséder tous les éléments, mais était incapable de reconstituer l'histoire.

— Voilà, conclut-elle. Je suis désolée, mais je n'arrive qu'à relater. Rien d'autre. Impossible d'aller plus loin.

Le silence se posa dans la pièce. Dehors, le ciel prenait doucement ses teintes de fin de jour, et l'ombre des meubles, sur le parquet, s'étirait jusqu'à s'aplatir.

Sébastien Touraine appuya sur l'interrupteur mural, fit clignoter les néons avant de s'avancer face au groupe.

— Relater, c'est déjà bien, Aïcha. C'est pouvoir raconter clairement chacun des aspects de l'affaire. Théo, Marc et toi, commença-t-il, vous avez réuni tous les éléments. Je crois qu'il n'en manque aucun. On a les scènes, dans l'ordre, les vérités, les mensonges. On a les faiblesses de l'un, les failles de l'autre, on a les actes de chacun des personnages, Thomas, Claire, Esteban, García Lorca et Joaquin Vargas. Mais ce qui nous manque pour comprendre l'histoire, pour mettre tout ce que nous avons en perspective, c'est simplement le sens des choses, le lien entre elles. La motivation, la force, la douleur, le secret, la passion, même, qui ont construit cette putain d'histoire. Voilà ce qui nous fait défaut.

Il sortit un paquet de mentholées froissé de son jean.

— On peut fumer dans ton bureau ?

— Si tu peux nous aider à y voir clair, répondit Théo en souriant, tu peux te faire tout le paquet.

28

Touraine aspira la première bouffée, abandonna la fumée grise aux orangés de la lumière du soir.

— Ce qu'il faut que je vous dise, c'est que tout seul, je ne m'en serais pas sorti. En fait, ce qui m'a aidé à démêler tout ça, c'est de ne pas vous avoir quittés d'une semelle depuis dimanche matin. D'avoir tout vu, tout entendu, mais aussi d'avoir parlé avec Roussel. De l'avoir laissé me raconter Claire Dandrieu, ses fêlures, son enfance, sa rencontre avec García Lorca.

Il s'avança jusqu'à la fenêtre, jeta un bref coup d'œil à la rocade qui filait vers l'est avant de disparaître derrière les collines sèches de l'Estaque.

— Pour faire simple, l'affaire qui nous fait courir depuis cinq jours, c'est d'abord une histoire d'amour. Une putain d'histoire d'amour, comme on en voit rarement. Une quête insensée où Claire Dandrieu a fini par perdre pied.

Mais d'abord, au commencement de tout, c'est l'histoire d'une gamine dont les parents divorcent quand elle a huit ans. Rien de bien original par les temps qui courent, mais là où ça se complique, c'est que les parents se font la guerre des tranchées et que la première victime, c'est la petite Claire. Ce qu'il faut savoir, c'est qu'à partir de la séparation de ses parents, elle ne verra plus jamais son père. Jamais. Le mec a refait sa vie, zappé la gosse de son existence. Et la gosse, elle a grandi comme ça, sans papa, sur une seule jambe. Sa mère a bien refait sa vie, mais entre Claire et son beau-père, c'est tout sauf une histoire d'amour. Elle le respecte, c'est sûr, mais ne l'aimera jamais. C'est comme ça, elle continuera d'adorer son père, de rêver de lui, de l'épier en ville ou ailleurs. Comme on dit, on ne remplace pas un déserteur par un soldat. Celui qui est parti, qu'on ne voit plus, c'est celui qui fait rêver, fantasmer. C'est con, souvent injuste, mais c'est comme ça. En tout cas, c'est dans cette séparation, au moment précis où elle s'est mise à aimer un absent qu'elle ne voyait plus, que l'imaginaire et le réel ont commencé à se confondre dans sa tête.

Touraine écrasa sa cigarette dans le cendrier qui n'attendait que ça sur le bureau.

— Dès l'adolescence, elle est sortie avec des mecs plus âgés qu'elle. Vingt-cinq, trente, trente-cinq ans, un peu plus, parfois. Normal pour une chercheuse de père. Et puis, à vingt ans, elle a rencontré Thomas Roussel dans un night-club. Roussel, commissaire principal, la cinquantaine savoureuse, du charme, de la douceur, divorcé en roue libre. Le courant est passé tout de suite. Deux semaines de liaison et elle a débarqué chez lui avec armes et bagages. Claire Dandrieu, c'est pas le genre qu'on arrête comme ça. Même les conneries, elle les fait jusqu'au bout.

Ça a roulé comme ça pendant un peu plus d'un an. Femme adulte le soir, étudiante la journée. Une sorte de double vie au quotidien. Et puis, avec le temps, elle s'est rendu compte que Roussel avait un sérieux problème avec la bouteille. Un putain de chagrin qu'il aurait tenté de noyer sous des tonnes de whisky. Alors, comme c'est une entière, elle a pris le problème à bras-le-corps : psy, consultations, addictologue, sevrage et désintoxication. Elle l'a traîné chez tous les toubibs de la région. Et le mieux, c'est que ça a failli marcher ! Notre commissaire s'est arrêté de picoler. Du moins, pendant quelques mois. Et puis, il y a eu l'affaire de la petite Langevin. Une histoire sordide avec, à la clé, un secret plus que lourd à porter. Il a replongé de plus belle. Claire a commencé à se décourager, à ne plus y croire, à faire semblant. C'est à ce moment-là, qu'en fac, ils ont étudié Federico García Lorca…

Ce que lui en avait dit Roussel, c'est que la rencontre avec le poète avait eu des effets immédiats. D'un coup, elle s'était mise à tout prendre avec une distance inhabituelle : les cuites de son Roussel, ses retours, le soir, blindé comme une huître, les nuits à vomir ses tripes, sa gueule déchirée du matin. D'une certaine manière, elle était devenue étrangère à leur quotidien. Elle avait arrêté de gueuler, de pleurer, de menacer, et le soir, quand Thomas rentrait en titubant, elle l'observait sans rien dire. Ailleurs.

— …Il avait fini par conclure qu'elle était comme habitée. L'Espagnol mort depuis plus de soixante ans s'était glissé en elle, entre eux, et plus rien ne semblait véritablement l'atteindre.

Un an plus tard, ils se sont séparés. Il ne l'a plus revue. La suite, vous la connaissez. Délia Cabrini, amour, guérison, mariage… Jusqu'à dimanche dernier.

Touraine se tut un instant.

— C'est incroyable, s'exclama Grenier. C'est toi qui causes et c'est moi qui ai soif. On s'en boirait pas une petite avant de reprendre ?

Mathias dénicha un pack de canettes dans le frigo et fit la distribution.

— Et tout ça, tu le tiens de Roussel ? interrogea Aïcha.

— Oui. Il m'a tout raconté. Je n'invente rien. Pour la suite, ça a été différent. J'ai assemblé tous les éléments, je me suis imprégné de l'histoire, des lézardes de chacun des personnages et j'ai tenté de faire coller ça avec les faits que nous avons relevés.

Au départ, cette histoire d'amour entre Claire et Lorca, ça pourrait prêter à sourire, mais moi, depuis qu'on a découvert les posters et les photos arrachés sur le mur de son appart, j'ai tout de suite ressenti qu'on était face à un processus dangereux. L'amour, le vrai, c'est une histoire entre deux êtres. Deux personnes qui échangent, se touchent, partagent, s'engueulent et rient ensemble. Là, dans la configuration de Claire, c'est tout l'inverse. C'est un enfermement. Une solitude. Un éloignement progressif du réel. Des règles et de la raison, aussi…

Sébastien ne quittait pas ses interlocuteurs des yeux, exprimant à voix haute les pensées, les déductions qui macéraient en lui depuis quelques heures. Une suite de raisonnements maintenue au secret de sa conscience et qui, à la lumière des derniers mots d'Aïcha et de Mathias, parvenaient à s'agencer, à sortir au grand jour.

Il imaginait sans difficulté le choc qu'avait dû ressentir Claire lorsqu'elle avait vu Esteban pour la première fois. Une copie en live du fantôme dont elle était amoureuse. Elle n'avait pas pu passer à côté de ça. Maître de conf'à la fac de Montpellier, spécialiste de la transition démocratique espagnole, Basque, Andalou, antifranquiste et sympathisant des séparatistes… Franchement, il avait tous les atouts de son côté. En revanche, Touraine n'était pas certain qu'elle se soit vraiment éprise du jeune universitaire. Sans doute Esteban, à son insu, lui avait-il permis d'établir un lien, même tenu, entre le fantasme et la réalité. En tout cas, ils s'étaient mis ensemble et leur liaison avait duré plus de deux ans.

— …Pour ce qui est du couple, rien que du classique. Les études de Claire, les recherches universitaires d'Esteban, l'émulation intellectuelle, les livres, les livres, encore les livres. De son côté à elle, de la tendresse, sans doute. Quant à lui, on a tous compris qu'il était fou d'elle. Qu'il ferait n'importe quoi pour la garder. Et c'est ce qu'il a fait…

La question qui m'a taraudé depuis le début, c'est de savoir à quel moment les événements ont sérieusement basculé. En fait, après avoir consulté les notes universitaires de Claire, je crois que deux choses importantes se sont croisées. Télescopées, même. D'un côté, l'affaire Felipe Gonzalez, de l'autre, le couple Vargas-Lorca. Ce que je pense, c'est qu'à force de recherches et de témoignages, Claire a eu la conviction que Felipe Gonzalez était bien l'instigateur des GAL. Qu'elle allait faire éclater l'affaire dans un bouquin et, qu'enfin, justice serait rendue…

Aïcha ne le quittait pas des yeux. Pour les avoir maintes fois observés, elle connaissait sur le bout des doigts les mécanismes intérieurs de son compagnon, la force de ses intuitions, sa capacité à faire émerger les vérités les plus inattendues. Tout sortait d'un coup, comme libéré, en une folle improvisation.

Sébastien avait imaginé qu'au moment où Claire avait pris connaissance de la réunion secrète de Saint-Palais, elle n'avait pu passer à côté du général Vargas.

Touraine était convaincu qu'elle s'était arrêtée à ce personnage hors-norme, qu'elle s'était intéressée à lui, à son histoire, qu'elle avait fouillé son passé, remonté sa carrière à rebours, jusqu'aux premières années de la guerre civile. Il imaginait qu'elle avait lu des récits de vétérans républicains ou franquistes, qu'elle y avait trouvé la trace de ce jeune officier nationaliste à l'identité mystérieuse que les hommes des deux fronts avaient surnommé *El Capitan*...

— ...En revanche, ce que je ne savais pas, c'est Marc qui me l'a appris, c'est qu'en août 36, le futur général Vargas parcourait le front du côté de Grenade. Dans chaque quartier de la ville, dans chaque village, il supervisait les arrestations, les tortures et les exécutions. Marc m'a même précisé qu'on murmure, dans les palais, qu'il ne serait pas étranger à la mort du grand poète... Aucun témoignage, aucune preuve, aucun survivant. Vargas reste seul à connaître la vérité. Et ça, Claire n'est pas prête de l'oublier. Elle est même certaine que ce vieux général et *El capitan* ne font qu'un. Sûre aussi qu'il a assisté à la mort de Lorca et qu'il est aujourd'hui le seul sur terre à pouvoir identifier l'endroit où repose le corps de l'homme qu'elle aime plus que tout. Elle n'a aucune preuve, rien. Mais à force d'étudier la psychologie et les états de services du bonhomme, elle finit par être totalement persuadée que Vargas a touché de près à l'assassinat de García Lorca. Peut-être même qu'il y est mêlé de très près. Certaine au point d'imaginer un scénario invraisemblable pour lui faire avouer l'endroit précis où Lorca est enseveli.

Et c'est là que l'affaire va nous tomber dessus. Une fois informée du lieu de résidence de Vargas, fin mai, escortée d'Esteban, elle passe deux jours à Madrid. Ils se plantent tous deux dans le parc *del Buen Retiro*, se mêlent à la foule, et là, finissent par repérer la jeune femme qui rend visite chaque jour à son arrière-grand-père. Ils filent Leonora jusqu'à localiser son appartement et rentrent en France. Aidée d'Esteban, elle passe le mois de juin à échafauder son plan, en calcule tous les angles, tous les dangers, en gomme toutes les incertitudes. Début juillet, ils retournent à Madrid. Juste pour quelques heures, comme tu as dit, Théo. Le temps de la guetter dans le parking souterrain de sa résidence et de l'enlever. Le temps de la droguer, de l'installer à l'arrière de la voiture et de rentrer en France. Je ne sais pas où ils ont pu la séquestrer pendant plusieurs semaines, mais j'imagine qu'au jour J, ils l'ont étouffée dans un sac plastique. Une fois morte, ils l'ont rouée de coups, lui ont brisé les membres et, dans la nuit de samedi à dimanche dernier, ils ont déposé le corps de la pauvre fille sur la voie ferrée, près de la gare de la Blancarde où ils l'ont carbonisée.

— Parce que tu imagines Esteban équipé d'un lance-flammes ? coupa la commissaire.

— Pas vraiment, non. Par contre, dans le box, au sous-sol de son appart, j'ai repéré une bouteille de gaz et du matériel de soudure. Quand je lui en ai parlé, Esteban m'a simplement expliqué qu'il y a quelques années, il avait chopé le virus de la sculpture moderne. Qu'il travaillait l'acier et toutes sortes de métaux. Je me suis renseigné sur ce genre d'engin, et figurez-vous que la flamme, quand le gaz est à son débit maximum, peut atteindre plus d'un mètre cinquante. Un petit lance-flammes, en somme.

— Bon, d'accord, acquiesça la commissaire. Et après ?

— Après, c'est simple. On était tous aux premières loges. Le coup de fil à Roussel qui débarque le lendemain, la carte postale qui nous envoie à Saint-Palais, l'appart d'Esteban explosé à la fuite de gaz et la grenade dans la chambre du vieux pour nous renforcer dans la certitude d'avoir affaire à un groupe de tueurs…

La vibration du portable d'Aïcha.

— Une seconde, c'est Marc.

Elle décrocha tout en s'allumant une cigarette.

— Rappelle-moi sur le fixe. Je te donne le numéro. On est en débriefing. Je vais mettre l'ampli. On en profitera tous.

Quelques secondes plus tard, elle décrocha le combiné.

Le journaliste reprit le récit interrompu une heure plus tôt. Il raconta le carnet de Vargas, la feuille carbone et l'empreinte de ses derniers mots.

— Ce que je crois, conclut Marc, c'est que ta Claire, si c'est bien d'elle qu'il s'agit, doit être ici, quelque part dans Madrid, à attendre l'arrivée de son Esteban. Et que dès qu'il l'aura rejointe, ils vont foncer jusqu'à Grenade déterrer la dépouille de García Lorca. Voilà ce que je crois.

À la montre d'Aïcha, 19 heures.

Elle décolla les fesses du bureau, se dirigea vers la baie vitrée. Dans son esprit, un fourmillement d'idées, d'horaires, de décisions à prendre.

— Je vais voir si on peut encore choper un avion ce soir pour Madrid.

— C'est fait, répliqua Marc. Tu as un vol à 22 h 50, arrivée chez nous à minuit quinze. On vous attend, avec le capitaine Rodriguez. Si ça roule, on peut être sur Grenade autour de quatre heures du mat'. Avec un peu de chance, on peut les choper sur place.

Elle ne put s'empêcher de sourire au sens de l'anticipation de son ami.

— OK. Je téléphone tout de suite pour qu'on nous réserve trois places en priorité. En attendant, je t'envoie une photo de Claire. Tu pourras la montrer aux policiers qui ont vu sortir une jeune femme de chez Vargas, ce matin. Au moins, on sera définitivement fixés.

Elle reposa le combiné.

— Bon, pas de temps à perdre. On scanne un des clichés de la piscine et on l'envoie sur le portable de Marc. Théo et Sébastien, en route pour l'aéroport. Grenier, Perridon et Blanchard, vous prenez la bagnole et vous foncez sur Montpellier. Vous me retournez tout ce qui peut concerner

Esteban. Ce qui reste de son appart, son bureau à la fac, partout, vous fouillez partout. Vous voyez s'il n'a pas loué un local dans un coin paumé. Ce que j'attends de vous, c'est que vous me trouviez l'endroit où ils ont pu planquer Leonora pendant plus de trois semaines.

— Et Roussel ? intervint Mathias.

— Celui-là, je ne l'ai pas oublié. Je vais l'appeler pour lui dire que sa Claire est dans la nature, et qu'il doit foncer avec son équipe chez ses anciens beaux-parents pour intercepter le cercueil. Analyse ADN, autopsie et tout le tremblement. Si c'est Leonora qui a été carbonisée, on ne tardera pas à en avoir le cœur net. Après ça, il pourra toujours partir en voyage de noces. Allez hop ! Tout le monde en piste.

*

En grimpant quatre à quatre les marches mouvantes de l'escalator qui menait aux Départs Internationaux, Aïcha sentit son portable vibrer dans sa poche. Un coup d'œil aux mots de Marc sur l'écran : « Bravo, ma belle. C'est bien notre cliente. »

— C'est bon. C'est bien elle.

— OK, approuva Théo Mathias. On est vraiment sur la bonne route. Et Roussel, tu as des news ?

— Non. Injoignable. Il a bien atterri à Pau en fin d'après-midi, mais après, plus de trace. Volatilisé. J'ai eu Délia au téléphone, elle est incapable de m'en dire plus. Juste qu'il l'a appelée de l'aéroport, qu'il partait pour je ne sais où, et qu'il lui aurait promis d'être de retour demain pour leur voyage de noces. Je n'en sais pas plus.

Elle se tourna vers Touraine.

Ailleurs, son Sébastien. Détourné du groupe, le regard dirigé vers l'autre côté du hall.

— T'es avec nous, Seb ?

Touraine avait les yeux posés sur le tourniquet métallique de la maison de la presse, à quelques mètres d'eux.

Il s'approcha de la boutique et désigna une des revues espagnoles du présentoir. Le visage de Federico García Lorca faisait la une, à l'intérieur, tout un dossier consacré au poète, soixante-quinze ans après sa mort.

— Si c'est ça qu'il a vu dans l'avion, inutile de se creuser la cervelle. Roussel, il est comme Claire et Esteban, en train de foncer à travers l'Espagne. Comme nous tous bientôt, d'ailleurs.

Aïcha se figura une carte de l'Espagne, une vue satellite de nuit. Un plan du pays zébré des traces lumineuses des trois voitures lancées dans l'obscurité sur les routes du sud pour ce rendez-vous sur un pan de colline andalou.

Ce furent les mots de Sébastien qui la sortirent de sa rêverie géographique.

— 19 août 1936, 19 août 2011. Je vous signale que le 19, c'est demain. Il va avoir un sacré anniversaire, le poète…

29

Espace aérien de Madrid, minuit dix.

Comme tous les passagers, Aïcha Sadia avait bouclé sa ceinture depuis que l'Airbus avait amorcé sa descente sur la capitale.

Durant la première moitié du vol, le nez collé au hublot, elle avait tenté de percer l'ombre bleutée de la nuit. Avait imaginé, dix mille pieds sous elle, les coursives décorées des bateaux de croisière, les côtes animées de l'Espagne et, plus loin, les plaines se reposant enfin de la chaleur étouffante du jour passé.

Puis elle avait incliné son fauteuil au maximum, avait fermé les yeux, tentant, pour quelques minutes, de se soustraire à la course effrénée qu'elle menait depuis cinq jours. Elle s'était efforcée de repousser les images, de se faire sourde aux explications de Mathias, au récit de Marc ou aux fulgurantes clairvoyances de Sébastien. Mais finalement, s'était-elle dit en souriant d'elle-même, une flic reste une flic. La quête de la vérité, le besoin absolu de comprendre, d'agencer les faits dans toute leur clarté, tout ce putain de piment, cette saleté d'adrénaline qui fait qu'on est flic jusqu'au bout des ongles... Inutile de tenter l'esquive. Même en rêve.

Après s'être repassé les événements, la carte obscure d'une Espagne sous la nuit s'était à nouveau imposée à elle. Avant d'embarquer, elle avait pu joindre les loueurs de voitures de l'aéroport de Pau. Dès sa descente d'avion, Thomas Roussel avait affrété un coupé 407 qu'il avait promis de restituer le lendemain, en fin d'après-midi. Le temps d'un aller-retour au bout de ses désirs, se dit Aïcha. De sa douce folie aussi, de cet amour que le temps n'avait pas réussi à étouffer.

Avant que les roues ne prennent contact avec le tarmac, que les passagers ne ferment les yeux, quelques secondes, manière de se protéger des brèves convulsions de la cabine, Aïcha s'imagina les collines de l'Andalousie. Elle soupçonna la nuit d'y être bleu foncé, les collines d'onduler sous la brise. Elle imagina les faubourgs de Grenade et se dit que Federico García Lorca, dans son trou, ne devait aspirer qu'au calme rafraîchissant de la terre…

*

Dès l'approche de la capitale, Roussel avait ralenti l'allure. Il s'était engagé sur une rocade qui semblait faire le tour de la ville, avait opté pour la voie ouest et, au bout d'une vingtaine de minutes, le nez levé vers les panneaux indicateurs, il se dit qu'il s'était planté quelque part. Il pesta contre lui-même, se maudit de ne s'être jamais intéressé au fonctionnement d'un GPS. Non qu'il ait jamais fait preuve d'une aversion quelconque envers la modernité, mais plutôt un vieux réflexe protecteur. Une façon à lui, dans la mise à distance des gadgets du jour, de sauvegarder sa liberté, même celle de se perdre…

Il emprunta la première sortie, franchit la passerelle qui enjambait la rocade et s'engagea dans une avenue sombre, bordée d'immeubles de briques jaunâtres. Près de l'entrée d'un des bâtiments, un groupe de jeunes fumait en vidant des bières au goulot.

Deux mots d'excuses, sa question en espagnol hésitant et les gestes des jeunes qui fusent, qui lui montrent la direction de l'est, qu'il doit contourner la ville et retrouver la M14 avant d'attraper l'autoroute du sud.

Le coupé 407 reprit la voie rapide en sens inverse, laissa le centre bouillonnant de la capitale loin sur sa gauche et, quelques minutes plus tard, Roussel se sentit soulagé à la vue du premier panneau indiquant Cordoba.

Bordée de lampadaires qui filaient à travers les banlieues, l'autoroute du sud s'ouvrait à lui. Tout droit vers l'Andalousie. « *Todo recto! Todo recto!* » clama-t-il dans l'habitacle en appuyant sur le champignon.

Un coup d'œil à sa montre lui indiqua minuit quinze. S'il demeurait attentif à la route, il atteindrait Grenade vers 4 heures. Il lui resterait à repérer l'itinéraire indiqué dans la revue qui n'avait pas quitté le siège passager. Les collines de Viznar, au nord-est de Grenade, lieu supposé de la sépulture de García Lorca.

*

Minuit vingt-deux.

Dans la nuit étoilée, la Laguna traçait sa route, indifférente aux lueurs des stations-service, oublieuse des panneaux vaguement balayés par les phares. Étrangère au feulement des rambardes de sécurité, aux feux arrière des voitures doublées en trombe, indifférente au halo blanc des villes laissées sur le côté.

Rien ne comptait plus que le sud, et la main de Claire dans celle d'Esteban. Claire aux cheveux si courts. Claire aux immuables taches de rousseur. Claire aux fesses rebondies, au sourire tendre, à la voix si légère pour dire des choses si graves.

Au parc *del Buen Retiro*, quand il l'avait serrée dans ses bras, Esteban l'avait d'emblée sentie se raidir. Pas se mettre à distance, non, mais comme emprisonnée de crispations. Le baiser s'était fait furtif, sa langue à lui restée sur sa faim et, quand il l'avait regardée dans les yeux, il s'était simplement dit qu'elle avait vieilli. Comme ça, en quelques jours, l'enfance jetée par-dessus bord.

Dès qu'ils étaient montés dans la voiture, elle avait balancé son sac à dos sur la banquette arrière, avait posé entre ses jambes le sac de sport noir où s'empilaient les billets de Vargas. Puis, elle avait coupé la clim, ouvert sa vitre en grand à l'air chaud de la nuit. Elle avait alors fait basculer son siège, avait levé la main jusqu'à son cou à lui et, entre les feux qui menaient à l'autoroute, utilisant ses doigts comme les branches d'un large peigne, elle lui avait délicatement massé le crâne, la nuque, jusqu'à la courbure des épaules.

Une fois lancés sur l'autoroute du sud, elle avait attendu qu'il passe la dernière vitesse et, dans le cadencement lumineux des réverbères, elle lui avait pris la main, l'avait posée sur son ventre et s'était mise à parler.

À tout lui dire, tout lui raconter. Ne rien oublier, ne rien omettre, comme s'il n'avait pas fait partie de l'aventure.

L'orange incandescent de la flamme du chalumeau, les cheveux de Leonora qui flambent comme de l'herbe sèche, son visage qui se déforme sous le feu, la chair qui fond comme la graisse dans une poêle et l'odeur, ce terrible parfum de viande brûlée. Ses doigts, plus tard dans la soirée, qui tapent sur les touches de son portable, les sonneries qui se suivent et débouchent sur cette putain de messagerie. Et puis, vers 2 heures, la voix de Thomas qui décroche. Thomas, l'homme fragile encore, elle en est sûre. Thomas, la proie rêvée, le pigeon idéal.

Plus tard dans la nuit, la voiture d'Esteban disparaît au bout de la rue. Elle sait qu'il reviendra le lendemain, qu'il tombera sur les flics et qu'il déroulera le scénario appris par cœur. Elle sait qu'à un moment où un autre, la carte sur le frigo sera retournée. Qu'à la lecture des quelques mots, ce pauvre Thomas criera victoire et guidera l'équipe d'enquêteurs jusqu'à Saint-Palais…

Peu après la sortie Valdepeñas, le rouge vif des feux de ralentissement, les warnings des poids lourds qui se sont rangés sur une file. Un peu plus loin, le gyrophare d'une voiture de police, les pompiers et les ambulanciers autour de ferrailles cabossées.

— C'est rien, mon amour. Juste de la tôle froissée. Quelques blessés légers, rien de grave.

Il lâcha la main de Claire, laissa derrière eux les lumières bleues et orange, les civières sur le bas-côté et les occupants des véhicules, derrière lui, qui ralentissaient et se tordaient le cou sur la détresse étalée au pied des réverbères.

— Continue. J'adore t'entendre raconter.

Les mots s'enchaînèrent, les images et les souvenirs de cette semaine folle. Ces jours de mensonge, de dissimulation et de comédie si finement jouée, chacun occupant le côté opposé de la scène.

Le sifflement du gaz qu'elle entend s'échapper des brûleurs avant de refermer la porte de l'appartement d'Esteban. Son attente, blottie dans sa voiture jusqu'au bout de la nuit, jusqu'à ce qu'elle aperçoive la Laguna s'engager sur le parking de la résidence avant que l'étage ne vole en éclats. La route ponctuée d'orages jusqu'à Saint-Palais et là, immobilisée sur le parking d'une supérette, elle se met en mode « pause ». Baisse le siège de sa 307, oublie la raideur des accoudoirs et dort comme une branche morte pendant plus de deux heures…

Claire fit coulisser la vitre à moitié, alluma une cigarette. Puis elle reprit son récit à la minute où Esteban, depuis le monastère, l'avait bippée sur son portable. Sa marche arrière jusqu'à la fenêtre de la chambre, la grenade froide dans sa main, la goupille qui lui reste entre les dents, et la vitre pulvérisée. L'explosion, la fumée, la poussière du chemin qu'elle remonte à fond en seconde, le moteur qui hurle et les coups de feu qui éclatent dans son dos, les balles de l'inspecteur qui perforent la tôle, font éclater la lunette arrière. Elle roule comme une folle, laisse l'air chaud du soir l'étourdir un peu. Elle espère qu'Esteban n'a rien, qu'il a pu se mettre à l'abri. Non qu'elle n'ait pas intégré les risques d'une telle opération, mais sans Esteban, c'est toute la suite qui serait compromise…

— Je ne sais pas comment j'ai fait pour arriver à Madrid sans me faire repérer, mais à trois heures du mat'je bâchais la bagnole dans le parking *del Buen Retiro*.

— Moi, à cette heure-là, fit remarquer Esteban, j'étais chez Roussel à essayer de m'endormir. Je me faisais un mouron d'enfer en pensant à toi. Je me demandais si ce connard de Grenier ne t'avait pas blessée, et si tu avais pu traverser la moitié de l'Espagne sans te faire contrôler... Et puis, j'ai reçu ton texto.

— Pour moi, reprit Claire, le plus dur, ça a été la suite. Il a fallu que j'aille jusqu'à l'appartement de Pilar, que je la réveille en pleine nuit sous prétexte que Vargas avait fait un malaise. J'étais crevée, j'en pouvais plus. En tout cas, elle, je ne lui ai pas laissé le temps de respirer...

À peine la porte de l'appartement s'était-elle refermée, que Claire avait plaqué la gouvernante contre le mur du couloir. En quelques secondes, elle avait pu enfermer la tête de la vieille dans le sachet qu'elle avait préparé. Pilar éberluée, tétanisée par la peur, la surprise, et qui n'avait trouvé ni la force, ni l'audace de pousser un cri. Pilar glissée en douceur jusqu'au sol, Claire posée de tout son poids sur sa poitrine. La poche plastique serrée autour du cou, jusqu'à ce que le rythme des mouvements éperdus de la tête diminue, que la bouche affolée renonce à chercher à tout prix, que les pieds sur le carrelage abandonnent leurs gigotements. Jusqu'à ce que Claire ait la certitude que la vie était partie.

—... On est encore loin ?

— On devrait être sur place dans une heure et demie.

Claire fit remonter la vitre et se recroquevilla sur le siège, les genoux remontés jusqu'à la poitrine.

— Je vais essayer de dormir un peu. Tu n'auras qu'à me réveiller quand on arrivera sur Grenade.

Elle ajouta :

— Tu as pensé à la pelle, au pinceau, à la lampe torche ? C'est un vrai boulot d'archéologue qui nous attend...

— T'inquiète. Avant de quitter Montpellier, j'ai pris le temps d'acheter ce qu'il fallait. Dors, ma douce, il faut que tu récupères.

Avant de sombrer, elle songea à la terre de l'Espagne, à cette argile parfumée d'oliviers et de vignes qui couvre les collines au nord de Grenade. Elle revit la main tremblante du vieux général tracer une croix définitive sur la feuille du bloc-notes.

— Là-haut, avait-il murmuré, s'ils sont encore là, vous trouverez trois immenses pins d'Alep. Au pied de celui du milieu, dans la plus petite des fosses, c'est là qu'on l'a enterré.

— C'est vous qui l'avez tué ? avait-elle demandé.

Dans la tête du vieil officier, les images semblaient sortir d'un épais brouillard.

Il avait regardé Claire bien en face, avait ajouté, d'un air indifférent, qu'il l'avait fait se déshabiller, se coucher dans le trou, le cul bien en l'air, que les hommes avaient bien ri avant de tirer, et que lui s'était contenté de le regarder mourir.

Claire avait senti la rage lui trouer les tripes. Une colère venue de loin, semblable à celle qui, quand elle n'en pouvait plus d'être une fille sans papa, la dévastait, lui faisait tout casser dans sa chambre et la laissait pantelante, désarticulée.

Claire avait posé son ordinateur portable sur le bureau, elle avait allumé l'écran, introduit le CD dans l'ouverture adéquate. Elle avait empoigné le vieillard par le col de sa robe de chambre, lui avait collé le visage face à l'écran avant de faire apparaître les images. La lumière tremblotante d'une cave, Leonora assise sur un tabouret, les poignets liés dans le dos. Le bruit d'un sachet plastique qu'on fait claquer pour l'ouvrir complètement avant de le refermer sur le visage de la jeune femme qui fait non de la tête et qui hurle. Les images de ses jambes qui tremblent, de ses pieds qui cognent le sol, de sa poitrine qui se soulève, de nombreuses fois, avant de retomber. Puis, changement de décor. Leonora nue, jetée sur une voie ferrée. Il fait nuit. Le briquet claque sous le bec du chalumeau. La flamme grandit, prend de l'ampleur. Les cheveux s'enflamment, la chair semble se tordre. Fin.

Derrière ses lunettes, le général Vargas pleure. Claire sourit à la vue de l'homme anéanti. Elle pleure aussi.

Quand Esteban lui a glissé la tête dans la poche plastifiée, Joaquin Vargas n'a pas émis un son…

Claire se dit que quand tout sera fini, il faudra gommer tout ça de sa mémoire.

Elle se dit qu'avant, il lui faut aller au bout de ce qu'elle s'est fixé. Une fois les mains dans la terre, elle déblaiera avec précaution, offrira aux ossements du poète le ciel étoilé qu'il mérite. Elle songea à Esteban, qu'elle devra laisser sur la route. Que cet instant lui sera terrible, mais que lui n'aura pas le temps d'être atteint par la déception. À peine quelques secondes…

Une fois les os de son poète rassemblés, il lui faudra les emporter avec elle. La suite du voyage, elle se l'est racontée mille fois.

Avant de sombrer, elle se dit qu'elle est un peu folle, mais que c'est comme ça. Sa route et celle de son Federico ne feront désormais plus qu'une. Loin du monde, des égarements de la foule. Loin enfin de ses propres champs de bataille, elle sera la veuve qu'elle rêve d'être. Une gardienne, une compagne silencieuse et secrète.

30

Vendredi, deux heures dix.

À quelques kilomètres de Grenade, un panneau indiqua la sortie 250 qui menait à Viznar. Claire avait redressé son siège et suivait du regard la voie éclairée par les phares.

Une route de campagne, sinueuse et bordée de ravins contournait le village par le sud et, si l'on poursuivait un peu à l'ouest, menait jusqu'à la petite ville d'Alfacar.

Ce tronçon à peine goudronné qui reliait les deux villages, Claire en connaissait chaque courbe, chaque talus. Depuis qu'au détour d'une page, elle avait rencontré Garcia Lorca, il ne s'était pas passé une année sans qu'elle fasse le pèlerinage andalou. Chaque fois, elle avait arpenté cette petite route au bitume surchauffé, s'était recueillie sur les lieux supposés de l'exécution du poète et de ses compagnons.

Chaque fois, elle s'était agenouillée dans l'herbe sèche, avait rêvé de découvrir l'endroit précis de la sépulture. Ce lopin de terre qu'elle savait minuscule et secret. Cet arpent de malheur où, enfin apaisée, elle enfouirait les doigts jusqu'à l'ombre rassurante de l'argile, distinguerait le blanc altéré des os, les nettoierait de la glaise protectrice…

À l'approche de l'aire de stationnement, elle scruta le sommet des falaises abruptes qui se dressaient le long de la route, songea au convoi qui, soixante-quinze ans plus tôt, s'était éloigné de Grenade, avait emmené ses prisonniers jusque-là. Elle imagina les hommes menottés qu'on avait descendus d'un camion, le regard incrédule, le pas hésitant jusqu'au bord des trous qui les attendaient. Elle repensa aux mots du général : « *Trois pauvres types et un poète : la prise de la soirée...* » Elle posa une main sur le bras d'Esteban.

— Arrête-toi là, sur le côté, avant le parking. On va poursuivre à pied jusque là-haut.

— Tu ne veux pas qu'on avance encore un peu ? Sinon, ça risque de faire un bout. Surtout avec tout ce qu'on a à trimbaler...

— Non, arrête-toi là, s'il te plaît.

Tandis qu'il manœuvrait le long du talus, Claire se tourna vers lui.

— Ça n'est pas un jour comme les autres. Aujourd'hui, contrairement aux années précédentes, nous savons où aller.

Elle extirpa le feuillet crayonné par Joaquin Vargas.

— Allez, viens. Il n'y a plus qu'à marcher dans leurs pas...

*

Au même moment.

Jaén 10 km.

Roussel écarquilla les yeux. Depuis plus d'une heure, la fatigue lui était tombée dessus, l'obligeant à laisser sa vitre ouverte, à se parler à voix haute, à utiliser tous les subterfuges pour éloigner ce foutu sommeil qui, sournoisement, gagnait peu à peu la partie.

Au bout d'une ligne droite, les lueurs d'une station-service.

Le commissaire se dit qu'un bon café serait le bienvenu. Fumer une clope, faire quelques étirements lui donneraient le tonus nécessaire pour aller jusqu'au bout. Après tout, Grenade n'était plus qu'à une bonne heure de route. Aussi, il ralentit et mit son clignotant.

En glissant son coupé sport entre les pompes à essence, il se dit que Claire devait avoir environ une heure d'avance sur lui. Qu'il fallait lui laisser le temps de creuser, d'exhumer ce qui lui tenait tant à cœur.

Il coupa le moteur et sourit à l'idée de lui tomber dessus par surprise... Elle le regardera, sans doute ahurie qu'il l'ait démasquée. Et là, au pied de son rêve déterré, il lui proposera un marché. Un deal qu'elle ne pourra refuser.

*

Aïcha s'était adossée au creux du siège, avait laissé les lueurs de l'aéroport de Madrid-Barajas perdre du terrain jusqu'au sillon bordé de réverbères tracé par l'autoroute.

À l'arrière, Sébastien, Mathias et Marc formaient une curieuse brochette qu'elle observait, de temps à autre, dans le miroir étriqué de son rétro intérieur.

Fermement arrimé au volant, le capitaine Domingo Rodriguez gérait la route à vive allure, l'œil brillant, visiblement excité de l'équipée nocturne à travers son pays.

Le regard posé sur les campagnes désertiques, elle se remémora les infos de la soirée, les agença dans sa tête pour mieux les mettre en perspective. Pendant le vol Marseille-Madrid, les policiers espagnols avaient découvert la 307 de Claire, bâchée, au troisième sous-sol du parking du parc *del Retiro*. La plaque d'immatriculation, la tôle perforée par les balles de Grenier. Tout collait parfaitement. Une machination invraisemblable qu'elle pouvait désormais dérouler dans toute sa chronologie.

Une heure plus tôt, elle avait reçu un coup de fil de Blanchard. À Montpellier, ses hommes avaient eu la bonne idée d'ouvrir la boîte aux lettres d'Esteban. À l'intérieur, une facture EDF concernant une habitation située à Saint-Guilhem-le-Désert, près de Ganges, dans les Cévennes. Un coup de voiture et, une demi-heure plus tard, ils avaient forcé la porte d'un petit mas, à l'écart du village. Au sous-sol, une cave et, jetés pêle-mêle dans un coin, les restes de vêtements brûlés à la hâte. Des bottes, une ceinture, un fragment de chemisier correspondant à ce que Leonora portait le jour de sa disparition.

La commissaire songea que rien ne pouvait échapper à la lumière. Même le plus hermétique des scénarios.

Au tableau de bord, les aiguilles fluo indiquaient 2 h 10.

Elle se dit que Claire et Esteban, s'ils n'avaient pas perdu de temps, devaient arpenter les collines de Viznar. Elle imagina le regard fiévreux de la jeune femme, le pas un peu inquiet d'Esteban dans son dos.

Elle se figura Roussel, les mains rivées au volant depuis Pau, que la fatigue devait commencer à étreindre. Elle calcula qu'une heure à peine le séparait des faubourgs de Grenade. Une heure avant qu'il ne tombe de haut. De très haut.

31

— Les voilà, indiqua Claire à la vue des trois gigantesques pins d'Alep.

Leur pas s'accéléra sur le sentier en raidillon.

Au sommet de la colline, l'ombre penchée des pins se découpait dans le ciel bleu foncé. Trois arbres énormes, à la cime un peu écrasée, irrégulière, dont les rameaux verts et gris clair tremblaient dans l'air chaud de la nuit.

Parvenu au sommet, Esteban vida son sac des outils achetés la veille.

Claire s'agenouilla au pied du tronc central et, d'un geste doux de la main, comme une caresse, elle dégagea le sol des aiguilles sèches, dessinant un rectangle d'environ deux mètres carrés.

Esteban observait chacun de ses mouvements, tentait, dans la semi-obscurité, de croiser son regard, d'y lire la température, l'intensité des choses, de deviner quelle serait sa place exacte et ce qu'il allait devoir faire.

Aux premiers mots qu'elle prononça, il comprit qu'elle avait pris la direction des opérations, que le temps de la fouille, lui, son compagnon de route, ne serait plus qu'un simple exécutant. Un manœuvre, pelle à la main, au service d'un rêve fou.

— On va creuser sur une soixantaine de centimètres, ensuite, on déblaiera avec les truelles. D'après le vieux, le trou ne doit pas être très profond.

Esteban cracha dans ses mains et enfonça la bêche dans la terre, s'abstenant de tout commentaire. L'argile, il en était sûr, avait emprisonné le corps de Lorca comme une gangue de béton. Avec un peu de chance, ils tomberaient sur la trace claire des ossements, et si l'effacement du temps n'avait pas achevé son œuvre, à l'aide des pinceaux et des brosses, ils parviendraient peut-être à dégager les restes blanchis du poète.

Du faisceau de sa lampe torche, Claire, les genoux au sol, suivait chaque mouvement de la pelle. De sa main libre, elle évacuait la terre sur le côté. Elle ne quittait pas du regard le trou qui se formait et, quand l'acier disparaissait dans l'argile sombre, elle levait les yeux jusqu'à Esteban, soupesant sur son visage le poids de la détermination.

En un peu moins d'une demi-heure, le jeune universitaire avait dessiné un trou d'une cinquantaine de centimètres de profondeur. Un rectangle irrégulier aux allures de tombe de fortune.

Alors qu'il venait d'enfouir à nouveau l'acier brillant de sa bêche, un son mat remonta de la cavité.

— Attends, s'empressa Claire, je continue avec les mains.

Elle s'allongea complètement, plongea les bras dans la petite fosse. Elle coinça la lampe entre ses dents et déblaya avec délicatesse. Entre ses doigts, la pâleur caractéristique des os apparut dans le halo de la torche. Les mains de la jeune femme s'enfoncèrent dans un mouvement circulaire, elle se pencha plus encore, sentit son cœur s'emballer. La boîte crânienne se dessina peu à peu, ses mains en firent le tour, disparurent sur les côtés et, dans un silence épais comme de l'encre, Claire extirpa le crâne de Federico García Lorca.

Elle s'agenouilla au bord du trou, le crâne posé sur ses genoux. Elle pensa aux grands yeux sombres des photos de son appartement, tenta de les loger au creux des cavités orbitales. Elle tenait entre ses mains le réceptacle d'une des plus belles âmes du monde. Entre ces os usés par l'érosion des ciels, s'étaient agencés les pensées, les mots, les phrases et toutes ces images qui l'avaient tant touchée. Bouleversée jusqu'à la déraison.

Elle se dit qu'elle tenait enfin son trésor, que cette boîte osseuse serait le brillant qui donnerait de la couleur aux dessins de sa vie.

— Qu'est-ce qu'on fait ? hasarda Esteban.

Claire se redressa, déposa les os du poète dans son sac à dos.

— On a l'essentiel, mais on ne va pas leur abandonner le reste. Creuse doucement, avec les mains, on va récupérer ce qu'on peut.

Sa montre lui indiqua 3 heures.

En contrebas, là où les compagnons de Lorca avaient été exécutés, le faisceau blanc des phares d'une voiture.

— Après, on y va, Esteban. La route risque encore d'être longue.

Esteban s'allongea à son tour, enfonça la lampe dans sa bouche et plongea les doigts dans la poussière brune.

Alors qu'avec d'infimes précautions il faisait remonter à la surface des parcelles d'os, il songea à cette longue route qui les attendait. Une fuite en duo qu'ils avaient préparée dans le moindre détail.

Il imagina le doré des côtes chiliennes, les lueurs magiques de Valparaiso. Il sentit l'air vibrer dans son dos, n'eut pas le temps ni la force de hurler quand l'acier de la pelle s'abattit sur son cou. Il perdit juste le monde de vue.

*

Après la sortie 250, l'Ibiza s'éloigna des environs de Grenade., se mit à grimper vers le nord. Nichée sous les flancs de la Sierra de Huetor, la route serpentait au sud de Viznar.

La commissaire avait sous les yeux le double carboné du plan dessiné par le général. Elle se tourna vers Marc.

— Dis à Rodriguez qu'on va s'arrêter là, sur le côté.

— Mais on est encore à plus d'un kilomètre, non ?

Aïcha regardait le bleu foncé du ciel doucement s'éclaircir, les étoiles peu à peu s'effacer.

— Il ne fera jour que dans un peu plus d'une heure. Alors pour l'instant, pas question de se faire repérer par nos phares. On se gare là, et le reste du chemin, on le fait à pied. Dans un bon quart d'heure, on sera sur le site. Avec un peu de bol, ils ne seront pas encore partis.

La voiture s'immobilisa sur le bas-côté. Le capitaine Rodriguez s'était mis à râler, que ce n'était pas une flic française, si jolie soit-elle, qui allait lui faire faire un jogging à trois heures trente du mat'.

Aïcha avait démarré en petites foulées, suivie de Sébastien, de Mathias et de Marc qui se marraient en silence. Le policier les avait regardés s'éloigner, s'était juré de le lui faire payer, à cette satanée flic de France, puis il avait accéléré le rythme jusqu'à rejoindre le petit groupe.

Après quatre cents mètres de montée, le parking goudronné réservé aux admirateurs de García Lorca se dessina dans la semi-obscurité. Au bord des premiers gravillons de l'aire de stationnement, l'ombre gris clair d'un coupé Peugeot.

D'un doigt posé sur ses lèvres, Aïcha intima le silence.

— C'est la voiture que Roussel a louée l'aéroport de Pau, chuchota-t-elle.

Elle se tourna vers le raidillon qui montait sur leur gauche.

— Il doit être là-haut. On y va en silence.

— Et les deux tourtereaux, souffla Touraine, tu crois qu'ils ont déjà mis les voiles ?

— J'en sais rien. On verra bien.

Puis, elle se tourna vers Marc.

— Si tu peux dire à Rodriguez qu'il éteigne son putain de portable... Déjà qu'il a pianoté toute la route, ça m'a gonflée, mais là, si son truc se met à sonner, je le lui fais bouffer tout net.

Les trois hommes se regardèrent, incrédules.

— Toi, il y a quelque chose qui ne va pas, suggéra Sébastien.

— Si, si. Ça va. Juste que je suis crevée et que je n'ai pas envie de tout faire foirer pour une sonnerie de portable. C'est tout.

Elle leur tourna le dos et s'engagea dans la pente.

Dès les premiers pas entre les pierres, elle tenta de faire refluer les idées sombres qui l'envahissaient depuis leur entrée en Andalousie. Elle était persuadée que Roussel, quand il appréhenderait Claire dans toute sa folie, serait sérieusement secoué, et qu'il faudrait le ramasser à la petite cuillère. Mais pour elle, là ne résidait pas le danger. Ce qui l'inquiétait, c'était le rôle d'Esteban. Le rôle précis que Claire avait décidé de lui laisser. Ou pas.

*

La Laguna s'engouffra dans le parking souterrain de la gare de Grenade. À cette époque de l'été, les touristes remplissaient les hôtels de la ville, les voitures et les camping-cars la moindre place de stationnement.

Claire s'obstina jusqu'au cinquième sous-sol, en fit deux fois le tour et, à l'instant où le découragement commençait à lui nouer la gorge, une vieille Volvo fit clignoter ses feux arrière avant de libérer la place.

3 h 20 au cadran lumineux du tableau de bord.

De son sac à dos, elle dégagea la boîte crânienne qu'elle posa sur ses genoux. Elle extirpa l'unique chemisier qu'elle avait glissé dans ses bagages. Un corsage de tulle et de lin qu'elle porta à son nez avant de sourire au parfum doux de son corps qui imprégnait l'étoffe. Avant d'y envelopper soigneusement le crâne du poète. Avant d'incliner son siège vers l'arrière et de poser le précieux paquet sur son ventre.

Avant que le sommeil ne l'enveloppe complètement, elle fit le point des étapes de la matinée qui s'annonçait.

Nul doute qu'après la découverte du corps d'Esteban, les flics bombarderaient les médias de son portrait. Son visage aux boucles ondulantes projeté sur tous les écrans, les sites, les gazettes. L'idée des cheveux courts avait été un trait de génie, mais le sac noir du général risquait de la faire repérer.

Dormir jusqu'au matin, attendre l'ouverture d'un grand magasin, y acheter un sac de sport suffisamment volumineux pour y contenir les liasses de Vargas et les restes de son poète. Rejoindre Madrid en train, puis la frontière jusqu'à Paris.

Un hôtel près de la gare Montparnasse, une chambre aux volets clos, un lit pour s'y écrouler douze heures durant, seule, entre les draps, bercée par les rumeurs de la ville.

Paris, métro, banlieue ouest. Paris, ultime étape précédant le grand large…

Dans la lueur blafarde de l'habitacle, Claire sentit ses membres l'abandonner en douceur. Elle songea à la silhouette de Thomas, aperçue entre les arbres. Sa carrure d'homme fatigué, penché entre les buissons, un peu perdu, toujours à contre-courant des choses.

Avant de sombrer totalement, elle fronça imperceptiblement les sourcils, étonnée qu'Esteban soit devenu étranger à ses moindres pensées. Le temps de le couvrir de terre. De le laisser là, comme un outil qu'on abandonne et dont on finit, en quelques secondes, par oublier l'existence.

*

Presque au sommet de la colline, comme indiqué sur le dessin de Vargas, trois énormes pins.

Trois troncs un peu tordus, un peu penchés, au feuillage vert et gris, un peu écrasé, formant une voûte ondulante.

À genoux, Roussel gardait le regard plongé dans le vague trou qu'il venait de creuser. De petits monticules de terre l'entouraient en tas épars.

Aïcha arriva la première, le dos trempé d'une sueur tiède. Roussel leva les yeux vers elle, dévasté. Les hommes atteignirent les arbres, le souffle court, les tempes brillantes.

Le silence chuta sur eux comme une couverture.

Au milieu de l'argile retournée, le corps d'Esteban, allongé sur le ventre, la nuque ouverte.

— Putain, elle l'a fait… marmonna la commissaire.

Mathias s'agenouilla au bord de la fosse. D'un geste, il palpa les muscles du cou, immobilisa les doigts autour de la carotide.

— Les cervicales ont cédé d'un coup. Tué net, il y a moins d'une heure.

Aïcha jeta un œil au cadran lumineux de sa montre. 4 heures moins 10.

D'un geste décidé, elle se frotta les mains, alluma une cigarette, avant de faire quelques pas entre les pins. Au sud-est, les étoiles semblaient basculer irrémédiablement derrière les sommets découpés de la Sierra Nevada. Les lueurs du jour ne tarderaient pas à inonder la scène de crime, le visage des hommes. Dans moins d'une heure, la colline grouillerait de flics, de journalistes, puis des télévisions de tout le pays. Pour le soixante-quinzième anniversaire de la mort du poète, la tombe s'offrirait enfin aux yeux du monde. Les officiels feraient leurs discours, la foule des curieux maintenue à distance raisonnable. Et, à l'heure où la mémoire étouffée de l'Espagne raviverait les colères de son peuple, cette petite garce de Claire, en route vers on ne sait quel paradis, s'apprêterait à poster l'enregistrement de la réunion de Saint-Palais. Avant de disparaître, un million d'euros en bandoulière, le crâne de son poète dans ses bagages, précieux comme une prise de guerre…

Elle se tourna d'un coup vers ses hommes.

— Bon, maintenant ça suffit. Pas question de se laisser mener en bateau plus longtemps. On fait diffuser son portrait à la une. En France, en Espagne. Les télés, les journaux, le net, je veux voir sa gueule partout. Cette petite garce s'est suffisamment payé notre tronche. Elle a peut-être une heure d'avance, mais elle est seule. Terriblement seule. Alors, on met le paquet. Faut la choper avant qu'elle franchisse une frontière. Si tout le monde s'y met, ça devrait être jouable.

— Et moi ? bredouilla Roussel.

— Quoi, vous ?

— Qu'est-ce que je deviens ?

Aïcha lui tendit la main, l'aida à se relever.

— Vous prenez votre bagnole, Roussel, et vous rentrez chez vous. Même avec une pause de deux heures, vous serez à Pau pour ce soir.

— Et Claire ?

— Laissez tomber, mon vieux. Il y a longtemps que vous ne faites plus partie de son plan. Vous le savez très bien. Alors, foncez plein nord. Il y a une vie qui vous attend, là-bas. Regardez devant vous et oubliez le rétroviseur. Une bonne fois pour toutes.

Thomas Roussel respira un grand coup.

— Vous avez raison. Je le sais depuis longtemps, mais ça n'est pas si simple…

La commissaire lui dit qu'elle savait tout ça, que le renoncement, c'est comme une petite mort qu'on crève d'accepter. Puis, elle glissa son bras sous celui de Roussel, l'entraîna doucement dans la pente. Loin des pins, des trous dans l'argile. Loin de l'errance des sentiments, des rêves fous qui, elle en était certaine, l'avaient à nouveau hanté. Le plus loin possible, en tout cas, de la chasse qui allait commencer.

Sébastien s'assit dans l'herbe, face à la grande ville, au loin, qui s'apprêtait à sortir de sa nuit. Il suivit Aïcha des yeux, un bras accroché à celui de Roussel, jusqu'à ce qu'ils rejoignent la voiture de location.

Théo Mathias s'approcha de lui, s'assit à ses côtés.

— Qu'est-ce qui te fait sourire ? Qu'elle ait retrouvé la niaque, c'est ça ?

— Non. C'est juste le voyage de noces de Roussel.

— Pourquoi ?

— Devine où il a réservé, ce con ?

Mathias fit mine de chercher un peu.

— Je ne sais pas. Dis-moi.

— Huit jours au Fontecruz. L'un des palaces de Grenade…

— Oh, le con !

32

Le lendemain, samedi, fin d'après-midi.

Elle ouvrit les yeux sur le plafond crème de la chambre. Le sac, contre ses reins, n'avait pas rompu le contact.

Le cadran fixé au-dessus de la porte indiquait 16 h 50.

Neuf heures de sommeil. De coma profond. Sans rêve. Juste le poids du corps qui s'enfonce et qu'elle oublie.

Sans même se redresser, elle fit zipper la fermeture du sac de sport, plongea les doigts entre les billets en tas, effleura l'étoffe protectrice.

L'Espagne était déjà loin.

Sa sortie du parking à l'heure des boutiques ouvertes, le sac aux couleurs du Real, le train jusqu'à Madrid, toutes ces heures à traverser des plaines rocailleuses, ces arrêts interminables au bord de quais surchauffés. La gare madrilène d'Atocha, la bière tiède qu'on lui sert sur un zinc glacé, ses taches de rousseur et ses mèches aux couleurs d'automne à la une de toutes les gazettes, le train de nuit pour Paris, le wagon-couchette, l'odeur des pieds, des corps saturés de sueur, les vibrations du vieux, sur la couchette du haut, qui ronfle comme un diesel. 7 h 21,

Montparnasse, sa gueule placardée à la une du *Figaro*, la rue déjà trop bruyante jusqu'à la porte de l'hôtel, le gardien qui sourit à ses papiers perdus, qui empoche le fric et lui tend une clef. L'escalier, la sangle du sac qui lui brûle l'épaule, la porte qui s'ouvre, un tour de verrou, ses fringues sur le lino, et le matelas qui l'accueille comme une tombe…

Avant de poser un pied sur le sol, elle se récite l'ordre précis de choses à suivre. Se doucher, enfiler les fringues achetées hier au Corte Inglés de Grenade, tremper deux croissants dans un double noir bien serré, choper un taxi qui l'emmènera jusqu'à l'ouest de la capitale.

Première étape.

*

Neuilly-sur-Seine, dix-huit heures quinze.

L'ex-ministre de l'Intérieur n'avait jamais eu pour habitude de gérer ses rendez-vous autrement qu'à l'heure exacte à laquelle ils étaient fixés.

Pour se protéger du soleil qui, à cette heure de la journée, inondait encore les immeubles de l'ouest parisien, il avait baissé les stores qui ornaient l'immense baie vitrée de la pièce.

Puis, il avait pris place derrière son bureau, et, manière de tromper les minutes restantes, avait étalé devant lui la presse du jour. En parcourant les colonnes d'un œil distrait, il se remémora sa première et unique rencontre avec la jeune femme. Les mains menottées dans le dos, assise sur une chaise entre les enquêteurs de la Direction centrale du renseignement intérieur. Les yeux cernés par la fatigue, l'inquiétude. Ses mots enflammés qu'elle avait lâchés, comme ça, sans qu'on lui demande rien. Cette passion pour García Lorca, cette haine pour ses assassins, sa soif de vérité, de justice rendue…

Dès qu'il l'avait entendue, l'ex-ministre de l'Intérieur avait entrevu le possible marché. Un pacte donnant-donnant, un projet insensé qui mettrait quelques années à voir le jour. Dès qu'il l'avait entendue, il avait su qu'elle irait jusqu'au bout...

Le pas d'Armand dans le couloir lui fit lever la tête. La porte s'ouvrit, faisant délicatement couiner ses gonds, et la jeune femme fit son entrée.

Une fois la porte refermée, elle s'avança jusqu'au bureau, se figea dans un presque garde-à-vous.

L'ex-ministre ne la quittait pas du regard.

— Vous avez ce qui était convenu ?

Elle décrocha le sac de son épaule, le posa sur le bureau, au milieu des journaux, et fit coulisser la fermeture Eclair. Elle l'ouvrit en grand, en sortit une enveloppe kraft qu'elle tendit à son hôte.

Antoine Agostini décolla la partie adhésive de l'enveloppe, en extirpa la cassette qu'il glissa dans un tiroir de son bureau.

— Pas d'entourloupe ?

— J'ai pas envie de jouer, monsieur. C'est du gagnant-gagnant. Vous avez votre enregistrement ; moi, la mort de Vargas, mon poète et quelques économies. C'est ce qui était convenu, non ?

Le vieux politique déboutonna sa veste croisée, sortit une enveloppe de la poche intérieure de son costume.

— Un aller simple pour Santiago, un passeport belge au nom de Karine Martens. Je n'ai qu'une parole, madame.

Il jeta un bref coup d'œil à sa montre.

— Votre vol décolle de Roissy à 21 h 50. Au revoir.

Il hésita quelques secondes avant d'ajouter.

— Et bravo pour le coup des cheveux. Vous les avez tous baisés...

Claire referma son sac sans un mot, tourna les talons.

— Vous n'avez pas fait de copie de l'enregistrement, j'espère ?

Elle ouvrit sans se retourner.

— Je vous ai dit que je n'étais pas joueuse, monsieur.

La porte se referma dans son couinement huileux.

*

Le vieil homme ouvrit l'humidificateur et se glissa un Partagas entre les lèvres. Il en détacha soigneusement l'embout, fit craquer une allumette et téta avec gourmandise, faisant s'envoler vers le plafond d'épaisses volutes grises.

Puis, il se dirigea vers la baie vitrée, fit coulisser le store d'un cran et plongea le regard dans l'avenue, cinq étages plus bas.

Il devina Claire Dandrieu dans l'ascenseur, lire attentivement les détails de son billet d'avion, découvrir sa date de naissance sur le passeport, être amusée de la photo ancienne qu'ils avaient choisi de faire figurer.

Il la vit déboucher sur le trottoir, longer l'avenue sur quelques mètres avant de traverser. Il vit aussi la voiture sombre, garée en double file. Il vit les portières s'ouvrir, les hommes sortir comme des balles. Il vit les mains nerveuses l'agripper, la pousser, elle et son pauvre sac, à l'arrière du véhicule. Il crut entendre son cri de stupeur.

Le bruit des portières qu'on claque parvint jusqu'à lui, celui des pneus sur l'asphalte aussi. Il vit les feux arrière disparaître à l'angle de la rue. Il chassa de son esprit le chiffon glissé dans la bouche affolée, rejeta de son imagination le regard déçu, empli de larmes quand elle comprendrait que la fin de l'histoire allait s'écrire sans elle. Il évacua de ses pensées la route qui menait jusqu'à fontainebleau, la forêt à la nuit tombée, le sac plastique qu'un des hommes maintiendrait le plus longtemps possible autour de son visage perdu. Il tenta d'éloigner de sa conscience le corps déshabillé, inerte, glissé dans une fosse discrète, recouvert de chaux vive avant que la terre et les feuilles de l'été ne lui servent de tombeau…

Épilogue

Mardi matin, quartier Montparnasse.

— Vous n'avez qu'à nettoyer la machine à café, Monique. Moi, j'ai une course à faire.

Raymond Legarrec saisit l'enveloppe qui attendait là, depuis deux jours, rangée près de la caisse. Il glissa de la monnaie dans la poche de son jean, se retrouva sur le trottoir et s'engagea dans l'avenue du Maine.

En marchant d'un pas rapide, il repensa à la jeune femme du samedi matin. À son tee-shirt froissé, son visage chiffonné par la nuit, elle sentait le train-couchette à dix mètres. Papiers paumés, un sourire d'ange, quelques billets tout neufs, il l'avait suivie du regard, n'avait pas lâché sa nuque nue des yeux quand elle était montée dans l'ascenseur.

En fin d'après-midi, elle était descendue, les traits nettoyés par le sommeil. Perchée au bar, son sac de sport sur les genoux, elle avait trempé deux croissants dans son double noir. Sans rien dire. Juste quelques mots avant de partir. Qu'elle lui laissait l'enveloppe et surtout qu'il l'envoie bien à l'adresse indiquée si dans quarante-huit heures elle n'était pas revenue la chercher. Elle lui faisait confiance, avait toujours eu un faible pour les Bretons. C'est ce qu'elle avait dit.

Lui, il avait glissé le pli contre la caisse. Puis, avait attendu trois jours. Jusqu'à la visite des flics, tôt ce matin.

En gravissant les marches qui menaient au bureau de poste, Legarrec revit le visage de Claire, ses taches de rousseur, ses yeux noisette où, il le jurerait, il avait cru déceler l'éclat d'une joie intense, mais aussi le voile ténu de la tristesse. Un vacillement…

*

Mercredi, huit heures trente. Marseille.

Faire le point.

Dire à voix haute, s'entendre exposer les faits, lire l'écho des mots dans le regard de ses hommes.

Aïcha Sadia, assise derrière son bureau, leva les yeux vers son équipe.

— Bon, ça commence à se dessiner. Mais plus ça se précise, moins j'aime ça. Je résume. L'équipe espagnole a retrouvé le sac noir de Vargas abandonné dans une cabine d'essayage d'un grand magasin de Grenade. Sur les bandes d'enregistrement de la sécurité, on voit Claire acheter un sac aux couleurs du Real, choisir quelques fringues avant de disparaître dans la rue.

La commissaire cliqua sur son ordinateur portable.

— Rodriguez m'a envoyé les images.

Les hommes se rapprochèrent de l'écran. Silencieux.

— Putain, le coup des cheveux, fallait y penser ! s'exclama Grenier.

La commissaire alluma une clope et poursuivit :

— Sur la vidéosurveillance de la gare de Grenade, on la voit prendre un train pour Madrid. Ensuite, on la retrouve gare d'Atocha embarquer dans un nocturne pour Paris. Samedi, à 7 h 33, elle est filmée gare Montparnasse, en train de se diriger vers la sortie. Là-haut, les collègues ont retrouvé sa trace. Elle a passé la journée dans un hôtel du boulevard du Maine. D'après le patron, elle aurait quitté l'hôtel samedi en fin d'après-midi. Il l'a même aperçue grimper dans un taxi. On a retrouvé la compagnie. Le chauffeur l'a déposée à l'entrée de Neuilly. À deux pas du bois de Boulogne.

— Mais c'est là que…

— Je sais, Théo. Et c'est là que ça commence sérieusement à me faire flipper.

Trois coups à la porte.

— Entrez !

Un jeune type, casque à la main.

— Chronopost, excusez. Une lettre pour la commissaire Aïcha Sadia. À remettre en mains propres.

— C'est moi. Vous voulez une pièce d'identité.

— Non, non. Surtout pas. Tenez.

Aïcha saisit l'enveloppe tandis que la porte se refermait.

L'écriture sur la carte postale du frigo…

Elle ignora le nœud soudain qui lui trouait le ventre, décacheta, fit glisser sur son bureau une petite cassette d'enregistrement, accompagnée d'une page blanche pliée en quatre.

Madame la commissaire,
Si vous lisez ces mots, c'est qu'ils ont décidé de me retirer du monde. Sur les bandes, en plus de la réunion de Saint-Palais, j'ai enregistré toute mon histoire. Du moins, ce qui me reste en mémoire.
Je compte sur vous pour faire éclater la lumière. Qu'elle inonde tout. Que les coupables payent, qu'ils fassent enfin face à la vérité. Sans rancune pour la course folle, le temps perdu, la déception…
Claire Dandrieu.

P.S. Laissez Thomas loin de tout ça. C'est un homme fragile qui n'est jamais à l'abri d'un coup de grisou…

Aïcha posa la lettre sur son bureau.

— Laissez-moi seule.

Rien d'autre à dire.

Les hommes quittèrent la pièce l'un après l'autre. Juste Sébastien, immobile sur sa chaise.

— Vraiment seule, Seb.

Une fois la porte refermée, elle décrocha son téléphone, compta les sonneries jusqu'à six.

— Allô, Marc. Tu te souviens de ce que je t'ai dit le premier soir à Madrid, au resto du jambon ? Je t'ai promis que si l'affaire devait devenir publique, je t'en refilerais l'exclu. Tu y es ?

Il y était.

— Demain, tu recevras un pli en chrono. Surtout, fais-en bon usage. Salut, l'ami…

Dehors, le bleu du ciel semblait sans relief, sans perspective de nuages.

La commissaire s'avança jusqu'à la fenêtre, observa sans les voir les passants du matin qui couraient déjà le long des trottoirs. Machinalement, elle suivit des yeux une jeune femme au visage voilé. Le tissu sombre couvrait son corps jusqu'au sol, son pas pressé suivait avec peine un homme en costume trop large, quelques pas devant elle.

Elle songea au corps de Claire, au trou humide qui, sans doute, l'avait reçu. Elle se dit qu'elle, elle ne serait jamais rien d'autre qu'une flic, mais qu'elle ne pouvait s'accommoder du silence. Elle sourit presque en pensant à la cassette, au bordel monstre que ça allait déclencher. L'ex-ministre dans la tourmente, l'ancien président plus chancelant que jamais…

Sur le trottoir, la jeune femme aux jambes voilées avait rejoint son homme, semblait maintenant affronter son regard noir. Sa colère.

La commissaire porta les yeux le plus loin qu'elle put, au-delà des rocades, des barres d'immeubles. Sans qu'elle y prenne garde, elle se mit à penser à cette grande ville, à inventorier les trafics nocturnes, les guetteurs, les jeunes filles qui tournent dans les caves, les cocktails Molotov, les burqas, les chargeurs pleins qui traînent près des kalachnikovs.

Elle entendit Sébastien refermer derrière lui, se glisser jusqu'à elle.

— Ça va ?

Elle garda le regard au loin.

— Tout est terriblement simple. Claire avait passé un pacte avec le ministère ; le boulot fini, ils l'ont éliminée. Dans la rue, les hommes se remettent à marcher trois mètres devant leur femme, et la nuit, dans les quartiers, les filles ferment leur gueule et les mecs dealent, se shootent et tirent au fusil sur tout ce qui porte un uniforme.

Elle le fixa de son regard bleu.

— À part ça, tout va bien. C'est juste la guerre…

Parus dans la même collection

Le Baiser du Congre
DEL PAPPAS

Bleu sur la Peau
DEL PAPPAS

Le Jobi du Racati
DEL PAPPAS

La Girelle de la Belle de Mai
DEL PAPPAS

Écran total
MAXIME VIVAS

Ainsi soient-elles
PIERRE SERISIER

Le Royaume de Degun
DEL PAPPAS

Du Sel plein les Yeux
DEL PAPPAS

La Nuit des Bras Cassés
MAURICE GOUIRAN

Harpo
PIERRE SERISIER

Le Couteau sur la Langue
RENÉ MERLE

Pleure pas le Mistral se Lève
DEL PAPPAS

Le Cœur Enragué
DEL PAPPAS

Le Théorème de l'Engambi
MAURICE GOUIRAN

Le Cafoutchi du Diable
DEL PAPPAS

Le Dernier des Chapacans
MAURICE GOUIRAN

La Mue de la Cigale
DEL PAPPAS

L'Arménienne aux Yeux d'Or
MAURICE GOUIRAN

L'Anticyclone des Açores
DEL PAPPAS

Les Martiens de Marseille
MAURICE GOUIRAN

La Porte des Orients Perdus
MAURICE GOUIRAN

Bada d'Amour
DEL PAPPAS

Les Damnés du Vieux-Port
MAURICE GOUIRAN

Saucisse dans le Métro
SERGE SCOTTO

Marseille, la ville où est mort Kennedy
MAURICE GOUIRAN

Sortez vos morts
BRUNO LEYDET

L'Espincheur des Accoules
DEL PAPPAS

Sous les Pavés, la Rage
MAURICE GOUIRAN

La Gloire de Saucisse
SERGE SCOTTO

Terminus Ararat
MAURICE GOUIRAN

Frères d'Armes
SERGE-YVES RUQUET

Train Bleu Train Noir
MAURICE GOUIRAN

Meurtres à la Cité Radieuse
ALAIN PUCCIARELLI

Saucisse Président
SERGE SCOTTO

Vogue, Bel Engatseur
DEL PAPPAS

Spécial Dédicace
LILIAN BATHELOT

Marseille sur Maire
SERGE YVES RUQUET

Putains de Pauvres
MAURICE GOUIRAN

La Théorie du K.O.
LILIAN BATHELOT

Deus ex Massilia
ANDRÉ FORTIN

Shanghai Skipper
TITO TOPIN

Les Chèvres Bleues d'Arcadie
MAURICE GOUIRAN

Les Quatre Sueurs du Juge
DEL PAPPAS

Croisière Jaune
ZOLMA

Les Vrais Durs Meurent Aussi
MAURICE GOUIRAN

Mistral Cinglant
ZOLMA

Un Eté Grec
ANDRÉ FORTIN

Le sang des Siciliens
MAURICE GOUIRAN

L'Été tous les Chats s'Ennuient
PHILIPPE GEORGET

La Vie est un Sale Boulot
JANIS OTSIEMI

Qui a peur de Baby Love
MAURICE GOUIRAN

Le Royaume des Sables
PIERRE BOUSSEL

La Prière du Maure
ADLÈNE MEDDI

Et la Mort se Lèvera
JACQUES-OLIVIER BOSCO

Appelez-moi Dillinger
MAURICE GOUIRAN

Saucisse face à la Crise
SERGE SCOTTO

Adios Viracocha
ZOLMA

Requiem pour le Juge
ANDRÉ FORTIN

La Bouche qui mange ne parle pas
JANIS OTSIEMI

La Posture de la Méduse
ALAIN PUCCIARELLI

Franco est mort jeudi
MAURICE GOUIRAN

Pitié pour Constance
ANDRÉ FORTIN

Le Paradoxe du cerf-volant
PHILIPPE GEORGET

Le Cramé
JACQUES-OLIVIER BOSCO

Sur nos cadavres ils dansent le tango
MAURICE GOUIRAN

Lili en eaux troubles
ZOLMA

Saucisse is watching you
SERGE SCOTTO

Le Chasseur de Lucioles
JANIS OTSIEMI

Les auteurs du Noir face à la Différence
COLLECTIF

Et l'Eté finira
MAURICE GOUIRAN

Parjures
GILLES VINCENT

Réseau d'État
HUGUES LEFORESTIER

Les Violents de l'Automne
PHILIPPE GEORGET

Aimer et laisser mourir
JACQUES-OLIVIER BOSCO

Restez dans l'ombre
ANDRÉ FORTIN

J'ai fait comme elle a dit
PASCAL THIRIET

Tortuga's Bank
ANDRÉ BLANC

Achevé d'imprimer sur les presses
de Pulsio à Sofia
Imprimé en Bulgarie
Dépôt Légal : Février 2013